T0022073

Se anuncia un asesinato

Biografía

Agatha Christie es la escritora de misterio más conocida en todo el mundo. Sus obras han vendido más de mil millones de copias en la lengua inglesa y mil millones en otros cuarenta y cinco idiomas. Según datos de la ONU, sólo es superada por la Biblia y Shakespeare.
Su carrera como escritora recorrió más de cincuenta años, con setenta y nueve novelas y colecciones cortas. La primera novela de Christie, *El misterioso caso de Styles*, fue también la primera en la que presentó a su formidable y excéntrico detective belga, Poirot; seguramente, uno de los personajes de ficción más famosos. En 1971, alcanzó el honor más alto de su país cuando recibió la Orden de la Dama Comandante del Imperio Británico. Agatha Christie murió el 12 de enero de 1976.

Agatha Christie

Se anuncia un asesinato

Traducción: Guillermo López Hipkiss

Obra editada en colaboración con Grupo Planeta – Argentina

Título original: *A Murder is Announced*

Traducción: Guillermo López Hipkiss

Bajo el sello editorial BOOKET M.R.
Avenida Presidente Masarik núm. 111,
Piso 2, Polanco V Sección, Miguel Hidalgo
C.P. 11560, Ciudad de México
www.planetadelibros.com.mx

Agatha Christie

Ilustraciones de portada: © Ed

Primera edición impresa en Argentina en Booket: abril de 2020
ISBN: 978-987-8317-71-7

Primera edición impresa en México en Booket: octubre de 2021
Primera reimpresión en México en Booket: septiembre de 2022
ISBN: 978-607-07-7994-7

Impreso en los talleres Impresora Tauro, S.A. de C.V.
Av. Año de Juárez 343, Colonia Granjas San Antonio, Iztapalapa
C.P. 09070, Ciudad de México.
Impreso en México –*Printed in Mexico*

Guía del lector

En un orden alfabético convencional relacionamos a continuación los principales personajes que intervienen en esta obra

BLACKLOCK (Leticia o Letty): Vieja solterona de 60 años, avecindada en Chipping Cleghorn, en una casa de la que es propietaria.

BUNNER (Dora): Anciana, antigua amiga de la anterior, con la que convive.

BUTT (Johnnie): Repartidor de periódicos en el citado pueblo.

CLITHERING (Sir Henry): Ex comisario de Scotland Yard.

CRADDOCK (Dermot): Detective inspector; ahijado del anterior.

EASTERBROOK (Archie): Coronel retirado del ejército colonial inglés.

EASTERBROOK (Laura): Esposa del anterior.

FINCH: Asistenta de la familia Swettenham.

FLETCHER: Sargento de policía.

GOEDLER (Belle): Enferma crónica, viuda de Randall Goedler, gran personaje en el mundo de los negocios.

HARMON (Bunch): Esposa de Julian Harmon.

HARMON (Julian): Vicario protestante de Chipping Cleghorn.

HARRIS (Myrna): Joven, bonita, camarera del restaurante del Hotel Royal Spa y amiga de Scherz.

HAYMES (Phillipa): Jardinera.

HINCHCLIFF: Avecindada en Chipping Cleghorn.

MARPLE (Jane): Vieja solterona, amiga de sir Henry y tía de la esposa del vicario.

McCLELLAND: Enfermera de la señora Goedler.

MITZI: Criada de la señorita Blacklock.

MURGATROYD (Amy): Amiga de la Hinchcliff, con la que vive.

RANDALL (Sonia): Cuñada de Belle Goedler.

ROWLANDSON: Gerente del Hotel Royal Spa, de Mendenham Wells.

RYDESDALE (George): Jefe superior de policía de Middeshire.

SCHERZ (Rudi): Empleado en el mencionado hotel.

SIMMONS (Julia): Sobrina de Leticia Blacklock.

SIMMONS (Patrick): Hermano de Julia y también sobrino de Leticia.

STAMFORDIS (Dimitri): Esposo de Sonia Randall.

SWETTENHAM: Señora vecina del citado pueblo.

SWETTENHAM (Edmund): Escritor e hijo de la anterior.

TOTMAN: Librero de Chipping Cleghorn.

CAPÍTULO PRIMERO
SE ANUNCIA UN ASESINATO

I

Todas las mañanas, menos la del domingo, entre siete y media y ocho y media, Johnnie Butt hacía la ronda del pueblo de Chipping Cleghorn en bicicleta, silbando ruidosamente por entre los dientes.

Se detenía a la puerta de cada casa para meter por el buzón los periódicos que los inquilinos de la misma tuvieran encargados al librero y papelero señor Totman.

Al coronel Easterbrook y a su señora les dejaba *The Times* y el *Daily Graphic*; a la señora Swettenham, *The Times* y el *Daily Worker*; a las señoritas Hinchcliff y Murgatroyd, *Daily Telegraph* y el *News Chronicle*; a la señorita Blacklock, el *Daily Telegraph, The Times* y *The Daily Mail.*

Y todos los viernes repartía por las citadas casas y por casi todas las demás en Chipping Cleghorn un ejemplar de la *North Benham News and Chipping Cleghorn Gazette*, más conocida entre los habitantes del pueblo por el simple nombre de la *Gaceta.*

De ahí que los viernes, tras echar una rápida mirada a los titulares de la prensa diaria (¡Crítica situación internacional! ¡La ONU se reúne hoy! ¡Se busca con perros sabuesos al asesino de la mecanógrafa rubia! Tres minas de carbón paradas. Mueren veintitrés personas en un hotel veraniego como consecuencia de haber tomado alimentos en malas condiciones, etc.), la mayoría de los chipping-cleghorneses abrieron con avidez la *Gaceta* para enterarse de las noticias locales. Tras una ojeada a la sección de correspondencia (en la que los odios apasionados, enemistades y rivalidad en la vida rural alcanzaban su máxima expresión y fuerza), las nueve décimas partes de los suscriptores se concentraban en la sección llamada PERSONAL, que no llamamos de anuncios clasificados porque, a decir verdad, la clasificación brillaba por su ausencia. En ella aparecían agrupados, sin orden ni concierto, artículos en venta, objetos que deseaban adquirir, ofertas y demandas, frenéticas peticiones de servidumbre, innumerables inserciones relacionadas con perros, anuncios referentes a aves de corral y equipo de jardinería. Y varias otras notas de gran interés para los que residían en la pequeña comunidad de Chipping Cleghorn.

Aquel viernes, 29 de octubre, no fue excepción a la regla...

II

La señora Swettenham se apartó de la frente los lindos rizos grises, desplegó *The Times*, miró, con apagados ojos la página central izquierda, decidió que, como de costumbre, si es que había alguna noticia emocionante, *The Times* había logrado ocultarla de una manera impecable, echó una mirada a Nacimientos, Bodas y Defunciones, en particular a estas últimas, y luego de cumplido su deber, dejó a un lado *The Times* para asir con avidez la *Gaceta* de Chipping Cleghorn.

Cuando su hijo Edmund entró en la estancia momentos más tarde, se hallaba ya enfrascada en la lectura de la columna Personal.

—Buenos días, querido —dijo la señora Swettenham—. Los Smedley quieren vender su "Daimler", Modelo 1935... Es un poco anticuado ya, ¿verdad?

El hijo emitió un gruñido, se sirvió una taza de café, se puso un par de arenques ahumados en el plato, se sentó a la mesa, desplegó el *Daily Worker*, y lo apoyó contra el portatostadas.

—"Cachorros de perro alano" —leyó la señora Swettenham en voz alta—. No sé cómo consigue la gente mantener perros grandes en estos tiempos, la verdad que no... ¡Hum!, Selina Lawrence vuelve a buscar cocinera. ¿Cómo no se dará cuenta de que está tirando el dinero? Es inútil publicar anuncios en estos tiempos. Y además, no ha puesto señas, sólo el número de un apartado... Eso es completamente fatal... Se lo hubiera podido decir yo... la servidumbre se empeña en saber adónde va. Le gusta una dirección buena... *Dentaduras postizas*... No concibo cómo pueden ser populares los dientes postizos. *Se pagan buenos precios... Bulbos magníficos.* Selección propia. Parecen baratos... Aquí hay una chica que busca *Empleo interesante. Dispuesta a viajar.* ¡Lo creo! ¿Quién no lo estaría...? Dachshunds... Nunca me han gustado los dachshunds...[1] No porque sean alemanes, claro. Esa fobia ya se nos ha pasado. Es que no me gustan y nada más... ¿Diga, señorita Finch?

Una mujer ceñuda, tocada con boina de terciopelo, descolorida y vieja, acababa de asomar la cabeza y el busto por la puerta.

—Buenos días, señora —dijo—. ¿Puedo recoger?

—Aún no. No hemos terminado —contestó la señora Swettenham. Y agregó como para congraciarse—: No del todo.

La señora Finch echó una mirada a Edmund y otra al periódico, dio un resoplido de desdén y se retiró.

—No he hecho más que empezar —dijo Edmund, en el preciso momento en que su madre murmuraba:

—No sabes cuánto te agradecería que no leyeras ese periodicucho, Edmund. A la señora Finch no le gusta ni pizca.[2]

—Pero, ¿qué tienen que ver mis ideas políticas con la señora Finch?

—Y no es —prosiguió la madre— como si *fueras* trabajador. Después de todo tú no haces nada.

—¡Eso es completamente falso! —exclamó Edmund indignado—. Estoy escribiendo un libro.

—Me refiero a trabajo de *verdad*. Y la señora Finch sí que tiene que ver con tus ideas. Si nos toma antipatía y se niega a venir, ¿a quién vamos a buscar?

—Anuncia en la *Gaceta* —contestó Edmund riendo.

[1] El dachshund es ese perro de cuerpo largo y patas cortísimas que, en España, si no me equivoco, suele llamarse perro inglés, Dios sabe por qué. Es de raza alemana y se llama en Inglaterra por su nombre alemán o "perro alemán". *(N. del T.)*

[2] *El Daily Worker*, o Trabajador Diario, es un periódico comunista. *(N. del T.)*

—Acabo de decirte que eso es trabajo perdido. ¡Ay, Señor! Hoy en día está una perdida si no cuenta en la familia con una aya dispuesta a meterse en la cocina y a hacerlo todo.

—Bueno, ¿y por qué no tenemos aya? ¿Cómo has podido privarme de los tiernos cuidados de una aya en mi niñez? ¿En qué estabas pensando?

—Tuviste una, querido.

—¡Qué falta de visión y previsión! —dijo Edmund.

La señora Swettenham había vuelto a enfrascarse en la lectura de anuncios.

—*Se vende segadora mecánica, de segunda mano, con motor...* ¿Si será...? ¡Cielos! ¡Qué precio! Más dachshunds... *Escribe o comunica. Desesperado Woggles.* ¡Qué diminutivos más estúpidos gasta alguna gente...! *Perro de aguas sabueso...* ¿Te acuerdas de la encantadora *Susana,* Edmund? Era casi *humana.* Entendía perfectamente cuando se le hablaba... *Aparador Sheraton en venta. Auténtico mueble antiguo. Lleva años y años en la familia. Señora Lucas, Dayas Hall...* ¡Qué embustera es esa mujer! ¡Aparador Sheraton! ¡Qué más quisiera ella!

La señora Swettenham dio un resoplido de desdén y continuó leyendo:

—"*Todo fue un error, querida. Amor eterno. Viernes como de costumbre. J.*" Supongo que se tratará de una riña de novios. O..., ¿crees tú que será el mensaje en clave de una cuadrilla de ladrones? Más dachshunds. La verdad yo creo que la gente se ha vuelto loca con tanto criar dachshunds. ¡Qué caramba! ¡Hay otras razas de perros también! Tu tío Simón solía criar perros en busca de la raza de Manchester. ¡Unos perros más elegantes! Y a mí me gustan los perros con *patas...* "*Señora que marcha al extranjero vendería su traje azul marino de dos piezas...*" No da las medidas ni el precio... *Se anuncia un asentimiento...; no, un asesinato... ¿Eh? ¿Cómo?...* ¡Caramba! ¡Edmund! Edmund, escucha esto... *Se anuncia un asesinato que tendrá lugar el viernes, 29 de octubre, en Little Paddocks, a las seis y media de la tarde. Amigos todos, acepten este* único *aviso.* ¡Qué cosa más extraordinaria! ¡Edmund!

—¿Qué pasa? —Edmund alzó la mirada del periódico.

—Viernes, 29 de octubre... Pero, ¡si es *hoy*!

—Deja ver.

El hijo se apoderó de la *Gaceta*.

—Pero ¿qué significa? —exclamó la señora Swettenham, con curiosidad.

Edmund se frotó la nariz, dubitativo.

—Supongo que se tratará de una reunión o fiesta... El juego de "¿Quién es el asesino?"... o algo así.[1]

—¡Oh! —murmuró la señora Swettenham—. Se me antoja una manera muy curiosa de hacerlo... ¡Meterlo entre los anuncios así! Muy poco en consonancia con el carácter de Leticia Blacklock, que parece una mujer tan sensata...

—Es muy probable que lo hayan organizado los jóvenes que tiene en casa.

—Se avisa con muy poca anticipación. Hoy. ¿Crees tú que se espera que vayamos?

—Dice: "Amigos todos, acepten este único aviso", ¿verdad?

—Bueno, pues a mí estos sistemas modernos de invitar a la gente me parecen absurdos —anunció la señora Swettenham.

—Bueno, pues no hay necesidad de que vayas si no quieres, mamá.

—No —asintió la mujer.

Hubo una pausa.

—¿Quieres, de *verdad*, la última tostada, Edmund?

—Se me antoja a mí que es mucho más importante que me alimente como es debido antes que esa bruja quite la mesa.

—Sssh, querido, te *oirá*... Edmund, ¿qué sucede en "¿Quién es el asesino?", concretamente?

—No lo sé con exactitud... Le prenden a uno unos brazos de papel o algo así. No; creo que alguien los saca de un sombrero. Y uno hace de víctima y otro de detective... Luego apagan las luces y alguien le toca a uno en el hombro; entonces, uno suelta un alarido, se tumba en el suelo, y se hace el muerto.

—Poco emocionante.

—Y con toda seguridad, resultará aburrido a más no poder. Yo no pienso ir.

[1] Distracción que la afición a la novela policíaca ha puesto de moda en Inglaterra. Apenas requiere explicación, puesto que del texto se irá desprendiendo en qué consiste. *(N. del T.)*

—No digas tonterías, Edmund —exclamó la señora Swettenham—. *Yo voy* a ir, y tú vas a acompañarme. ¡Eso ya está *decidido*!

III

—Archie —le dijo la señora Easterbrook a su marido—, escucha *esto*.

El coronel Easterbrook no le hizo el menor caso, porque la lectura de un artículo de *The Times* le hacía dar resoplidos de impaciencia.

—Lo malo de esta gente —dijo— es que ninguno de ellos sabe una palabra de la India. ¡Ni una miserable palabra!

—Ya lo sé, querido, ya lo sé...

—De saber algo, no escribirían semejante sarta de disparates.

—Sí, ya lo sé, Archie, por favor, escucha. *Se anuncia un asesinato que se cometerá el viernes, 29 de octubre*, es decir, hoy, en *Little Paddocks, a las seis y media de la tarde. Amigos todos, acepten este único aviso.*

Hizo una pausa triunfal. El coronel Easterbrook la miró con indulgencia, pero sin el menor interés.

—El juego de "¿Quién es el asesino?" —dijo.

—Oh.

—No es más que eso. Claro —agregó, humanizándose un poco— que puede resultar la mar de divertido si se hace bien. Pero es preciso que lo organice bien alguien que esté al tanto de esas cosas. Se echa a suertes. Uno de los invitados es el asesino, pero nadie sabe quién. Se apagan las luces. El asesino escoge una víctima. La víctima tiene que contar hasta veinte antes de soltar un chillido. La persona a quien le ha tocado ser detective se hace cargo. Interroga a todo el mundo. Dónde estaban, qué hacían..., intenta echarle la zancadilla al criminal. Sí; es un juego distraído... si el detective... ¡ah...!, sabe algo de trabajo policíaco.

—Como tú, Archie. Tuviste que hacer de juez en la mar de casos interesantes de tu distrito.

El coronel Easterbrook sonrió y se atusó el bigote.

—Sí, Laura —reconoció—, algo podría enseñarlos yo de esas cosas.

Y cuadró los hombros.

—Debió de pedirte la señorita Blacklock que la ayudaras a organizar esa reunión.

El coronel dio un resoplido.

—¡Bah, ya tiene a ese jovenzuelo que pasa una temporada en su casa! Supongo que la idea es suya. Sobrino, o no sé qué. Curiosa idea, no obstante. Lo de anunciarlo en el periódico, quiero decir.

—Y en la sección Personal, por añadidura. Pudiéramos no haberlo visto. Supongo que sí es una invitación, ¿eh, Archie?

—Es una invitación bien rara. Una cosa te diré: que no cuenten *conmigo*.

—Oh, Archie...

La voz de la señora Easterbrook se alzó en agudo gemido.

—No han avisado con tiempo. ¿Quién les garantizaba a ellos que no estaría ocupado?

—Pero no lo estás, ¿verdad, querido? —la esposa bajó la voz, persuasiva—. Y sí que creo, Archie, que debieras ir... aunque no fuese más que para ayudar a la pobre señorita Blacklock. Estoy segura de que cuenta contigo para que la reunión sea un éxito. Con lo mucho que tú sabes de los procedimientos y del trabajo de la policía... Va a ser un verdadero fracaso como no vayas tú a prestar tu ayuda. Después de todo, hay que ser *buenos* vecinos.

La señora Easterbrook ladeó la cabeza de cabellos rubios teñidos y abrió los zarcos ojos de par en par.

—Claro que si lo tomas de esa manera, Laura...

El coronel se atusó nuevamente el canoso bigote con aire de importancia y miró con indulgencia a su mujercita. La señora Easterbrook tenía cerca de treinta años menos que su esposo.

—Si lo tomas de esa manera, Laura...

—Yo creo de verdad que es tu *deber* ir, Archie —aseguró la señora Easterbrook, con solemnidad.

IV

También había sido entregada la *Gaceta* en Boulders, las tres pintorescas casitas convertidas en una y habitadas por la señorita Hinchcliff y la señorita Murgatroyd.

—¿Hinch?

—¿Qué pasa, Murgatroyd?

—¿Dónde estás?

—En el gallinero.

—¡Oh!

La señorita Amy Murgatroyd vadeó por la larga y húmeda hierba en dirección a su amiga. Ésta, enfundada en pantalón de pana y guerrera militar de campaña, estaba mezclando puñados de harina con las humeantes pieles de patatas y tronchos de col hervidos que llenaban un barreño.

Volvió la cabeza, de pelo cortado como el de un hombre, y de cara curtida por el viento y el sol.

La señorita Murgatroyd, obesa y afable, lucía una falda de mezclilla, a cuadros, y un suéter de brillante azul. Llevaba en desorden el cabello rizado, y gris, que tenía cierta semejanza con un nido.

—En la *Gaceta* —jadeó—. Escucha... ¿qué puede significar? *Se anuncia un asesinato que tendrá lugar el viernes, 29 de octubre, en Little Paddocks, a las seis y media de la tarde. Amigos todos, acepten éste, el único aviso.*

Calló, sin aliento, al terminar de leer, y aguardó una explicación autorizada.

—¡Idiota! —gruñó la señorita Hinchcliff.

—Sí; pero, ¿qué crees tú que significa?

—Una copa de algo, por lo menos —contestó la señorita Hinchcliff.

—¿Crees que es una especie de invitación?

—Ya descubriremos lo que significa cuando lleguemos allá. Jerez matarratas, supongo. Más vale que salgas de la hierba, Murgatroyd. Aún llevas puestas las zapatillas de alcoba. Las tienes empapadas.

—¡Ay, Señor! —la señorita Murgatroyd se contempló con tristeza los pies—. ¿Cuántos huevos hoy?

—Siete. Esa maldita gallina sigue clueca. Tendré que aislarla.

—Es una manera la mar de rara de anunciarlo, ¿verdad? —murmuró Amy Murgatroyd, volviendo al asunto del aviso.

Expresaba su voz cierta nostalgia.

Pero su amiga es más práctica y más dada a concentrarse en una sola cosa a la vez. Lo que le interesaba en aquellos momentos era atender a las recalcitrantes aves de corral, y ningún anuncio del periódico, por enigmático que fuese, podía hacerla desviar su atención.

Atravesó por el barro y se abalanzó sobre una gallina moteada, que cacareó ruidosamente y con indignación.

—A mí que me den patos —dijo la señorita Hinchcliff—. Son *mucho* menos latosos...

V

—¡Uuuu, magnífico! —exclamó la señora Harmon, mirando por encima de la mesa a su marido, el reverendo Julian Harmon, mientras desayunaban—. Va a cometerse un asesinato en casa de la señorita Blacklock.

—¿Un asesinato? —murmuró el marido con cierta sorpresa—. ¿Cuándo?

—Esta tarde al atardecer, por lo menos... a las seis y media. Oh, ¡qué mala suerte, querido! ¡Tienes que hacer tus preparativos para la confirmación a esa hora! No *hay* derecho. ¡Con lo que a ti te encantan los asesinatos!

—La verdad es que no sé de qué estás hablando, Bunch.

La señora Harmon, cuyo cuerpo y cara apreciablemente redondeados habían dado lugar a que se la llamara Bunch en vez de Diana, que era su nombre de pila, le entregó la *Gaceta*.[1]

—Ahí tienes. Entre los planos de ocasión y los dientes postizos.

—¡Qué anuncio más extraordinario!

—¿Verdad que sí? —murmuró Bunch, con fruición—. Nunca se te hubiera ocurrido pensar que pudieran interesarle a la

[1] *Bunch*, en inglés, significa manojo, racimo y bulto. *(N. del T.)*

señorita Blacklock los asesinatos, los juegos y todo eso, ¿eh? Supongo, que los Simmons la inducirían..., aunque yo hubiese creído que a Julia Simmons le parecería un asesinato algo demasiado burdo. Pero ahí está, y no sabes lo que *siento* que no puedas tú asistir, querido. Sea como fuere, ya iré yo y te lo contaré después... a pesar de que en mi caso es un esfuerzo inútil, porque no me gustan, en realidad las distracciones en la oscuridad. Me asustan y Dios *quiera* que no me toque a mí ser la víctima. Si alguien me coloca de pronto la mano en el hombro y me susurra: "Está usted muerta", sé que me dará un vuelco tan grande el corazón, que a lo *mejor* me muero de verdad. ¿Crees tú eso probable?

—No, Bunch. Creo que vas a vivir y llegar a ser una mujer muy, muy vieja... conmigo.

—Y morir el mismo día que tú y ser enterrada en la misma fosa. Sería maravilloso.

El rostro de Bunch se puso radiante al pensar en tan agradable perspectiva.

—Pareces sentirte muy feliz, Bunch —dijo el marido, sonriendo.

—Y, ¿*quién* no lo sería en mi lugar? —exigió Bunch, algo confusa—. Teniéndoos a ti, a Susan, y a Edward, y queriéndome todos tanto, sin importaros que sea estúpida... ¡Y brillando el sol! ¡Y esta casa tan hermosa en que vivir!

El reverendo Julian Harmon echó una mirada al espacioso y casi desamueblado comedor y asintió, dubitativo.

—A mucha gente le parecería el colmo tener que vivir en una casa tan grande, tan destartalada y que deja pasar el aire por tantos sitios.

—Bueno, pues a mí me gustan las habitaciones espaciosas. Todos los olores agradables del exterior pueden entrar y quedarse dentro. Y una puede ser desordenada y dejar las cosas tiradas por cualquier parte sin que estorben.

—¿Sin calefacción central ni accesorios modernos que faciliten la labor? Representa mucho trabajo para ti, Bunch.

—Oh, no lo creas, Julian. Me levanto a las seis y media, enciendo la caldera y corro de un lado para otro como una locomotora, y a las ocho ya está todo hecho. Y lo, conservo todo bien,

¿verdad? Con cera, barniz, lustre y jarrones de hojas. En realidad cuesta el mismo trabajo tener limpia una casa grande como una pequeña. Una maneja las escobas, los cepillos y lampazos mucho mejor y más de prisa porque no anda tropezando contra todas partes con la rabadilla cada vez que se inclina, como ocurre en las habitaciones pequeñas. Y me gusta dormir metida en la cama asomando sólo la punta de la nariz para saber qué temperatura hay fuera. Y sea cual fuere el tamaño de la casa en que una viva, se mandan la misma cantidad de patatas y se friega el mismo número de platos y todo eso. ¿Te das cuenta de lo agradable que les resulta a Susan y a Edward disponer de una habitación grande donde jugar, donde poder montar ferrocarriles o hacer reuniones de muñecas por todo el suelo, sin necesidad de tener que volverlo a recoger todo? Además, es bonito disponer de sitio de sobra, donde poder dejar vivir a otra gente. Jimmy y Johnny Finch... tendrían que vivir con sus padres políticos, de lo contrario. Y, ¿sabes, Julian? No es agradable vivir con los padres políticos. Quieres mucho a mi madre, pero no te hubiese gustado, en realidad, tener que empezar la vida de casado con ella y con papá. Y tampoco me hubiera gustado a mí. Hubiese seguido sintiéndome una niña.

Julian le sonrió.

—Y sigues pareciendo una niña aún, Bunch.

Era evidente que Julian Harmon había sido el modelo escogido por la Naturaleza para los hombres de sesenta años. Aún le faltaban, no obstante, unos veinticinco años para que el propósito de la Naturaleza se realizara.

—Ya sé que soy estúpida...

—No eres estúpida, Bunch. Eres muy lista.

—No es verdad. No tengo ni pizca de intelectual. Aunque, sí que intento serlo... Y me gusta escucharte cuando me hablas de libros, y de historia, y de todo esto. Pero creo que quizá no fuese una buena idea leerme algunos capítulos de Gibbon[1] por la noche, porque cuando ha soplado un viento frío y se ha estado calentita junto al fuego, Gibbon tiene algo que le hace a una quedarse dormida.

[1] Autor de la obra *Decadencia y ocaso del Imperio romano. (N. del T.)*

Julian se echó a reír.

—Pero sí que me encanta escucharte, Julian. Cuéntame otra vez el cuento del vicario que predicó un sermón sobre Ahasveros.[1]

—Te lo sabes ya de, memoria, Bunch.

—Cuéntamelo otra vez. Por favor.

El marido la complació.

—Fue el viejo Serymgour. Alguien asomó la cabeza a su iglesia un día. Estaba en el púlpito inclinado hacia fuera, largándole con fervor un sermón a las mujeres encargadas de la limpieza. Tenía alzado el brazo. Las amenazaba con el dedo. "¡Ah! —estaba diciendo—. ¡Ya sé lo que estáis pensando! *Vosotros* creéis, que el Gran Ahasveros de la Primera Lección era Artajerjes Segundo... Pues, ¡no, señor! —Y luego, con voz triunfal—: ¡Era Artajerjes *Tercero*!"

Al propio Julian Harmon nunca le había parecido demasiado gracioso el cuento, pero nunca dejaba de hacerle reír a Bunch.

Soltó una alegre carcajada.

—¡Qué vejete más simpático! —exclamó—. Yo creo que serás tú exactamente igual con el tiempo, Julian.

Julian dio muestras de desasosiego.

—Lo sé —dijo con humildad—. Me doy perfecta cuenta de que no siempre abordo las cosas de la manera más sencilla.

—Yo, en tu lugar, no me preocuparía —dijo Bunch, poniéndose en pie y empezando a amontonar la vajilla en una bandeja—. Me dijo la señora Butt ayer que su esposo, que jamás iba a la iglesia y pasaba por ser el ateo del pueblo, acude ahora todos los domingos para oírte predicar.

Y prosiguió imitando bastante bien la voz y el tono superrefinados de la señora Butt.

—"Y por cierto, señora, que Butt le estaba diciendo el otro día al señor Timkins de Little Worsdale que aquí en Chipping Cleghorn, contábamos con *auténtica* cultura. No como la del señor Goss de Little Worsdale, que le habla a la congregación como si estuviera compuesta de criaturas que no hubiesen reci-

[1] Según la tradición arábigo-persa rey persa esposo de Esther. Pero Herodoto Astiages asegura que era simplemente gran visir de Nabucodonosor. *(N. del T.)*

bido educación de ninguna especie. Cultura de verdad, dijo Butt, eso es lo que *nosotros* tenemos. Nuestro vicario es un caballero de gran cultura. Educado en Oxford, no en Milchested. Y no nos escatima su erudición. Sobre todo en cuanto a los romanos y los griegos hace referencia. Y a los babilonios y asirios también. Y hasta el gato de la vicaría, dice Butt, lleva el nombre de un rey de Asiria." Conque si eso no es gloria —terminó diciendo Bunch, con aire triunfal—, ¡ya me dirás tú lo que es! ¡Cielos! Más vale que me dedique a mis quehaceres o nunca llegaré a acabar. Vamos, "Tiglath Pileser",[1] las espinas de los arenques te las vas a comer tú.

Abrió la puerta, la mantuvo hábilmente abierta con el pie, y salió con la cargada bandeja, cantando con voz alta y no demasiado armoniosa una versión propia de una canción de caza:

Hoy es día de matar,
en el sitio y lugar,
y los guardias del pueblo no están...

El ruido de la vajilla al ser depositada en el fregadero ahogó las líneas siguientes, pero al abandonar el reverendo Julian Harmon la casa oyó la triunfante aseveración final:

... conque andando, que hoy toca asesinar.

[1] En efecto, el nombre del gato es el de un rey asirio. Hubo tres de ese nombre. Tiglath-Pileser I, que reinó de 1120 a 1105 antes de J. C., fue un gran conquistador. El segundo (950-930 antes de J. C.) era contemporáneo de Salomón. El tercero (745-727 antes de J. C.) acabó de subyugar a Babilonia, reconquistó Siria, Media, Caldea, Damasco, Judea y Gaza, y fue el primero en trasladar poblaciones en masa de un extremo del Imperio a otro. *(N. del T.)*

CAPÍTULO II
DESAYUNO EN LITTLE PADDOCKS

I

También en Little Paddocks estaban desayunando.

La señorita Blacklock, de unos sesenta años de edad y propietaria de la casa, presidía la mesa. Llevaba un vestido de campo, de mezclilla, y con él, cosa que resultaba incongruente, uno de esos collares corbatín de enormes perlas sintéticas. Leía el artículo de Lane Norcott en el *Daily Mail.* Julia Simmons ojeaba lánguidamente el *Telegraph.* Patrick Simmons estaba examinando la solución del crucigrama de *The Times.* La señorita Dora Bunner concentraba toda su atención en la lectura del periódico local.

La señorita Blacklock rio quedamente las gracias del artículo. Patrick murmuró:

—*Adherente... no adhesivo...* ahí es donde me equivoqué yo, seguramente.

De pronto, la señorita Bunner cloqueó ruidosamente.

—Letty, ¿has visto esto? ¿*Qué puede* significar?

—¿Qué ocurre, Dora?

—¡Un anuncio muy extraordinario! Dice claramente Little Paddocks. Pero ¿qué puede *significar*?

—Si me dejaras verlo, Dora, querida...

La señorita Bunner cedió, obediente, el periódico, señalando el anuncio.

—Fíjate, Letty.

La señorita Blacklock se fijó. Enarcó las cejas. Echó una rápida y escudriñadora mirada a los que ocupaban la mesa. Luego leyó en voz alta el aviso:

—*"Se anuncia un asesinato que tendrá lugar el viernes, 29 de octubre, en Little Paddocks, a las seis y media de la tarde. Amigos todos, aceptad éste, único aviso."*

Preguntó a continuación con viveza.

—Patrick, ¿es cosa tuya esto?

Posó la mirada en el rostro bien parecido y despreocupado del joven sentado al otro extremo.

Patrick Simmons se apresuró a repudiar la acusación.

—Claro que no, tía Letty. ¿Cómo ha podido ocurrírsete semejante idea? ¿Por qué he de saber yo una palabra del asunto?

—Capaz te creo de una cosa así —contestó ceñuda la señorita Blacklock—. Pensé que pudieras considerarlo una buena broma.

—¿Una broma? De ninguna manera.

—¿Y tú, Julia?

—Claro que no —repuso ésta con cara de aburrimiento.

Murmuró la señorita Bunner:

—¿Tú crees que la señorita Haymes...?

Y sin completar la frase, dirigió la mirada al asiento vacío de otra persona que había desayunado con anterioridad.

—Oh, no creo que nuestra Phillipa intentara dárselas de graciosa —dijo Patrick—. Es una chica seria.

—Pero, ¿qué se pretende con eso? —inquirió Julia, bostezando—. ¿Qué significa?

Dijo la señorita Blacklock muy despacio.

—Supongo... que se trata de una estúpida tomadura de pelo.

—Pero, ¿por qué? —exclamó Dora Bunner—. ¿Qué se adelanta con ello? Parece una broma bastante estúpida, y de muy mal gusto.

Las fofas mejillas se estremecieron de indignación y el mismo sentimiento titiló en los miopes ojos.

La señorita Blacklock le sonrió.

—No te excites por eso, Bunny —le dijo—. No es más que una muestra del concepto que alguien tiene del humor..., pero me gustaría saber quién es ese alguien.

—Dice hoy —señaló la señorita Bunner—; hoy a las seis y media. ¿Qué crees tú que irá a ocurrir?

—*¡Muerte!* —dijo Patrick con vez sepulcral—. Muerte deliciosa...

—Cállate, Patrick —le ordenó la señorita Blacklock, al exhalar Dora Bunner un grito.

—Sólo me refería al pastel que hace Mitzi —se excusó Patrick—. Ya sabes que *siempre* lo llamamos muerte deliciosa.

La señorita Blacklock sonrió, abstraída.

Dora Bunner insistió:

—Pero, Letty, de veras, ¿qué crees tú que...?

Su amiga la interrumpió con buen humor.

—Sé una cosa que ocurrirá sin falta a las seis y media —dijo—. Se nos presentará medio pueblo consumido por la curiosidad. Más vale que me asegure de que hay suficiente jerez en casa.

II

—Sí que estás preocupada, ¿verdad, Letty?

La señorita Blacklock alzó la cabeza con sobresalto. Sentada a la mesa de escritorio, había estado dibujando distraída pececitos en el secante. Clavó los ojos en el rostro de su amiga, que reflejaba la más profunda ansiedad.

¿Qué contestarle a Dora Bunner? Sabía que era preciso impedir a toda costa que se preocupara o llevase un disgusto. Guardó silencio unos instantes, pensando.

Dora Bunner y ella habían ido juntas al colegio. Dora, por aquellas épocas, era una muchacha rubia, ojos azules, bonita y bastante estúpida. El que fuera estúpida no había importado, porque su alegría, su animación y su bonito rostro le hacían una compañera agradable. Debiera, pensó su amiga, haberse casado con algún oficial del Ejército o con un abogado rural. Tenía tantas buenas cualidades... afecto, devoción, lealtad. Pero el destino no se había portado muy bien con Dora Bunner. Tuvo que ganarse la vida desde el primer momento. Y aunque pusiera toda su voluntad en el trabajo, jamás dio muestras de gran competencia en ninguna de las cosas que emprendió.

Las dos amigas se habían perdido de vista. Pero seis meses antes, la señorita Blacklock había recibido una carta, una carta larga, deshilvanada y lastimera. Dora había perdido la salud. Vivía sola en un cuartito, intentando subsistir sin más ingreso que la pensión de vejez. Procuraba coser, pero tenía los dedos entumecidos por el reuma. Hablaba de sus días de colegiala... desde entonces la vida las había separado..., pero ¿podría su antigua amiga ayudarla?

La señorita Blacklock le había contestado impulsivamente. Pobre Dora. Pobre, linda y estúpida Dora. Cayó sobre ella y se la llevó, instalándola en Little Paddocks con el tranquilizador embuste de que el "trabajo de la casa empieza a ser superior a mis fuerzas. Necesito a alguien que me ayude". No sería por mucho tiempo, el médico se lo había dicho, pero a veces la pobre Dora le resultaba una dura prueba. Lo enredaba todo, disgustaba a la criada extranjera, que era un manojo de nervios, contaba mal las piezas que se mandaban a la lavandería, perdía facturas y cartas, y a veces exasperaba a la competente señora Blacklock. Pobre Dora, inútil, tan leal, tan ávida de ayudar, tan satisfecha y orgullosa de pensar que prestaba asistencia, y, ¡ay!, tan poco de fiar.

Dijo con brusquedad:

—Basta, Dora. Ya sabes que te he pedido...

—¡Oh! —la señorita Bunner puso cara compungida—. Ya sé. Me olvidé. Pero... lo *estás,* ¿verdad?

—¿Preocupada? No. Por lo menos —agregó— no preocupada precisamente. ¿Lo dices por este aviso tan estúpido que ha publicado la *Gaceta*?

—Sí, aun cuando se trate de una broma, a mí me parece una... una broma malintencionada.

—¿Malintencionada?

—Sí. A mí me parece que hay algo *malintencionado* en ella. Quiero decir..., no es una broma *agradable.*

La señorita Blacklock miró a su amiga. Los ojos benignos, la boca testaruda, la nariz levemente respingona. Pobre Dora, tan enloquecedora, tan cabeza de chorlito, tan devota de ella, y tan serio problema. Una vieja querida quisquillosa, estúpida y, sin embargo, a su manera no del todo desprovista de un sentido instintivo de los valores.

—Creo que tienes razón, Dora —dijo la señorita Blacklock—. No es una broma muy agradable.

—No me gusta ni pizca —aseguró Dora Bunner con insospechado vigor—. Me asusta.

—Y te asusta a ti, *Leticia.*

—¡No digas tonterías! —contestó la señorita Blacklock, con fuego.

—Es peligroso. Estoy segura de que sí. Como esa gente que manda explosivos en paquetes postales.

—No será más que un idiota que intenta ser gracioso, querida.

—Pero *no* es gracioso.

No lo era mucho, en efecto. El semblante de la señorita Blacklock delató sus pensamientos y Dora exclamó, triunfal:

—¿Lo ves? ¡Tú opinas lo mismo!

—Pero, Dora, querida...

Se interrumpió. Irrumpió violentamente en el cuarto una joven tempestuosa, de pecho bien desarrollado que jadeaba bajo un jersey muy ceñido. Llevaba una falda de color chillón y tenía unas trenzas negras y grasientas enrolladas a la cabeza. Los ojos eran oscuros y centelleaban.

Dijo borrascosamente:

—Puedo hablar con usted, ¿verdad?

La señorita Blacklock exhaló un suspiro.

—Claro que sí, Mitzi, ¿qué pasa?

A veces pensaba que hubiera sido preferible hacer todo el trabajo de la casa y cocinar también a tener que estar soportando siempre los eternos ataques de histeria de aquella refugiada.

—Se lo digo en seguida..., ¿está bien, espero? ¿Es legal? Me despido y me *marcho... ¡Me marcho ahora mismo!*

—¿Por qué razón? ¿Le ha disgustado alguien?

—Sí, estoy horrorizada —contestó dramáticamente Mitzi—. ¡No deseo morir! Ya en Europa me escapé. Mi familia, toda ella murió... la mataron a toda, a todos, a todos los matan. Pero yo, yo huyo... me escondo... llego a Inglaterra. Trabajo. Hago trabajo que nunca... *nunca* hubiera hecho en mi país. Yo...

—Todo eso lo sé ya —la interrumpió con voz quebradiza la señorita Blacklock. En efecto, aquellas palabras las tenía siempre Mitzi en los labios—. Pero ¿por qué quiere marcharse ahora?

—¡Porque otra vez vienen a matarme!

—¿Quiénes?

—Mis enemigos. ¡Los nazis! O quizás esta vez sean los bolcheviques. Han averiguado que estoy aquí. Vienen a matarme. Lo he leído... sí... ¡está en el periódico!

—Ah, ¿se refiere a la *Gaceta*?

—Aquí está escrito, aquí. —Mitzi señaló la *Gaceta* que llevaba escondida detrás de la espalda—. Vea... aquí dice *asesinato.* En Little Paddocks. Eso es aquí, ¿verdad? Esta tarde, a las seis y media. ¡Ah! Yo no aguardo a que me asesinen..., no.

—Pero ¿por qué ha de referirse a *usted*? Es... creemos que se trata de una broma.

—¿Una broma? ¿Es una broma asesinar a alguien?

—No; claro que no. Pero, mi querida muchacha, si alguien deseara asesinarla a usted, no lo anunciaría en el periódico, ¿no le parece?

—¿Usted no lo cree? —Mitzi parecía estar un poco alterada—. ¿Usted cree que quizá no tengan la intención de asesinar a nadie? Quizá sea *usted* a la que tienen intenciones de asesinar, señorita Blacklock.

—Desde luego, no puedo creer que nadie desee asesinarme —contestó la señorita Blacklock, tranquilamente—. Y la verdad, Mitzi, no veo quién ha de querer asesinarla. Después de todo, ¿por qué habían de hacerlo?

—Porque son gentes malas... gentes muy malas. Le digo que mi padre, mi hermanito, mi dulcísima sobrina...

—Sí, sí —la señorita Blacklock cortó el torrente en seco—. Pero no puedo creer que *persona alguna* desee matarla a usted, Mitzi. Claro que si usted quiere marcharse así, sin previo aviso, como quien dice, yo no puedo detenerla. Pero opino realmente que será usted muy tonta si lo hace.

Agregó con gran firmeza al ver el gesto de duda de Mitzi:

—La carne que mandó el carnicero, la comeremos guisada mañana. Parece muy dura.

—Haré un *gulash,* un *gulash* especial.

—Si prefiere llamarlo así, bien está. Y quizá podría emplear ese trozo de queso duro que queda para hacer unos tacos. Creo que vendrá gente al atardecer a beber algo.

—¿Al atardecer? ¿Qué quiere decir... al atardecer?

—A las seis y media.

—Ésa es la hora que dice el periódico. ¿Quién ha de venir entonces? ¿Por qué ha de venir? ¿Por qué?

—Vendrá —anunció la señorita Blacklock, titilándole la risa en los ojos— al entierro. Y basta ya, Mitzi. Estoy ocupada. Cierre la puerta al salir.

—Y de momento esa cuestión queda zanjada —agregó al cerrarse la puerta tras la desconcertada Mitzi.

—¡Eres tan competente, Letty! —murmuró la señorita Bunner, con admiración.

CAPÍTULO III
A LAS SEIS Y MEDIA

I

—Bueno, ya está todo dispuesto —dijo la señorita Blacklock.

Echó una mirada en torno suyo por la doble sala como para calcular el efecto. Las zarzas con rosas estampadas, los dos jarrones de crisantemos de bronce, el pequeño florero de violetas y el estuche de cigarrillos de plata sobre la mesa junto a la pared, la bandeja de bebidas en la mesa del centro...

Little Paddocks era una casa de tamaño mediano construida al estilo victoriano. Contaba con una galería larga y estrecha y ventanas de postigos verdes. La larga y estrecha sala, a la que la techumbre de la galería quitaba mucha luz, había tenido en otros tiempos una puerta doble a un extremo, que conducía a una habitación pequeña con mirador. Una generación anterior se había encargado de quitar la puerta doble y colocar en su lugar cortinas, de suerte que las dos habitaciones eran ya definitivamente una sola. Había una chimenea en cada extremo, pero en ninguna de las dos ardía fuego, aun cuando un calorcillo agradable poblaba la estancia.

—¿Has hecho encender la calefacción central? —preguntó Patrick.

La señorita Blacklock movió afirmativamente la cabeza.

—¡Ha habido tanta bruma y humedad últimamente! Toda la casa estaba pegajosa. Le pedí a Evans que la encendiera antes de marcharse.

—¿Ese preciosísimo coque? —dijo Patrick burlonamente.

—Como dices, el precioso coque. Pero de no haberlo usado, hubiese habido que emplear el aún más precioso carbón. Ya sabes que el Ministerio de Combustión ni la minúscula cantidad que nos corresponde por semana quiere darnos... a menos que aseguremos definitivamente que carecemos de otros medios de cocinar.

—¿En verdad que hubo en otros tiempos coque y carbón en abundancia para todo el mundo? —dijo Julia con el interés de quien oye hablar de un país desconocido.

—Sí. Y además muy barato.

—¿Y podía salir cualquiera a comprar todo el que quisiese sin tener que llenar formularios ni nada? ¿No había escasez? ¿Se contaba con grandes cantidades?

—De todas clases y calidades... *y no era todo* piedra y pizarra, como nos ocurre hoy en día.

—Debió de ser un mundo maravilloso —murmuró Patrick con dejo de admiración.

La señorita Blacklock sonrió.

—Examinándolo retrospectivamente, yo creo que sí. Pero después de todo, yo soy una vieja. Es natural que prefiera mi propia época. Sin embargo, vosotros, los jóvenes, no debierais pensar igual.

—No hubiera sido necesario tener colocación entonces —dijo ella—. Hubiese podido quedarme en casa a cuidar las flores y a escribir notas. ¿Por qué escribían notas entonces y a quién?

—A toda la gente a la que ahora se llama por teléfono —dijo la señorita Blacklock, bailándole la risa en los ojos—. ¿A que va a resultar que no sabes escribir, Julia?

—No con el estilo de ese delicioso "Manual de Cartas" que encontré el otro día. ¡Un verdadero encanto! Dice cuál es la manera correcta de rechazar la oferta de matrimonio de un individuo.

—Dudo que hubieses disfrutado tanto como piensas quedándote en casa. Había deberes que cumplir, ¿sabes? —la voz de la señorita Blacklock se tornó seca—. Sin embargo, yo no sé gran cosa de eso en realidad. Bunny y yo —le sonrió afectuosamente a Dora Bunner— nos pusimos a trabajar muy pronto.

—Ah, sí, sí, ya lo creo que sí —asintió la señorita Bunner—.

¿Qué criaturas más traviesas! No las olvidaré nunca. Claro que Letty era muy lista. Fue mujer de negocios: la secretaria de un gran banquero…

Se abrió la puerta y entró Phillipa Haymes. Era alta, rubia y de plácido aspecto. Miró a su alrededor con sorpresa.

—¡Hola! —dijo—. ¿Hay reunión? Nadie me lo había dicho.

—Es verdad —exclamó Patrick—. Nuestra Phillipa no está enterada. Apuesta a que es la única mujer en todo Chipping Cleghorn, que no sabe nada.

Phillipa le miró interrogadora.

—¡Ved aquí! —anunció con gesto dramático Patrick—. ¡La escena en que ha de cometerse el asesinato!

Phillipa miró interrogadora a la señorita Blacklock.

—Aquí —Patrick señaló los dos jarrones de crisantemos— están las coronas; y esas fuentes de tacos de queso y aceitunas representan los alimentos funerarios.

Phillipa miró interrogadora a la señorita Blacklock.

—¿Es una broma? —preguntó—. Siempre he sido un poco estúpida en eso de verle el chiste a las cosas.

—Es una broma de muy mal gusto —dijo Dora Bunner, con energía—. No me gusta ni pizca.

—Enseñadle el anuncio —dijo la señorita Blacklock—. Es preciso que vaya a encerrar los patos. Es de noche. Habrán entrado ya.

—Deje que lo haga yo —sugirió Phillipa.

—De ninguna manera, querida. Ya ha terminado usted su jornada de trabajo.

—Lo haré yo, tía Letty —ofreciose Patrick.

—¡Quiá! —dijo la señorita Blacklock, con energía—. La última vez no cerraste bien la puerta.

—Ya lo haré yo, Letty querida —exclamó la señorita Bunner—. De verdad me encantaría. Me pondré los chanclos de goma. Y ahora, ¿dónde he dejado yo mi chaleco de lana?

Pero la señorita Blacklock, sonriendo, había salido ya de la estancia.

—Es inútil, Bunny —dijo Patrick—. Tía Letty es tan competente que no puede soportar que nadie le haga nada. Prefiere hacerse las cosas ella.

—Le encanta —dijo Julia.

—No recuerdo haberte oído ofrecer tu ayuda —le dijo su hermano.

Julia sonrió con insolencia.

—Acabas de decir que a tía Letty le gusta hacer ella las cosas —observó—. Además —alzó las bien torneadas piernas—, tengo puesto el mejor par de medias que poseo.

—¡La muerte con medias de seda! —declaró Patrick.

—Seda no, estúpido; nylon.

—Como título, eso no resulta tan bueno.

—¿Tendría alguno la amabilidad de decirme —exclamó quejumbrosa Phillipa— el porqué de insistir tanto sobre la muerte?

Todo el mundo intentó explicárselo al mismo tiempo. Nadie logró encontrar la *Gaceta* para enseñársela, porque Mitzi se la había llevado a la cocina.

La señorita Blacklock regresó unos minutos más tarde.

—Vaya —dijo—, eso está ya hecho. —Dirigió una mirada al reloj—. Las seis y veinte. No tardará en venir alguien… a menos que me equivoque en el concepto que tengo formado de mis vecinos.

—No veo por qué ha de venir alguien —dijo Phillipa con cara de aturdimiento.

—¿No, querida? Seguramente tú no te presentarías. Pero la mayor parte de la gente es más curiosa y descocada que tú, ¿verdad?

—La actitud de Phillipa ante la vida es que no le interesa un comino —dijo Julia con bastante mala intención.

Phillipa no contestó.

La señorita Blacklock estaba examinando el cuarto con la mirada. Mitzi había colocado el jerez y tres fuentes con aceitunas, tacos de queso y unas pastas sobre la mesa del centro de la estancia.

—Patrick, si te da igual, traslada la bandeja… o toda la mesa, si quieres… al mirador del otro cuarto. Después de todo, no estoy dando una fiesta. Yo no he invitado a nadie. Y no tengo la menor intención de demostrar que espero que se presenten aquí mis vecinos.

—¿Deseas, tía Letty, disimular tu inteligente anticipación?

—Muy bien expresado, Patrick. Gracias, querido.

—Ahora podemos representar todos magníficamente el papel de hallarnos pasando una tarde tranquila en casa —dijo Julia— y mostramos la mar de sorprendidos cuando se deje caer alguien por aquí.

La señorita Blacklock había tomado la botella de jerez. Estaba mirándola dudosa.

Patrick la tranquilizó.

—Está medio llena. Debiera de bastar.

—Sí, sí...

Vaciló la anciana. Luego, coloreándose levemente, dijo:

—Patrick, ¿te sería igual...? Hay una botella sin abrir en la alacena de la despensa. Tráela junto con un sacacorchos. Yo... más... más vale que empecemos una botella nueva... Ésta... ésta lleva ya descorchada bastante tiempo.

Patrick marchó a cumplir el encargo sin decir una palabra. Volvió con la otra botella y la descorchó. Miró con curiosidad a la señorita Blacklock al depositar la botella sobre la bandeja.

—Te estás tomando las cosas muy en serio, ¿verdad, querida? —preguntó con dulzura.

—¡Oh! —exclamó Dora Bunner, con sobresalto—. Pero, ¿es posible, Letty, que te imagines...?

—Calla —la interrumpió apresuradamente la otra—. Ha sonado el timbre. Como ves, mi inteligente anticipación se justifica.

II

Mitzi abrió la puerta de la sala e hizo pasar al coronel y su esposa. Tenía métodos propios de anunciar a la gente.

—Aquí están el coronel y la señora Easterbrook a verla —dijo como quien sostiene una conversación.

El coronel se mostró francote y jovial para ocultar cierto leve embarazo.

—Espero que no les molestará que hayamos entrado —dijo; y Julia ahogó una risita—. Pasábamos por aquí, ¿saben? Una noche la mar de apacible. Observo que han encendido ustedes la calefacción central. Aún no hemos puesto la nuestra en marcha.

—¡Qué crisantemos más hermosos! —exclamó efusivamente la señora Easterbrook—. ¡Qué lindos son!

—Son bastante astrosos, en realidad —dijo Julia.

La señora Easterbrook saludó a Phillipa Haymes con un poco más de cordialidad que a los otros, para demostrar que comprendía perfectamente que Phillipa no era, en realidad, una trabajadora del campo.

—¿Cómo marcha el jardín de la señora Lucas? —preguntó—. ¿Cree usted que volverá a estar como es debido algún día? Lo abandonaron por completo durante la guerra... y luego no han tenido más que a ese terrible viejo de Ashe, que es incapaz de nada, sino de barrer unas cuantas hojas secas y plantar media docena de coles.

—Mejora con el tratamiento —contestó Phillipa—. Pero tardará tiempo en reponerse.

Mitzi abrió la puerta otra vez y dijo:

—Aquí están las señoritas de Boulders.

—Buenas tardes —dijo la señorita Hinchcliff, acercándose a la señorita Blacklock y estrechándole con fuerza la mano—. Le dije a Murgatroyd: "¡Vamos a dejarnos caer por Little Paddocks!" Quería preguntarle qué tal le ponen los patos.

—Qué aprisa cae ahora la noche, ¿verdad? —le dijo la señorita Murgatroyd a Patrick—. ¡Qué lindos crisantemos!

—¡Zarrapastrosos! —aseguró Julia.

—¿Por qué no te muestras un poco más agradable? —murmuró Patrick, dirigiéndose a su hermana y hablando en voz baja.

—Han encendido la calefacción central —observó la señorita Hinchcliff. Lo dijo acusadora—. Muy pronto.

—¡Es tan húmeda la casa en esta época del año! —contestó la señorita Blacklock.

Patrick hizo una señal con las cejas como inquiriendo: "¿Sirvo el jerez ya?" Y ella le respondió con otra señal: "Aún no".

Le dijo al coronel Easterbrook:

—¿Va usted a recibir algún bulbo de Holanda este año?

La puerta volvió a abrirse y entró la señora Swettenham con cierto embarazo, seguida de un Edmund ceñudo, que daba evidentes muestras de desasosiego.

—¡Aquí estamos! —dijo alegremente la señora Swettenham, mirando a su alrededor con franca curiosidad.

Luego, bruscamente cohibida:

—Se me ocurrió acercarme a preguntarle si por casualidad quería usted un gatito, señorita Blacklock. Nuestra gata está a punto…

—… de caer en cama y dar al mundo la progenie de un gato canela —dijo Edmund—. El resultado, yo creo, será espantoso. ¡No diga luego que no se le ha advertido!

—Es muy buena ratonera —se apresuró a decir la señora Swettenham.

Y agregó:

—¡Qué lindos crisantemos!

—Ha encendido usted ya la calefacción central, ¿verdad? —inquirió Edmund con aire de originalidad.

—¡Cómo se parece la gente a los discos de fonógrafo! —murmuró Julia.

—No me gustan las noticias —le dijo el coronel Easterbrook a Patrick, asiéndole con ferocidad por la solapa—. No me gustan ni pizca. Si quiere que le dé mi opinión, la guerra es inevitable; completamente inevitable.

—Yo nunca hago caso de las noticias —dijo Patrick.

La puerta se abrió de nuevo y entró la señora Harmon.

Llevaba el maltrecho sombrero en la coronilla, en un vago intento por parecer a la moda, y se había puesto una blusa muy llena de adornos en lugar del jersey de costumbre.

—Hola, señorita Blacklock —exclamó, radiante todo el redondo rostro—. No llego demasiado tarde, ¿verdad? ¿Cuándo empieza el asesinato?

III

Hubo una serie de ahogadas exclamaciones. Julia rio con aprobación. Patrick arrugó la cara y la señorita Blacklock sonrió a la recién llegada.

—Julian está frenético de rabia porque no puede venir —dijo la señora Harmon—. *Adora* los asesinatos. Éste es, en realidad, el motivo de que diera un sermón tan bueno el domingo pasado. Supongo que no debiera de decir que fue un sermón bueno, puesto que se trata de mi marido..., pero la verdad es que fue bueno, ¿no le parece? Mucho mejor de los que suele echar. Pero como estaba diciendo, todo ello se debió a *La Muerte llama tres veces*. ¿La ha leído? La dependienta de Tot me la reservó. Es *misteriosa* a más no poder..., *desconcertante*. Una no hace más que creer que sabe quién es el culpable, y cuando más segura está, ¡zas!, todo el asunto da un cambiazo. Y hay una cantidad encantadora de asesinatos..., cuatro o cinco. Bueno, pues me dejé la novela en el despacho cuando se encerró Julian para preparar el sermón. Y él la tomó y *no pudo* soltarla. Como consecuencia de ello, tuvo que escribir el sermón con unas prisas enormes y hubo de anotar lo que quería decir de una forma muy sencilla... sin adornos y sin referencias de erudito... y claro, resultó mucho mejor. ¡Ay, Señor! Estoy hablando demasiado. Pero, dígame, ¿cuándo va a empezar el asesinato?

La señorita consultó el reloj que había sobre la repisa de la chimenea.

—Si es que ha de empezar —anuncié alegremente—, debería hacerlo muy pronto. Falta un minuto justo para la media. Entretanto, beban una copa de jerez.

Patrick marchó apresuradamente hacia donde estaban las copas. La señorita Blacklock se acercó a la mesa de junto al arco, donde se encontraba el estuche de cigarrillos.

—Me encantaría una copa de jerez —dijo la señora Harmon—. Pero, ¿qué quiere decir con que "si ha de empezar"?

—La verdad es —contestó la señorita Blacklock— que estoy tan enterada como ustedes. No sé qué...

Se interrumpió y volvió la cabeza al empezar a sonar el reloj. Tenía un tono dulce, argentino... Todo el mundo guardaba silencio. Cuantos se hallaban en la estancia clavaron la vista en el reloj.

Dio el cuarto... dio la media. Y al sonar la última nota, todas las luces se apagaron.

IV

Se oyeron exclamaciones de encanto y chillidos femeninos de aprobación.

—Está empezando —exclamó la señora Harmon, como en éxtasis.

La voz de Dora Bunner murmuró, quejumbrosa:

—¡Oh! ¡No me gusta esto!

Otras voces dijeron:

—¡Qué miedo me da!

—¡Me pone la carne de gallina!

—Archie, ¿dónde estás?

—¿Qué es lo que yo tengo que *hacer*?

—¡Ay, Señor! ¿Le he pisado? ¡Perdone!

Luego, la puerta se abrió violentamente. Una potente lámpara de bolsillo se encendió y el haz luminoso recorrió toda la estancia. Una voz masculina, ronca y nasal, que recordaba a todos tardes agradables pasadas en el cine, ordenó a los reunidos:

—¡Manos arriba! ¡Manos arriba he dicho!

Las manos de todos se alzaron de buena gana. Estaban disfrutando una barbaridad.

—Qué maravilloso, ¿verdad? —susurró una voz femenina—. ¡Estoy más emocionada!

Y entonces, inesperadamente, habló un revólver. Lo hizo dos veces. El silbido de dos proyectiles acabó con el ambiente de satisfacción. El juego había dejado de ser un juego. Alguien soltó un chillido...

La figura enmarcada en la puerta giró bruscamente sobre los talones. Pareció titubear. Sonó un tercer disparo. Se encogió la figura y cayó pesadamente al suelo. La lámpara cayó también, apagándose.

Reinaron de nuevo las tinieblas. Y dulcemente, con un gemido de protesta, la puerta de la sala, como tenía por costumbre cuando algo no la sujetaba, se cerró, sonando el chasquido del picaporte al encajar.

V

En el interior de la casa había gran baraúnda. Hablaban varias voces a la vez:

—¡Luz!

—¿No encontráis el interruptor?

—¿Quién tiene un mechero?

—Oh..., no me gusta, ¡no me *gusta*!

—Pero, ¡si esos disparos fueron de *verdad*!

—Era un revólver de *verdad* el que llevaba.

—¿Era un ladrón?

—Oh, Archie, ¡yo quiero salir de aquí!

—Por favor, ¿no tiene alguien un mechero?

Y entonces, casi en el mismo instante, dos mecheros se encendieron.

Todo el mundo parpadeó. Todos se miraron. Rostros llenos de sobresalto. De pie y pegada a la pared, junto al arco, estaba la señorita Blacklock con la mano alzada. Era demasiado débil la luz para que pudiera distinguirse mucho, sólo se vio que algo oscuro le resbalaba por los dedos.

El coronel Easterbrook carraspeó y se puso a la altura de la situación.

—Pruebe los interruptores, Swettenham —ordenó.

Edmund, que se hallaba cerca de la puerta, obedeció.

—O han cortado la corriente en el contador, o han quitado un fusible —dijo el coronel—. ¿Quién arma todo ese jaleo?

Una voz femenina había estado dando gritos desde el otro lado de la puerta. Alzó ahora aún más el diapasón y empezó a sonar al propio tiempo ruido de golpes descargados sobre una puerta.

Dora Bunner, que había estado sollozando silenciosamente, dijo.

—Es Mitzi. Alguien está asesinando a Mitzi...

Patrick murmuró:

—No tendremos esa suerte.

Dijo la señorita Blacklock:

—Hay que buscar velas. Patrick, ¿quieres tú...?

El coronel estaba abriendo la puerta ya. Edmund y él, con la vacilante llama de los mecheros, salieron al pasillo. Casi tropezando con la figura que yacía en el suelo.

—Parece haber perdido el conocimiento —dijo el coronel—. ¿Dónde está haciendo esa mujer un ruido tan infernal?

—En el comedor.

El comedor estaba al otro lado. Alguien golpeaba la puerta, aullando, y gritando.

—Está encerrada con llave —dijo Edmund, agachándose.

Hizo girar la llave y Mitzi salió dando un salto como un tigre. La luz del comedor aún estaba encendida. Mitzi daba muestras de un terror loco y continuaba chillando. Como nota de humor era de observar que había estado limpiando los cubiertos de plata y que aún conservaba en la mano una gamuza y una pala grande de pescado.

—Cállese, Mitzi —dijo la señorita Blacklock.

—Basta ya —dijo Edmund.

Y como Mitzi no diera señales de parar, se inclinó hacia ella y le dio una bofetada. Mitzi boqueó, hipó y acabó guardando silencio.

—Vaya a buscar velas —ordenó la señorita Blacklock—; en la alacena de la cocina. Patrick, ¿sabes dónde está la caja de fusibles?

—¿En el pasillo, detrás del fregadero? Bien; veré lo que puedo hacer.

La señorita Blacklock había dado unos pasos fuera, de suerte que cayó sobre ella la luz que se escapaba del comedor. Dora Bunner exhaló una exclamación que casi parecía un sollozo. Mitzi dio otro alarido.

—La sangre, ¡la sangre! —exclamó—. Está herida... ¡Se desangrará usted, señorita Blacklock!

—No sea usted tan estúpida —le dijo la anciana con brusquedad—. La cosa carece de importancia. Un simple rasguño en la oreja.

—Pero, tía Letty —murmuró Julia—, la sangre...

Y en verdad, la blanca blusa, las perlas, y la mano estaban horriblemente ensangrentadas.

—Las orejas siempre sangran —dijo la señorita Blacklock—. Recuerdo que una vez me desmayé en la peluquería siendo niña.

El peluquero no había hecho más que darme un pellizco en el lóbulo, pero pareció como si me hubiese salido un cacharro lleno de sangre. Pero *necesitamos* luces.

—Voy a buscar las velas —dijo Mitzi.

Julia la acompañó y volvieron con varias velas pegadas en platos pequeños.

—Y ahora —indicó el coronel—, echémosle una mirada a nuestro malhechor. Acerque las velas, ¿quiere, Swettenham? Todas las que pueda.

—Yo me pondré por el otro lado —anunció Phillipa.

Tomó un par de platitos con mano firme. El coronel Easterbrook se arrodilló.

La yacente figura estaba envuelta en una capa burdamente confeccionada y que tenía capucha. Cubría el rostro un antifaz negro y estaban enguantadas las manos. La capucha había caído, revelando una cabellera rubia revuelta.

El coronel Easterbrook le dio la vuelta, le tomó el pulso, le puso la mano en el pecho... luego retiró los dedos con exclamación de repugnancia y se los contempló. Los tenía pegadizos y encarnados.

—Se ha pegado un tiro —dijo.

—¿Está gravemente herido? —inquirió la señorita Blacklock.

—¡Hum...! Me temo que ha muerto. Puede tratarse de un suicidio... o puede haberse enredado en la capa y caído disparándose el revólver. Si pudiera ver mejor...

En aquel momento, y como por arte de magia, las luces volvieron a encenderse.

Con una extraña sensación de irrealidad, los que se hallaban en el pasillo de Little Paddocks se dieron cuenta de que se encontraban en presencia de un caso de muerte repentina y violenta. El coronel Easterbrook tenía la mano teñida de rojo La sangre aún resbalaba por el cuello de la señorita Blacklock, tiñéndole la blusa y la chaqueta. Y el cuerpo del intruso, grotescamente torcido, yacía a sus pies...

Llegó Patrick del comedor. Dijo:

—Parece como si sólo hubiera saltado uno de los fusibles...

Paró en seco.

El coronel Easterbrook tiró del breve antifaz negro.

—Más vale que veamos de quién se trata —dijo—, aunque no supongo que sea persona a quien conozcamos...

Quitó el antifaz. Todos estiraron del cuello. Mitzi hipó y boqueó, pero los demás guardaron silencio.

—Es muy joven —observó la señora Harmon, con dejo de compasión.

Y de pronto, Dora Bunner exclamó, excitada:

—¡Lotty, Lotty, es el joven del Hotel Spa de Maddenham Wells! El que vino aquí a pedirte que le dieras dinero para regresar a Suiza y te negaste... Supongo que eso no fue más que un pretexto para espiar... ¡Ay, Señor! ¡Hubiera podido matarte!

La señorita Blacklock, dueña de la situación, dijo, incisiva:

—Phillipa, llévate a Bunny al comedor y dale media copa de coñac. Julia, querida, corre al cuarto de baño y tráeme el tafetán que encontrarás en el botiquín... ¡Es tan pegajoso y desagradable eso de desangrarse como un cerdo! Patrick, ¿haces el favor de telefonear inmediatamente a la policía?

CAPÍTULO IV
EL HOTEL ROYAL SPA

I

George Rydesdale, jefe superior de Policía de Middeshire, era un hombre callado. De estatura regular y ojos perspicaces, bajo cejas bastante pobladas, tenía más costumbre de escuchar que de hablar. Luego, con voz que no expresaba emoción alguna, daba, una orden, y la orden se obedecía.

Le estaba escuchando ahora el detective inspector Dermot Craddock. Craddock había sido encargado oficialmente del caso. Rydesdale le había ordenado la noche anterior que regresara de Liverpool, adonde le había mandado a hacer ciertas investigaciones relacionadas con otro caso. Rydesdale tenía muy buena opinión de Craddock. No sólo estaba dotado de inteligencia e imaginación, sino que, y esto lo apreciaba Rydesdale mucho más, era lo suficientemente disciplinado para ir despacio, examinar y comprobar cada dato, y mantener la mente abierta hasta el mismísimo final de una investigación.

—El guardia Legg contestó a la llamada —estaba diciendo Craddock—. Parece haber obrado bien, con prontitud y serenidad. Y no debe de haber sido muy fácil eso. Alrededor de una docena de personas empeñadas en hablar todas al mismo tiempo y, entre ellas, una de esas refugiadas centroeuropeas que parecen desquiciarse en cuanto ven un uniforme. Pareció convencida de que iban a encerrarla y echó abajo la casa a gritos.

—¿El difunto ha sido identificado?

—Sí, señor. Rudi Scherz. De nacionalidad suiza. Empleado

en el Hotel Royal Spa de Maddenham Wells como recepcionista. Si no tiene usted nada que decir en contra, jefe, pensé empezar por el Hotel Royal Spa e ir luego a Chipping Cleghorn. El sargento Fletcher está allá ahora. Se entrevistará con la gente de los autobuses y se dirigirá a la casa a continuación.

Rydesdale expresó su aprobación con un movimiento de cabeza.

Se abrió la puerta, y el jefe de policía alzó la cabeza.

—Entra, Henry —dijo—. Tenemos un asunto que se sale un poco de lo corriente.

Sir Henry Clithering, ex comisario de Scotland Yard, entró con las cejas levemente enarcadas. Era un hombre alto, entrado en años y de aspecto distinguido.

—Es posible —prosiguió Rydesdale— que lo encuentre atractivo hasta tu hastiado y gastado paladar.

—Jamás tuve gastado el paladar —contestó sir Henry, con indignación.

—La última moda —observó el jefe— es anunciar los asesinatos por anticipado. Enséñele a sir Henry ese anuncio, Craddock.

—*The North Benham New and Chipping Cleghorn Gazette* —silabeó sir Henry—. ¡Buen título! —Leyó lo que el dedo de Craddock le señalaba—. Hum, sí… se sale algo de lo corriente.

—¿Se tiene idea de quién entregó el anuncio? —inquirió Rydesdale.

—A juzgar por la descripción, jefe, los impuso el propio Rudi Scherz… el miércoles.

—¿Nadie le interrogó? ¿No lo encontró extraño la persona que lo aceptó?

—La rubia encargada de recibir los anuncios creo que es totalmente incapaz de pensar. Se limitó a contar las palabras y cobrar su importe.

—¿Con qué idea se hizo? —preguntó sir Henry.

—Despertar la curiosidad de los vecinos del pueblo —sugirió Rydesdale—. Conseguir que se congregaran todos en un punto determinado y a una hora fija para poderlos atracar y quitarles cuanto dinero llevaban además de las joyas. Como idea, no carece de originalidad.

—¿Qué clase de estilo es Chipping Cleghorn? —quiso saber sir Henry.

—Un pueblo grande y pintoresco, de casas muy diseminadas. Carnicero, ultramarinos, una buena tienda de antigüedades... dos salones de té. Lugar bello y atractivo que se da perfecta cuenta de serlo. Procura atraer al turista automovilista. También es pueblo residencial en grado sumo. Las casas ocupadas antaño por labradores se han restaurado y arreglado y viven ahora en ellas solteronas viejas y matrimonios retirados. Se construyó bastante en tiempos de la reina Victoria.

—Conozco el ambiente —dijo sir Henry—. Gatas viejas y coroneles retirados. Sí, sí leyeron ese anuncio, irían todos a husmear a las seis y media para ver qué sucedía. ¡Cuánto me gustaría tener a mi gatita particular aquí! ¡Con qué placer le hincaría el diente a este misterio! Es precisamente de los que ella goza investigando.

—¿Quién es tu gata particular? ¿Una tía?

—No —suspiró sir Henry—. No me une con ella ningún lazo de parentesco.

Y agregó con reverencia:

—Es la mejor detective que ha creado Dios. Genio innato cultivado en el terreno más apropiado.

Se encaró con Craddock.

—No desprecies a las gatas viejas de ese pueblo, muchacho —le dijo—. Por si éste resultara ser un misterio de esos que hacen época, cosa que en realidad no espero, ten presente que una mujer soltera, entrada en años que hace ganchillo y se entretiene en el jardín, le da ciento y raya al sargento detective más pintado. Es capaz de decirte lo que puede haber ocurrido, lo que debiera haber ocurrido y hasta, quizá, ¡lo que ha sucedido en *realidad*! Y también *por qué* ha ocurrido.

—Lo tendré en cuenta, sir Henry —respondió el detective inspector Craddock con su tono más oficial.

Y nadie hubiera sospechado, al oírle, que Dermot Eric Craddock era el ahijado de sir Henry, que le unía con él lazos de gran afecto, y que se tuteaban en la intimidad.

Rydesdale le explicó el caso en breves palabras a su amigo.

—Estoy contigo en que todos se presentarían a las seis y

medida al leer el anuncio —dijo—. Pero, ¿lo sabría con seguridad ese suizo? Y otra cosa, ¿sería probable que llevara encima suficientes cosas de valor para que valiese la pena atracarle?

—Un par de broches antiguos, un collar de perlas cultivadas... algo de dinero... suelto quizá... tal vez un billete o dos no más —murmuró sir Henry pensativo—. ¿Solía tener la señorita Blacklock mucho dinero en casa?

—Ella dice que no. Tengo entendido que no había más que cinco libras esterlinas en esta ocasión.

—Una miseria —murmuró Rydesdale.

—Lo que tú quieres insinuar con eso —observó sir Henry— es que a ese joven le gustaba hacer comedia. No era el dinero, sino el placer de desempeñar un papel y fingir un atraco. Peliculerías, ¿eh? Es posible. ¿Cómo se las arregló para pegarse un tiro?

Rydesdale tomó un papel que tenía sobre la mesa.

—Informe preliminar del forense. El revólver fue disparado cerca... chamuscado... hum... nada indica si se trató de un accidente o de un suicidio. Puede haberse hecho deliberadamente... o puede haberse pisado la capa y caído, disparándosele el arma... Lo más probable es esto último. —Miró a Craddock—. Tendría usted que interrogar con mucho cuidado a los testigos y hacerles contar minuciosamente lo que vieron.

El detective inspector Craddock dijo tristemente:

—Todos han visto una cosa distinta.

—Siempre me ha interesado —observó sir Henry— lo que ve la gente en un momento de intensa emoción y de tensión nerviosa. Lo que ve... y mucho más aún, lo que no ve.

—¿Dónde está el informe sobre el revólver?

—Fabricación extranjera, tipo bastante común en el continente... Scherz no tenía licencia de uso de armas... y no la declaró al entrar en Inglaterra.

—Mal chico —murmuró sir Henry.

—Un tipo muy poco satisfactorio en conjunto. Bueno, Craddock, vaya a ver lo que puede averiguar de él en Royal Spa.

II

Cuando llegó al Hotel Royal Spa, el inspector Craddock fue introducido al despacho del gerente.

Éste, el señor Rowlandson, era un hombre alto, de rostro colorado, muy expresivo, y saludó efusivamente y con jovialidad al detective.

—Encantados de ayudarle en todo lo que podamos, inspector —anunció—. Es un asunto sorprendente en verdad. Nunca lo hubiese creído... nunca. Scherz parecía un muchacho muy corriente y agradable... No concuerda con la idea que yo me hubiese forjado de un atracador.

—¿Cuánto tiempo ha estado a su servicio, señor Rowlandson?

—Repasé los libros para averiguarlo poco antes de llegar usted. Un poco más de tres meses. Buenos informes, los permisos de rigor, etc.

—Y, ¿lo halló usted satisfactorio?

Sin aparentar hacerlo, Craddock se fijó en la pausa infinitesimal de Rowlandson antes de contestar:

—Completamente satisfactorio.

Craddock recurrió a una técnica que había hallado eficaz en otras ocasiones.

—No, no, señor Rowlandson —dijo, sacudiendo dulcemente la cabeza—. Eso no es del todo verdad.

—¡Hombre! —El gerente quedó un poco parado.

—Vamos, señor Rowlandson, algo había. ¿Qué era?

—Ahí está precisamente: no lo sé.

—Pero ¿le *pareció* a usted que había, algo irregular?

—Pues... sí... en efecto... Pero, en realidad, no tengo nada en que basarme. No me gustaría que se tomara nota de mis conjeturas y éstas se citaran luego contra mí.

Craddock sonrió.

—Comprendo lo que quiere usted decir. No tiene por qué preocuparse. Pero he de hacerme una idea de cómo era ese Scherz. Usted desconfiaba de él... sospechaba... ¿qué era lo que sospechaba?

Dijo Rowlandson, de bastante mala gana:

—Hubo discusiones dos o tres veces por las cuentas. Cosas cobradas que no debieran de haber figurado.

—¿Quiere usted decir con eso que sospechaba que introducía en las facturas cosas que no aparecían en las cuentas del hotel, y que se guardaba la diferencia al ser pagada la nota?

—Algo así. Lo menos que puede decirse es que dio muestras de descuido imperdonables. En una o dos ocasiones se trató de cantidades bastante grandes. Con franqueza, le pedía a nuestro contable que repasara los libros de Scherz, por sospechar que era... Bueno, que no era honrado del todo. Pero aunque se encontraron varias equivocaciones y los libros daban muestras de gran descuido, el dinero en caja era el que debía haber habido. Conque llegué a la conclusión de que debía haberme equivocado.

—¿Y si no se hubiese equivocado usted? ¿Y si Scherz se hubiese estado embolsando varias pequeñas cantidades aquí y allá? Supongo que podría haber cubierto los desfalcos reponiendo el dinero sustraído, ¿verdad?

—Sí, si lo hubiera tenido. Pero la gente que se apodera de "pequeñas cantidades" como usted las llama, suele andar mal de dinero y las gasta.

—Conque si deseaba dinero para restituir ciertas cantidades, tenía que obtenerlo... cometiendo un atraco o por algún otro procedimiento, ¿no es esto?

—Sí... Y me pregunto si será esta la primera vez...

—Puede serlo. Desde luego, dio muestras en ella de falta de experiencia. ¿Hay alguna otra persona de quien pudiera haber obtenido dinero? ¿Hay alguna mujer en su vida?

—Una de las camareras del restaurante. Se llama Myrna Harris.

—Más vale que hable con ella.

III

Myrna Harris era una muchacha bonita, pelirroja, de nariz respingona.

Se mostró alarmada, cautelosa y profundamente consciente de la indignidad que representaba ser interrogada por la policía.

—No sé una palabra del asunto, inspector... ni una palabra —protestó—. De haber sabido cómo era, no hubiese salido nunca con Rudi. Claro está, puesto que trabajaba en recepción aquí, creí que era buena persona. Era natural. Lo que yo digo es que el hotel debiera de tener más cuidado cuando toma personal... sobre todo tratándose de extranjeros. Porque una nunca sabe a qué atenerse con los extranjeros. Supongo que puede haber estado metido con una de esas cuadrillas de las que hablan los periódicos, ¿verdad?

—Creemos —contestó Craddock— que trabajaba exclusivamente por su cuenta.

—¡Hay que ver! ¡Con lo callado y serio que parecía! ¡Cualquiera iba a imaginarse! Aunque sí que se han echado de menos cosas, ahora que lo pienso. Un broche de diamantes... y un dije de oro, creo. Pero jamás se me ocurrió pensar que hubiera podido ser Rudi.

—Lo creo —asintió Craddock—. Cualquiera se hubiese engañado. ¿Le conocía usted bien?

—Yo no diría *bien*.

—Pero ¿eran amigos?

—Oh, amigos sí... nada más que eso: amigos a secas. Nada serio. Siempre estoy en guardia cuando me trato con extranjeros. Son simpáticos y atractivos a veces, pero una nunca sabe, ¿verdad? ¡Algunos de esos polacos durante la guerra...! ¡Y hasta algunos de los norteamericanos! No dicen una palabra de que son casados hasta que ya es demasiado tarde. Rudi se daba importancia y todo eso... pero yo siempre me decía: "De la misa, la mitad".

Craddock se agarró a aquello.

—Se daba importancia, ¿eh? Eso es muy interesante, señorita Harris. Veo que va usted a ser una gran ayuda para nosotros. ¿De qué manera se daba importancia?

—Pues hablando de lo rica que era su familia en Suiza... y lo importante. Pero eso no cuadraba con lo mal que andaba él de dinero. Solía decir siempre que como consecuencia de la reglamentación en cuestión de divisas no podía recibir aquí dinero de su país. Supongo que eso podría ser verdad; pero sus cosas no era caras. Su ropa, quiero decir. No era de calidad. Creo también que muchas de las historias que me contaba eran pura fantasía. El escalar los Alpes y salvar la vida a la gente al borde de los ventisqueros... ¡Si le daba vértigo con sólo darse un paseo por la orilla del Desfiladero de Boulter! ¡Los Alpes! ¡Qué ilusiones!

—¿Salía usted mucho con él?

—Sí... pues... sí. Tenía muy buenos modales y sabía cómo... cómo tratar a una muchacha. Los mejores asientos en el cine siempre. Y hasta me compraba flores a veces. Y bailaba como un ángel... *como un ángel.*

—¿Le habló a usted alguna vez de la señorita Blacklock?

—Viene aquí a comer a veces, ¿verdad? Y se alojó aquí una vez. No; no creo que Rudi la mencionara nunca. No sabía yo que la conociese.

—¿Mencionó Chipping Cleghorn?

Le pareció ver una leve expresión de cautela en los ojos de Myrna; pero no estaba seguro.

—Creo que no... Me parece que sí preguntó alguna vez acerca de los autobuses... la hora en que salían... pero no recuerdo si fuera para Chipping Cleghorn o para algún otro sitio. No fue últimamente eso.

No pudo sacarle nada más. Rudi Scherz le había parecido como siempre. No le había visto en toda la tarde el día anterior. No había tenido la menor sospecha ni la menor idea de que Rudi Scherz fuese un malhechor.

Y probablemente, pensó Craddock, en eso decía la verdad.

CAPÍTULO V

LA SEÑORITA BLACKLOCK Y LA SEÑORITA BUNNER

Little Paddocks era, poco más o menos, lo que el detective inspector Craddock se había imaginado. Vio patos y pollos y lo que había sido, hasta recientemente, una franja de flores muy atractiva, en la que unas cuantas margaritas de San Miguel aún lucían los últimos destellos de purpúrea belleza antes de ajarse. Césped y senderos, presentaban señales de descuido.

Resumiendo, el inspector pensó:

—Probablemente, no tiene mucho dinero que gastar en jardineros. Le gustan las flores y tiene gusto para sembrarlas y disponerlas. La casa necesita una capa de pintura. Lo propio les ocurre a la mayoría de las casas de hoy en día. Una finquita muy agradable.

Al detenerse el coche de Craddock ante la puerta principal, el sargento Fletcher apareció por una esquina. El sargento parecía un soldado de la guardia, de erguido porte marcial y sabía infundirle una serie de significados distintos a la palabra "inspector".

—¿Conque está ahí, Fletcher?

—Inspector —dijo el sargento.

—¿Tiene algo que comunicar?

—Hemos terminado de registrar la casa. Scherz no parece haber dejado huellas dactilares en ninguna parte. Llevaba guantes, claro. No hay señal alguna de que se forzara ninguna puerta o ventana para lograr acceso. Parece haber llegado a Maddenham en el autobús que entra en Chipping Cleghorn a las seis. La puerta lateral de la casa se cerró a las cinco y media según tengo entendido. Parece como si tuviera que haber entrado por la puerta principal. La señorita Blacklock declara que a esa hora no se le echa la llave hasta que se retiran todos a dormir. La doncella, sin embargo, asegura que la puerta estuvo cerrada con llave toda la tarde... pero ella es capaz de decir cualquier cosa. La encontrará usted convertida en un manojo de nervios, una histérica. Refugiada de Centro Europa.

—Una mujer difícil, ¿eh?

—¡Inspector! —dijo el sargento con intenso sentimiento.

Craddock sonrió.

Fletcher continuó su informe.

—La instalación del alumbrado se encuentra en perfecto estado; aún no hemos descubierto cómo manejó las luces. Sólo saltó uno de los circuitos. Sala y vestíbulo. Claro está que, hoy en día, lámparas y luces de pared no estarían conectadas al mismo fusible. Pero esta instalación es antigua. No veo yo cómo puede haber andado en la caja de fusibles, porque está junto al fregadero y hubiese tenido que atravesar la cocina. Y la doncella le hubiese visto.

—¿A menos que estuviese complicado con él?

—Es muy posible. Extranjeros los dos... Y yo no me fiaría de ellos ni pizca... ni un tanto así.

Craddock vio dos enormes ojos negros que atisbaban, espantados, por la ventana vecina a la puerta principal. El rostro, aplastado contra el vidrio, apenas era visible.

—¿Es ella?

—Sí, señor.

Craddock hizo sonar el timbre.

Al cabo de un buen rato, le abrió una joven bien parecida, de cabello castaño y expresión de hastío.

La joven le miró, serena, con ojos muy atractivos, de color avellanado. Dijo:

—Pase. La señorita Blacklock le está esperando.

El vestíbulo, más que tal, era un pasillo. Largo, estrecho, parecía increíblemente lleno de puertas.

La joven abrió una de la izquierda y dijo:

—El inspector Craddock, tía Letty. Mitzi no quiso abrir. Se ha encerrado en la cocina y suelta unos gemidos maravillosos. No creo que nos dé hoy de comer.

Agregó, como explicación para Craddock:

—No le gusta la policía.

Y se retiró, cerrando la puerta.

Craddock avanzó hacia la dueña de Little Paddocks.

Vio a una mujer alta, activa, de unos setenta años. El cabello gris tenía una leve ondulación natural y constituía un marco distinguido para el rostro inteligente y resuelto. Eran grises y penetrantes los ojos y la barbilla cuadrada expresaba determinación. Llevaba un parche en la oreja izquierda. No iba maquillada. Vestía con sencillez, una chaqueta bien cortada de mezclilla, falda y suéter. Alrededor del cuello de este último se veía inesperadamente un juego de camafeos antiguos, pincelada victoriana que parecía insinuar cierto sentimentalismo que por ningún otro detalle se adivinaba.

A su lado, con ávido rostro redondo y revuelto cabello que se escapaba de una redecilla, había otra mujer de la misma edad aproximadamente, en la que Craddock no lo costó trabajo reconocer a la "Dora Bunner, señorita no de compañía", de las notas del guardia Legg, a las que este último había agregado extraoficialmente el comentario de "¡Cabeza de chorlito!"

La señorita Blacklock habló con voz muy agradable y culta.

—Buenos días, inspector Craddock. Ésta es mi amiga, la señorita Bunner, que me ayuda a llevar la casa. ¿No quiere sentarse? ¿No querrá fumar, supongo?

—Estando de servicio, no, señora.

—¡Cuánto lo siento!

Craddock tenía suficiente experiencia para examinar todo el cuarto con una sola y rápida mirada. Dos ventanas largas en aquel cuarto; mirador en el otro... sillas... sofá ... mesa central con un florero grande lleno de crisantemos ... otro florero en la ventana, muy fresco y agradable todo, aunque sin gran originalidad. La única nota incongruente la daba un florero pequeño de plata con violetas marchitas. Estaba sobre la mesa próxima al arco que daba a la segunda habitación. Puesto que no podía imaginarse que la señorita Blacklock tolerara la presencia de flores marchitas, lo tomó como única indicación de que había sucedido algo tan anormal como para desorganizar la rutina de un hogar bien dirigido.

—¿Deduzco, señorita Blacklock, que ésta es la habitación en que... tuvo lugar el incidente?

—Sí.

—¡Y había que verla anoche! —exclamó la señorita Bunner—. ¡Estaba en un estado...! ¡Dos mesitas tumbadas y la pata de una rota... la gente dando tropezones en la oscuridad!... ¡Y alguien soltó un cigarrillo y quemó uno de los muebles mejores! La gente... sobre todo la gente joven... es tan descuidada para estas cosas. Por fortuna no se rompió ninguna pieza de porcelana...

La señorita Blacklock la interrumpió, con tono dulce, pero firme:

—Dora, de todas estas cosas, por muy molestas que resulten, no son más que trivialidades. Sería mejor, yo creo, que nos limitemos a responder a las preguntas que nos haga el inspector Craddock.

—Gracias, señorita Blacklock. Hablaré de lo sucedido anoche dentro de unos instantes. Ante todo, quiero que me diga cuándo vio por primera vez al difunto Rudi Scherz.

—¿Rudi Scherz? —la señorita Blacklock dio muestras de sorpresa—. ¿Se llamaba así? No sé por qué creí... Ah, bueno; no importa todo eso. Mi primer encuentro con él fue cuando estuve en Meddenham Spa de compras allá por... deje que piense... hace unas tres semanas. Nosotras, la señorita Bunner y yo, comimos en el Hotel Royal Spa. Cuando salimos de comer, oí pronunciar mi nombre. Era ese joven. Dijo: "Es la señorita Blacklock, ¿verdad?" Y dijo a continuación que quizá no le recordase, pero que él era el hijo del propietario del Hotel des Alpes de Montreux, donde nos alojamos mi hermana y yo cerca de un año durante la guerra.

—El Hotel des Alpes, de Montreux —anotó Craddock—. Y, ¿lo recordó usted, señorita Blacklock?

—No, señor. En realidad, no recordé haberlo visto en mi vida. Los conserjes de hotel parecen todos iguales cuando están detrás del mostrador. Lo habíamos pasado muy bien en Montreux, y el propietario del hotel allá se había mostrado muy cumplido; conque intenté ser lo más cortés posible y le dije que esperaba que disfrutaría en Inglaterra y él dijo que sí, que su padre le había mandado a pasar seis meses a aprender el negocio de hotelero. Todo me pareció muy natural.

—¿Y su segundo encuentro?

—Hará cosa de... sí... tiene que haber sido hace diez días. Se presentó inesperadamente aquí. Quedé enormemente sorprendida al verle. Me pidió mil perdones por venir a molestarme, pero dijo que yo era la única persona a quien conocía en Inglaterra. Me dijo que necesitaba, con urgencia, dinero para regresar a Suiza porque su madre se encontraba gravemente enferma.

—Pero Letty no se lo dio —intervino la señorita Bunner, casi sin aliento.

—La explicación se me antojó altamente sospechosa —aseguró la señorita Blacklock con vigor—. Se me metió en la cabeza que no podía ser persona honrada. Ese cuento de necesitar dinero para regresar a Suiza era una estupidez. El padre hubiese podido telegrafiar sin dificultad para que se atendiera a su hijo en este país. Los hoteleros son todos amigos. Sospeché que habría cometido algún desfalco o algo parecido.

Hizo una pausa y agregó con sequedad:

—Por si me creyera usted un poco dura de corazón, le diré que fui durante muchos años secretaria de un gran financiero y que con él aprendí a desconfiar de toda petición de dinero. Me sé de memoria todos los trucos empleados para explotar los buenos sentimientos.

"Lo único que me sorprendió —prosiguió pensativa— fue que se diera por vencido tan aprisa. Se marchó inmediatamente sin más discusión. Es como si no hubiera tenido nunca la menor esperanza de que le diese el dinero.

—¿Cree usted ahora, al pensar en ello retrospectivamente, que su venida aquí no fue, en realidad, más que un pretexto para explorar el terreno?

La señorita Blacklock asintió con un vigoroso movimiento de cabeza.

—Es eso precisamente lo que yo opino... ahora. Hizo ciertos comentarios cuando le conduje a la puerta... acerca de las habitaciones. Dijo: "Tiene usted un comedor muy bonito", mentira al canto, porque, en realidad, no tiene nada de bonito; es una habitación fea y oscura. Estoy convencida de que no fue eso más que una excusa para asomarse a ella. Y luego se adelantó de un salto y abrió la puerta de salida diciendo: "Permítame". Ahora creo que su propósito fue ver la cerradura. Aunque la verdad es que, como la mayoría de la gente del pueblo, nunca cerramos la puerta principal hasta que anochece. *Cualquiera* podía entrar.

—¿Y la puerta lateral? Tengo entendido que, por uno de los lados, hay una puerta que da al jardín.

—Sí. Por ella salí yo a encerrar a los patos poco antes de que llegasen las visitas.

—¿Estaba cerrada con llave cuando salió usted?

La señorita Blacklock frunció el entrecejo.

—No recuerdo... Creo que sí. Desde luego la cerré al volver a entrar...

—¿Eso sería a las seis y cuarto aproximadamente?

—Algo así.

—¿Y la puerta principal?

—No tenemos la costumbre de echar la llave a esa puerta hasta más tarde.

—Así, pues, Scherz hubiera podido entrar sin dificultad por ella. O podía haberse metido en casa mientras usted encerraba los patos. Habría explorado el terreno con anterioridad y probablemente observaría varios lugares a propósito para servirle de escondite: armarios, etcétera. Sí, eso parece claro.

—Usted perdone, pero no está claro ni mucho menos —dijo la señorita Blacklock—. ¿Por qué había de tomarse tanto trabajo para efectuar un robo en esta casa, y representar semejante estúpida comedia?

—¿Guarda usted mucho dinero en casa, señorita Blacklock?

—Unas cinco libras esterlinas en esa mesa de escritorio y cosa de una libra o dos en el portamonedas.

—¿Joyas?

—Un par de anillos y broches, y los camafeos que llevo en estos instantes. Convendrá usted conmigo, inspector, en que la cosa no puede ser más absurda.

—No se trató de un robo —exclamó la señorita Bunner—. Te lo he dicho desde el primer momento, Letty. ¡Fue una *venganza*! ¡Porque no quisiste darle ese dinero! Disparó deliberadamente contra ti... dos veces.

—¡Ah! —murmuró Craddock—. Hablaremos ahora de anoche. ¿Qué ocurrió exactamente, señorita Blacklock? Dígamelo tal como usted lo recuerde.

La señorita Blacklock reflexionó un instante.

—El reloj dio la hora —repuso—. El que hay sobre la repisa de la chimenea. Recuerdo haber dicho que, si iba a suceder algo ocurriría muy pronto. Y entonces dio la hora el reloj. Lo escuchamos todos sin decir una palabra. Dio los dos cuartos y, de pronto, las luces se apagaron.

—¿Qué luces estaban encendidas?

—Las de la pared aquí y en otro cuarto. La lámpara de pie y las dos pequeñas de lectura no estaban encendidas.

—¿Hubo chispazo primero, o ruido, cuando se apagaron las luces?

—Creo que no.

—Yo estoy segura de que hubo chispazo —dijo Dora Bunner—. Y un ruido como de crepitación. ¡Peligroso!

—¿Y luego, señorita Blacklock?

—Se abrió la puerta.

—¿Qué puerta? Hay dos en el cuarto.

—Oh, ésta de aquí. La del otro cuarto no se abre. Es postiza. Se abrió la puerta y apareció… el hombre enmascarado, con el revólver, quiero decir. Parecía fantástico a más no poder. Pero, claro, por entonces creí que se trataba de una broma estúpida. Dijo algo… no recuerdo qué…

—¡Manos arriba o disparo! —intervino dramáticamente la señorita Bunner.

—Algo así —asintió la señorita Blacklock, dubitativa.

—Y, ¿todos ustedes alzaron las manos?

—¡Oh, sí! —dijo la Bunner—. Todos. Era parte de la escena, ¿comprende?

—Y, ¿luego?

—La luz de la lámpara de bolsillo me dio de lleno en los ojos. Me deslumbró. Y luego, increíblemente, oí pasar una bala silbando y dar contra la pared junto a mi cabeza. Alguien dio un chillido y entonces sentí un dolor, algo así como si me quemaran la oreja… y oí el segundo disparo.

—Fue aterrador —aseguró la señorita Bunner.

—Y, ¿qué ocurrió después, señorita Blacklock?

—Es difícil de decir... ¡estaba tan aturdida por el dolor y la sorpresa! La... la... figura dio media vuelta y pareció dar un traspiés. Luego sonó otro disparo y se le apagó la lámpara y todo el mundo empezó a empujar y gritar... tropezando unos con otros.

—¿Dónde estaba usted, señorita Blacklock?

—Estaba de pie junto a la mesa —intervino la señorita Bunner, casi sin aliento—. Tenía el florero con las violetas en la mano.

—Estaba aquí —la señorita Blacklock se acercó a la mesita, junto al arco—. En realidad, lo que tenía en la mano era el estuche de cigarrillos.

El inspector Craddock examinó la pared tras ella. Se veían claramente los dos agujeros practicados por los proyectiles. Éstos habían sido extraídos ya para ser examinados al mismo tiempo que el revólver.

Dijo:

—Salvó usted la vida de milagro, señorita Blacklock.

—¡Sí que disparó contra ella! —dijo Dora Bunner—. ¡Deliberadamente contra ella! Le vi yo. Movió la lámpara hasta enfocarla a ella, y la mantuvo quieta entonces... y disparó contra ella. Tenía la intención de matarte a ti, Letty.

—¡Dora querida!, eso se te ha metido en la cabeza de tanto pensar en lo sucedido.

—Disparó contra ti —repitió Dora, testaruda—. Tenía la intención de matarte y, al no conseguirlo, se pegó un tiro. ¡Estoy segura de que fue así!

—No creo que tuviese la menor intención de pegarse él un tiro —dijo la señorita Blacklock—. No era de los que se suicidan.

—¿Dice usted, señorita Blacklock, que hasta que se disparó el revólver, creyó usted que se trataba de una broma?

—Naturalmente. ¿Qué otra cosa podía pensar que era?

—¿A quién creyó usted autor de la broma?

—Creíste que lo había hecho Patrick al principio —le recordó Dora Bunner.

—¿Patrick? —inquirió el inspector vivamente.

—Mi primo Patrick Simmons —contestó la señorita Blacklock

con aspereza, molesta con su amiga—. Sí que se me ocurrió, al leer el anuncio, que pudiera tratarse de una broma suya, pero lo negó rotundamente.

—Y entonces te quedaste preocupada, Letty —dijo la señorita Bunner—. Sí que estabas preocupada, aunque fingías no estarlo. Y tenías razón en preocuparte. Decía: Se anuncia un asesinato... y sí que se anunció... ¡el asesinato *tuyo*! Y si el hombre ese no hubiera marrado el blanco, sí que hubieses muerto asesinada. Y entonces, ¿qué hubiera sido de todos nosotros?

Dora Bunner temblaba al hablar. Tenía contraído el rostro, y parecía a punto de llorar.

La señorita Blacklock le dio unas palmadas cariñosas en el hombro.

—No te preocupes, Dora querida... no te excites... ¡Te sienta tan mal! Y no ha sido nada. Hemos pasado un rato muy desagradable, pero ya pasó. Has de hacer un esfuerzo por dominarte, que confío en ti para que lleves la casa. ¿No es hoy día de que venga la ropa limpia?

—Oh, Letty, ¡qué suerte que me lo hayas recordado! ¡Si devolverán esa funda de almohada que falta! He de anotarlo en el cuaderno de la ropa para no olvidarme. Voy a hacerlo ahora mismo.

—Y llévate esas violetas. No hay cosa que odie tanto como las flores marchitas.

—¡Qué lástima! Las saqué ayer del jardín. No han durado nada... ¡Ay de mí! Se conoce que me olvidé de poner agua en el florero. ¡Hay que ver! Siempre me olvido de algo. Ahora es preciso que vaya a ver lo de la ropa limpia. Puede llegar de un momento a otro.

Se marchó con cara de alegría otra vez.

—No es muy fuerte —dijo la señorita Blacklock—, y las emociones le hacen daño. ¿Desea usted saber alguna otra cosa, inspector?

—Deseo saber con exactitud cuántas personas viven en esta casa y que me diga algo de ellas.

—Sí. Bueno, pues además de Dora Bunner y yo, dos primos jóvenes viven aquí actualmente: Patrick y Julia Simmons.

—¿Primos? ¿Sobrinos no?

—No. Me llaman tía Letty, pero en realidad son primos lejanos. Su madre era prima segunda mía.

—¿Han vivido siempre con usted?

—Oh, no; sólo llevan aquí dos meses. Vivían en el sur de Francia antes de la guerra. Patrick ingresó en la Armada y Julia creo que trabajó en uno de los Ministerios. Estuvo en Llandudno. Cuando se terminó la guerra su madre me escribió preguntándome si sería posible que vinieran a vivir aquí conmigo como invitados, pero pagando un tanto... Julia hace prácticas en el Hospital General de Milchester; Patrick estudió para ingresar en la Universidad de la misma población. Milchester, como usted sabe, sólo se halla a cincuenta minutos de autobús de aquí, y me alegré de poder tenerles a mi lado. Esta casa es demasiado grande para mí en realidad. Pagan una pequeña cantidad por su alojamiento y manutención, y todo sale muy bien.

Y agregó con una sonrisa:

—Me gusta tener gente a mí alrededor.

—Y creo que hay una tal señora Haymes también, ¿verdad?

—Sí. Trabaja de ayudante de jardinero en Dayas Hall, la casa de la señora Lucas. El viejo que tiene de jardinero y esposa ocupan la casita de allá; conque la señora Lucas me preguntó si no podría darle alojamiento aquí. Es muy buena muchacha. A su marido le mataron en Italia, y tiene un hijo de ocho años que está en un colegio, y a quien he acordado tener aquí durante las vacaciones.

—Y..., ¿como servidumbre?

—Viene un jardinero los martes y los viernes. Una tal señora Huggins del pueblo acude cinco mañanas a la semana para ayudar, y tengo a una refugiada extranjera, con un nombre completamente impronunciable, como especie de cocinera. Me temo que encontrará difícil de tratar a Mitzi. Padece de una especie de manía persecutoria.

Craddock asintió con un movimiento de cabeza. Estaba recordando otro de los valiosos comentarios del policía Legg. Después de agregar "cabeza de chorlito" tras el nombre de Dora Bunner y la de "Bien sentada" tras el de Leticia Blacklock, había embellecido los antecedentes de Mitzi con una sola palabra: "Embustera".

Como si hubiese leído sus pensamientos, dijo la señora Blacklock:

—No se cargue usted de prejuicios contra la pobre nada más que porque sea una embustera. Creo que, como en el caso de tantas otras personas embusteras, hay un fondo de verdad en todas sus mentiras. Quiero decir, y permítame que ponga un ejemplo, que aunque sus relatos de atrocidades han ido aumentando hasta que todas las cosas desagradables que han aparecido jamás en letras de molde resultan ahora haberle sucedido a ella o a alguno de su familia, sí que sufrió una terrible sacudida y que vio por lo menos a una persona de su familia recibir la muerte. Creo que muchas de estas personas desplazadas tienen el convencimiento, fundamento quizá, de que cuanto mayores atrocidades hayan tenido que soportar, mayor caso les haremos y mayor será nuestra conmiseración. Conque exageran e inventan.

Agregó:

—Con franqueza, Mitzi es una mujer insoportable. Nos exaspera y enfurece a todos; es desconfiada y hosca; no hace más que tener presentimientos y sentirse insultada. Pero a pesar de todo le tengo lástima de verdad —sonrió—; y además, cuando quiere, sabe guisar muy bien.

—Procuraré no exacerbarle los nervios más de lo absolutamente necesario —dijo Craddock—. ¿Era la señorita Julia la que me abrió la puerta?

—Sí. ¿Querría usted verla ahora? Patrick ha salido. A Phillipa Haymes la encontrará trabajando en Dayas Hall.

—Gracias, señorita Blacklock. Me gustaría hablar ahora con la señorita Simmons si puede ser.

CAPÍTULO VI
JULIA, MITZI Y PATRICK

I

Julia, cuando entró en el cuarto y ocupó la silla que dejara libre Leticia Blacklock, tenía un aire de serenidad y un aplomo que Craddock, sin saber por qué, halló molesto. Clavó en él una mirada límpida y aguardó sus preguntas.

La señorita Blacklock, con mucho tacto, había abandonado la estancia.

—¿Tiene la bondad de hablarme de anoche, señorita Simmons?

—¿Anoche? —murmuró Julia, sin expresión en la mirada—. Oh, dormimos como troncos. La reacción, supongo.

—Me refiero a ayer noche, desde las seis en adelante.

—¡Ah, ya... bueno! Pues vino una porción de gente capaz de aburrir a cualquiera... que no tuviera paciencia.

—¿Quiénes eran?

Le miró con límpidos ojos.

—¿No lo sabe ya?

—Soy yo quien hace las preguntas, señorita Simmons —le dijo afablemente Craddock.

—Usted perdone. ¡He encontrado siempre las repeticiones tan pesadas! Al parecer, a usted no le ocurre lo mismo. Bueno, pues vinieron el coronel y la señora Easterbrook, la señorita Hinchcliff y la señorita Murgatroyd, la señora Swettenham y Edmund Swettenham, y la señora Harmon, esposa del vicario. Llegaron por el orden que los he mencionado. Y si quiere saber lo que dijeron... todos dijeron lo mismo por turno: "Veo que tiene usted la calefacción central encendida". Y... "¡Qué crisantemos más hermosos!"

Craddock se mordió los labios. La imitación era buena.

—La señora Harmon fue la excepción. Es bastante simpática. Entró con el sombrero caído y los cordones de los zapatos desatados, y preguntó sin rodeos: "¿Cuándo se va a cometer el asesinato?" Dejó corrido a todo el mundo, porque todos estaban intentando de hacer creer que se habían dejado caer por aquí por simple casualidad. Tía Letty dijo, con su habitual sequedad, que no tardaría en producirse. Y entonces ese reloj dio la hora, y no había hecho más que terminar, cuando se apagaron las luces, se abrió la puerta con violencia, y una figura enmascarada ordenó: "¡Arriba las manos, gente!" o algo parecido. Fue exactamente igual que en una película mala. Ridículo a más no poder. Y luego le hizo dos disparos a tía Letty, y entonces dejó de parecer ridícula ya la cosa.

—¿Dónde estaban todos cuando sucedió eso?

—¿Cuando se apagaron las luces? Pues por ahí de pie, ¿sabe? La señora Harmon se encontraba sentada en el sofá... Hinch (la señora Hinchcliff, comprende) se había plantado, con su facha hombruna, delante de la chimenea.

—¿Estaban todos ustedes en ese cuarto, o en la prolongación?

—Creo que en este cuarto la mayor parte, Patrick había ido a la prolongación a buscar el jerez. Creo que el coronel Easterbrook le siguió, pero no estoy segura. Estábamos..., bueno... como dije, de pie por aquí.

—Y usted, ¿dónde estaba?

—Junto a la ventana, si mal no recuerdo. Tía Letty fue a buscar los cigarrillos.

—¿A esa mesa junto al arco?

—Sí. Y las luces se apagaron y la película mala empezó.

—El hombre tenía una lámpara de bolsillo de mucha potencia. ¿Qué hizo con ella?

—La dirigió hacia nosotros. Deslumbradora a más no poder. A mí me hizo parpadear.

—Quiero que responda a esta pregunta con mucho cuidado, señorita Simmons. ¿Mantuvo la lámpara quieta o la movió de un lado para otro?

Julia reflexionó. Ahora daba muestras de hallarse menos alerta.

—La movió —dijo despacio—, como el foco en una sala de baile. Me dio de lleno en los ojos, y luego siguió dando la vuelta al cuarto. A continuación sonaron los disparos. Dos de ellos.

—¿Y luego?

—Dio media vuelta... y Mitzi se puso a chillar como una sirena desde no sé dónde... y se apagó la lámpara y sonó otro disparo. Después, se cerró la puerta. (Se cierra sola, ¿sabe?, despacio, con un ruido que parece un quejido... pone la carne de gallina.) Y aquí estábamos todos, en la oscuridad, sin saber qué hacer. La pobre Bunny chirriaba como un conejo, y Mitzi aullaba a todo pulmón al otro lado del pasillo.

—¿Opina usted que el hombre se pegó deliberadamente un tiro? O..., ¿cree que dio un traspiés y que se disparó accidentalmente el revólver?

—No tengo la menor idea. ¡Resultó todo tan teatral...! En realidad, creí que se trataba de una broma estúpida hasta que vi cómo le sangraba la oreja a Letty. Pero aun suponiendo que fuera a disparar un revólver para dar mayor sensación de realidad, hubiese tenido cuidado de apuntar por encima de la cabeza de la gente, ¿verdad?

—En efecto. ¿Cree usted que podía ver claramente contra quién estaba disparando? Quiero decir: ¿se veía claramente a la señorita Blacklock a la luz de la lámpara?

—No tengo la menor idea. No la estaba mirando. Tenía la mirada fija en el hombre.

—Lo que quiero decir es..., ¿usted cree que el hombre ese le estuvo apuntando a ella deliberadamente... a ella precisamente?

—¿Que si escogió deliberadamente a tía Letty, quiere decir? Oh, no lo creo... Después de todo, si deseaba pegarle un tiro a tía Letty no le hubieran faltado oportunidades mejores. No hubiese habido necesidad de reunir a todos los amigos y vecinos para hacer más difícil la cosa. Hubiera podido tirar contra ella desde detrás de un seto cualquier día de la semana y sin que le pillaran seguramente.

Y eso, pensó Craddock, resultaba una contestación bien completa a la insinuación de Dora Bunner de que Leticia Blacklock había sido objeto de un ataque deliberado.

Dijo con un suspiro:

—Gracias, señorita Simmons. Más vale que vaya a ver a Mitzi ahora.

—¡Ojo con sus uñas! —le advirtió Julia—. ¡Es de aúpa!

II

Craddock, acompañado de Fletcher, halló a Mitzi en la cocina. Estaba pasando el rodillo por un montón de masa destinado a hacer pastas, y alzó la cabeza con desconfianza cuando entraron.

Tenía la negra cabellera caída sobre los ojos, hosca la expresión. Y el jersey morado y la falda vivamente verde no le iban bien a la pastosa tez.

—¿Por qué entra usted en mi cocina, señor guardia? Usted es policía, ¿sí? Siempre, siempre hay persecuciones... ¡Ah! ¡Debiera estar acostumbrada a ellas ya! Dicen que es distinto aquí, en Inglaterra. Pero, no; es exactamente igual. Viene usted a torturarme, sí, a obligarme a decir cosas...; pero yo no diré nada. Me arrancará usted las uñas y me pondrá cerillas encendidas encima de la piel..., ¡ah, sí! ¡Y cosas peores! Pero yo no hablaré, ¿me ha oído? Nada diré... nada en absoluto. Y me mandará usted a un campo de concentración y a mí me dará igual.

Craddock la miró pensativo, tratando de escoger el medio de arranque que resultara mejor. Por último exhaló un suspiro y dijo:

—Bien, pues. Tome el sombrero y el abrigo.

—¿Qué es lo que dice? —exclamó Mitzi con sobresalto.

—Tome el sombrero y el abrigo y vámonos. No llevo encima el aparato de arrancar uñas ni el resto de mi equipo. Todo esto lo guardamos en la comisaría. ¿Tienes las esposas a mano, Fletcher?

—¡Jefe! —dijo el sargento Fletcher, con fruición.

—Pero, ¡si yo no quiero ir! —aulló Mitzi, retrocediendo.

—En tal caso, contestará usted cortésmente a las preguntas corteses. Si lo desea, puede solicitar la presencia de su abogado.

—¿De un abogado? No me gustan los abogados. No quiero un abogado.

Soltó el rodillo, se quitó la harina de las manos con un paño y se sentó.

—¿Qué quiere usted saber? —inquirió con hosquedad.

—Quiero conocer su versión de lo sucedido aquí anoche.

—De sobra sabe usted lo que sucedió.

—Quiero conocer su versión.

—Intenté marcharme. ¿Le dijo ella eso? Cuando vi en el periódico lo del asesinato. Quería marcharme. Ella no me quiso dejar. Es muy dura..., nada comprensiva. Me obligó a quedarme. Pero *yo* sabía... *Yo* sabía lo que iba a suceder. *Yo* sabía que me iban a asesinar.

—Pero no la asesinaron, ¿verdad que no?

—No —asintió Mitzi de mala gana.

—Vamos. Dígame lo que ocurrió.

—Estaba nerviosa. ¡Oh, qué nerviosa estaba! Toda aquella tarde. Oí cosas. Gente que se movía de un lado para otro. Una vez creí que había alguien en el pasillo moviéndose con sigilo... pero sólo era la señora Haymes, que entraba en la puerta lateral (para no ensuciar los escalones de la puerta principal, según ella. ¡Como si a ella le importase eso!) Ésa es nazi, con el cabello rubio y los ojos azules... con su aire de superioridad y mirándome a mí y pensando que yo... que yo no soy más que una porquería...

—No se preocupe ahora de la señora Haymes.

—¿Qué se ha creído que es *ella*? ¿Ha recibido una educación universitaria cara como yo? ¿Tiene *ella* título en crematística? No; no es más que una obrera asalariada. Cava y corta hierba y le pagan un tanto cada sábado. ¿Quién es *ella* para llamarse señora?

—He dicho que no se acuerde de la señora Haymes. Continúe.

—Llevo el jerez y las copas y las pastas tan buenas que he hecho a la sala. Entonces suena el timbre y abro la puerta. Vez tras vez contesto a la puerta. Es desagradable, pero lo hago. Y luego vuelvo a la despensa, y me pongo a dar brillo a los cubiertos de plata, y se me ocurre que me vendrá muy bien aquello, porque si alguien viene a matarme. Tengo allí, cerca de la mano, el cuchillo de trinchar tan grande, tan afilado.

—Es usted muy previsora.

—Y de pronto... oigo disparos. Pienso: "Ha llegado..., está oscureciendo". Cruzo corriendo por el comedor. (La otra puerta no se abre.) Me quedo parada un momento para escuchar y entonces suena otro tiro y un golpe muy fuerte allá fuera, en el pasillo, y yo hago girar el pomo de la puerta, pero está cerrada con llave por fuera. Estoy encerrada allí como rata en una ratonera. Y me vuelvo loca de miedo. Chillo, y chillo, y golpeo la puerta. Y por fin... por fin... hacen girar la llave y me dejan salir. Y entonces traigo velas, muchas, muchas velas... y se encienden las luces y veo sangre... ¡sangre! *Ach Gott in Himmel*, la sangre. No es la primera vez que veo sangre. Mi hermanito... le veo matar delante de mis propios ojos..., veo sangre en la calle..., gente acribillada, muriendo... yo...

—Sí —dijo el inspector Craddock—, muchísimas gracias.

—Y ahora —dijo Mitzi, con gesto dramático—, puede usted detenerme y llevarme a la cárcel.

—Otro día —dijo el inspector Craddock.

III

Cuando Craddock y Fletcher atravesaron el vestíbulo en dirección a la puerta se abrió ésta con violencia y un joven alto y bien parecido por poco chocó con ellos.

—¡Sabuesos, como hay Dios! —exclamó el joven.

—¿El señor Patrick Simmons?

—Exacto, inspector. Es usted el inspector, ¿verdad?, y el otro sargento.

—Así es, señor Simmons. ¿Puedo hablar con usted un momento?

—Soy inocente, inspector. Le ruego que soy inocente.

—Escuche, señor Simmons: hágame el santo favor de no hacer el oso. Tengo que entrevistarme con mucha gente y no tengo tiempo que perder. ¿Qué es este cuarto? ¿Podemos entrar aquí?

—Es el llamado estudio... pero nadie estudia.

—Me dijeron que usted estudiaba.

—Descubrí que me era imposible concentrarme en las matemáticas; conque me vine a casa.

El inspector Craddock le pidió el nombre completo, la edad y detalles de su servicio en filas durante la guerra.

—Y ahora, señor Simmons, ¿tiene usted la amabilidad de describirme lo que sucedió anoche?

—Tiramos la casa por la ventana, inspector. Es decir, Mitzi se puso a hacer pastas y pasteles. Tía Letty descorchó una botella nueva de jerez...

Craddock le interrumpió.

—¿Una botella nueva? ¿Había otra?

—Sí. Medio llena. Pero a tía Letty no pareció gustarle.

—Así, pues, ¿estaba nerviosa?

—Oh, no es eso. Es de una sensibilidad extrema. Creo que fue Bunny la que le metió algo de miedo... profetizando durante todo el día que iba a ocurrir un desastre.

—¿La señorita Bunner tenía decididamente gran aprensión?

—Ya lo creo. Se divirtió de lo lindo. Goza pasando miedo.

—¿Tomó en serio el anuncio?

—Le puso los pelos de punta.

—La señorita Blacklock parece haber creído, al leer el anuncio, que usted tenía algo que ver con el asunto. ¿Por qué?

—Es natural. ¡A mí me echan siempre la culpa de todo lo que ocurre por aquí!

—*Usted* no tuvo nada que ver con el asunto, ¿verdad, señor Simmons?

—¿Yo? ¡Ni tanto así!

—¿Había visto usted alguna vez a ese Rudi Scherz, o había hablado usted con él?

—En mi vida.

—Pero era la clase de broma que hubiese sido usted capaz de gastar, ¿verdad? Diga la verdad.

—¿Quién le ha estado diciendo eso? Porque una vez le hice la petaca en la cama a Bunny... y porque otra la mandé una postal a Mitzi diciéndole que la Gestapo se hallaba sobre su pista...

—Tenga la bondad de explicarme lo sucedido.

—Acababa de entrar en la sala pequeña en busca de la bebida cuándo, ¡eh, presto!, se apagaron las luces. Di la vuelta y he ahí un tipo en el umbral diciendo: "¡Arriba las manos!", y todo el mundo dando gritos y soltando exclamaciones... Y cuando yo empezaba a preguntarme: "¿Puedo abalanzarme sobre él antes de que tenga tiempo de reaccionar?", se pone a disparar un revólver y ¡zas!, se cae al suelo, y la lámpara se apaga y nos encontramos en la oscuridad otra vez, y el coronel Easterbrook empieza a gritar órdenes con su voz de cuartel. "Luz", grita. Y, ¿se quiere encender mi mechero? No, señor, como suele suceder siempre con estos malditos inventos.

—¿Le pareció a usted que el intruso apuntaba deliberadamente a la señora Blacklock?

—¡Ah! ¿Y cómo quiere que lo sepa yo? Yo diría que disparó el revólver nada más por el gusto de hacerlo... y que descubrió luego, quizá, que había llevado las cosas demasiado lejos.

—¿Y que entonces se pegó un tiro?

—Pudiera ser. Cuando le vi la cara se me antojó la clase de ladronzuelo que pierde con facilidad el valor.

—¿Y está seguro de que no le había visto nunca antes?

—Completamente seguro.

—Gracias, señor Simmons. Quisiera entrevistarme con las demás personas que estuvieron aquí anoche. ¿En qué orden sería mejor que las viese?

—Pues... Nuestra Phillipa... La señora Haymes... Trabaja en Dayas Hall. La verja de esa finca está casi en frente de la casa. Después los Swettenham son los que viven más cerca.

CAPÍTULO VII
ENTRE LOS PRESENTES

I

Dayas Hall había sufrido durante los años de guerra. Crecía con entusiasmo la grama por lo que en otros tiempos había sido una esparraguera, como lo demostraban algunas hojas de espárrago. La hierba cana y la correhuela crecían vigorosamente, como muchas otras plagas de jardín.

Una parte de la huerta presentaba señales de haber sido reducida al orden, y allí encontró Craddock a un anciano de avinagrado aspecto apoyado en una pala.

—¿Es a la señora Haymes a quien busca? No sé dónde la encontrará. Tiene ideas propias esa señora sobre lo que ha de hacer o dejar de hacer. No es de las que admiten consejos. Yo podría enseñarla... le enseñaría de buena gana..., pero, ¿de qué sirve? ¡Estas jovencitas no quieren hacerle a uno caso! Se creen que lo saben todo porque se han puesto pantalones y montado en un tractor. Pero es jardinería lo que hace falta aquí. Y eso no se aprende todos los días.

—Así parece, en efecto —asintió Craddock.

Al viejo se le antojó tomar estas palabras como una crítica.

—Escuche, amigo, ¿qué cree usted que puedo hacer yo con un sitio de este tamaño? Tres hombres y un muchacho, ése es el personal que se cuidaba de él antes. Y eso es lo que necesita ahora. Son pocos los hombres que podrían meter aquí el trabajo que yo meto. Me estoy aquí a veces hasta las ocho de la noche. ¡Hasta las ocho!

—¿Y con qué luz trabaja? ¿A la de un candil?

—No me refiero a esa época del año, naturalmente. Hablo de las noches de *verano.*

—¡Ah! —dijo Craddock—. Más vale que me marche en busca de la señora Haymes.

El hombre dio muestras de interés.

—¿Para qué la quiere? Es usted policía, ¿no? ¿Se ha metido en líos? ¿O se trata de lo que ha ocurrido en Little Paddocks? Enmascarados que forzaron la entrada y atracaron a la gente a punta de pistola. Y una cosa así no hubiese ocurrido antes de la guerra. Desertores, eso es lo que son. Gente desesperada que recorre el campo. ¿Por qué no hace una redada la policía militar?

—No tengo la menor idea —dijo Craddock—. Supongo que ha dado mucho que hablar ese atraco, ¿eh?

—¡Y que lo diga! ¿Adónde vamos a parar? Eso es lo que dijo Ned Barker. Consecuencia de ir tanto al cine, dice. Pero Tom Riley dice que éstas son las consecuencias de dejar andar sueltos por ahí a tantos extranjeros. Y creedme a mí, dice, esa chica que le guisa a la señorita Blacklock y que tiene tan mal genio... *ella* está metida en el ajo, dijo. Es comunista o algo peor, y a nosotros no nos gusta esa clase de gente aquí. Y Marlene, que sirve en la taberna, ¿sabe?, se empeña en que tiene que haber algo de mucho valor en la casa de la señorita Blacklock. Y no es que lo parezca, porque la señorita Blacklock anda por ahí de cualquier manera, sin perifollos, como no sea esos collares de perlas falsas que lleva. Y luego dice: ¿Y si esas perlas fueran de *verdad*? Y Florrie (que es hija del viejo Bellamy) dice: "No digas tonterías; son perlas de pega, eso es lo que son, joyas de teatro". ¡Lindo nombre para darle a un collar de perlas falsas! Perlas romanas, eso es lo que la *gente bien* las llamaba en otros tiempos... y diamantes parisienses. Mi mujer fue doncella de una señora y lo sé. Pero ¿qué quiere decir todo eso, después de todo? ¡Culo de vaso seco! Supongo que son "joyas de teatro" las que usa la señora Simmons... hojas de hiedra de oro y perros, y cosas así. Rara vez ve uno oro de verdad en estos tiempos..., hasta los anillos de boda los hacen de esa cosa gris que llaman platino. Pobre lo llamo yo, bien pobre..., aunque valga un mundo.

El viejo Ashe se interrumpió para recobrar el aliento y luego continuó:

—"La señorita Blacklock no guarda mucho dinero en casa; eso sí que lo sé", dice Jim Huggins, alzando la voz. Y él debiera saberlo, porque es su mujer la que va a limpiar a Little Paddocks, y es su mujer la que se entera de todo lo que ocurre a su alrededor. Es una fisgona y una metomentodo, y usted ya me entiende.

—¿Dijo cuál era la opinión de la señora Huggins?

—Que Mitzi está metida en el ajo, eso es lo que ella cree. ¡El mal genio y los humos que tiene! Llamó a la señora Huggins obrera en su propia cara el otro día por la mañana.

Craddock permaneció inmóvil por unos instantes, dirigiendo ordenadamente la sustancia de las acres, palabras del anciano. Le daban éstas una muestra de la opinión de los habitantes de Chipping Cleghorn, pero no creía que hubiese en ellas nada susceptible de ayudarle en su tarea. Empezó a alejarse y el viejo le gritó de mala gana:

—Quizá la encuentre usted en el manzanal. Es más joven que yo para arrancar las manzanas.

Y en efecto, Craddock halló a Phillipa Haymes en el manzanal. Lo primero que vio fue un par de piernas bastante agradables enfundadas en pantalón de montar, que resbalaban por el tronco de un árbol. Luego, Phillipa, encendido el rostro, despeinada la rubia cabellera por las ramas, le miró con sobresalto.

"Haría una buena Rosalinda", pensó Craddock maquinalmente.

Porque el detective inspector Craddock era un entusiasta de Shakespeare y había hecho el papel de melancólico Jacques con gran éxito en una representación de *Como a ti te gusta* a beneficio del Colegio de Huérfanos de la Policía.[1]

Un momento más tarde cambió de opinión. Phillipa Haymes tenía demasiada cara de palo para Rosalinda. El rubio de su cabello, la blancura de su cutis y su impasibilidad eran intensamente ingleses, pero ingleses del siglo XIX más bien que del

[1] Rosalinda, en la obra citada, es la hija del duque desterrado. Jacques es uno de los nobles del séquito del duque. *(N. del T.)*

siglo XVI. De inglesa bien educada, nada emotiva y sin el menor destello de travesura.

—Buenos días, señora Hayes. Siento haberle causado sobresalto. Soy el detective inspector Craddock, de la policía de Middeshire. Deseaba hablar con usted.

—¿Acerca de anoche?

—Sí.

—¿Va a ser largo? ¿No...?

Miró a su alrededor, dubitativa.

Craddock señaló el tronco de un árbol caído.

—Muy poco ceremonioso —dijo con voz agradable—; pero no quiero interrumpir su trabajo más de lo absolutamente necesario.

—Gracias.

—Se trata, simplemente, de obtener datos para nuestro informe. ¿A qué hora volvió usted de trabajar anoche?

—A eso de las cinco y media. Me había quedado unos veinte minutos más de lo corriente para terminar de regar unas plantas en el invernadero.

—¿Por qué puerta entró?

—La lateral. Se llega a ella cruzando desde la avenida por donde están los patos y el gallinero. Así no hay necesidad de dar un rodeo, ni de ensuciar el porche de la puerta principal. A veces llego bastante llena de barro.

—¿Siempre entra usted por esa puerta?

—Sí.

—¿La puerta no tenía echada la llave?

—No. Durante el verano suele estar abierta de par en par. En esta época del año está cerrada, pero no con llave. Todos entramos y salimos mucho por ella. La cerré yo con llave cuando entré.

—¿Hace usted eso siempre?

—Lo he estado haciendo durante la última semana. Oscurece a las seis. La señorita Blacklock sale a encerrar los patos y las gallinas hacia el atardecer, pero sale con mucha frecuencia por la puerta de la cocina.

—¿Y usted está completamente segura de que cerró la puerta con llave esta vez?

—Estoy completamente segura de ello.

—Bien, señora Haymes. ¿Y qué hizo cuando entró?

—Me quité las botas, que estaban llenas de barro, subí al piso, me bañé y me mudé. Luego bajé y descubrí que se estaba celebrando una especie de fiesta. No me enteré hasta entonces de lo del extraño anuncio.

—Ahora tenga la bondad de describirme exactamente lo ocurrido cuando se cometió el atraco.

—Pues..., las luces se apagaron de pronto...

—¿Dónde estaba usted?

—Junto a la chimenea. Buscaba mi mechero. Creí haberlo dejado sobre la repisa. Se apagaron las luces... y todo el mundo rio. Luego se abrió la puerta y ese hombre nos enfocó con una lámpara y agitó un revólver, y nos dijo que alzáramos las manos.

—¿Cosa que ustedes hicieron?

—La verdad es que yo no llegué a hacerlo. Creí que era una simple broma, y estaba cansada, y no creí que fuese absolutamente necesario que yo las alzara.

—En otras palabras, que la cosa le resultaba aburrida a más no poder.

—Algo así. Y entonces se disparó el revólver. Los tiros sonaron ensordecedores y me asusté de verdad. La lámpara giró y luego cayó y se apagó, y Mitzi rompió a chillar. Aullaba igual que si estuviesen matando a un cerdo.

—¿Encontró usted muy deslumbradora la luz de la lámpara?

—No más de lo corriente. Era potente, sin embargo. Iluminó a la señorita Bunner un momento, y vi que estaba pálida, boquiabierta, con los ojos desorbitados.

—¿Movió el hombre la lámpara?

—Sí. Dirigió la luz por toda la habitación.

—¿Como si anduviera buscando a alguien?

—No me dio a mí esa impresión.

—¿Y después de eso, señora Haymes?

Phillipa Haymes frunció el entrecejo.

—Oh, fue toda una confusión. Edmund Swettenham y Patrick Simmons encendieron sus mecheros y salieron al pasillo, y nosotros les seguimos... y alguien abrió la puerta del comedor... y allí no se habían fundido las luces... Edmund Swettenham le dio a Mitzi un formidable bofetón que la hizo callar. Después de eso, ya fue más llevadera la cosa.

—¿Vio usted el cuerpo del muerto?

—Sí.

—¿Le era conocido? ¿Le había visto usted con anterioridad?

—Jamás.

—¿Tiene usted opinión acerca de si su muerte fue accidental? O..., ¿cree usted que se pegó un tiro deliberadamente?

—No tengo la menor idea.

—¿No le vio usted cuando estuvo en la casa con anterioridad?

—No. Creo que fue a media mañana, y yo no estoy allí a esa hora. Estoy fuera todo el día.

—Gracias, señora Haymes. Una cosa más. ¿Tiene usted joyas de valor? ¿Anillos, pulseras..., algo así?

Phillipa movió negativamente la cabeza.

—Mi anillo de desposada... un par de broches.

—Y que usted sepa, ¿no había nada de especial valor en la casa?

—No. Es decir, hay cubiertos de plata y todo eso..., pero nada fuera de lo corriente.

—Gracias, señora Haymes.

II

Al retroceder Craddock sobre sus pasos por el huerto, dio de manos a boca con una dama corpulenta, muy encorsetada.

—¡Buenos días! —dijo ésta, con agresividad—. ¿Qué busca aquí?

—¿La señora Lucas? Yo soy el detective inspector Craddock.

—Ah, conque ése es usted. Usted perdone. No me gusta que se metan extraños en mi jardín y hagan perder el tiempo a mis jardineros. Pero comprendo perfectamente que usted tiene que cumplir con su deber.

—En efecto.

—¿Me es lícito preguntar si hemos de esperar que se repita el ultrajante suceso de anoche? ¿Se trata de una cuadrilla?

—Estamos convencidos, señora Lucas, de que no es obra de una cuadrilla.

—Hay demasiados robos hoy en día. La policía está aflojando la mano, y no da muestras del celo de otros tiempos. ¿Supongo que ha estado hablando usted con Phillipa Haymes?

—Deseaba conocer su versión como testigo ocular.

—¿Supongo que no podía usted haber esperado hasta la una? Después de todo, resultaría más justo someterla a un interrogatorio en horas que fueran suyas y no en las mías...

—Deseo regresar a jefatura.

—Y no es que una espere que le tengan consideración alguna en estos tiempos. Ni que le den sus empleados un día completo de trabajo. Se presentan tarde, se pasan media hora en preparativos, se paran a almorzar a las diez. No dan golpe en cuanto empieza a llover. Cuando una quiere que le corten la hierba, siempre le pasa algo a la cortadora de césped. Y se marchan cinco o diez minutos antes de que dé la hora de dejar de trabajar.

—Según tengo entendido, la señora Haymes se marchó de aquí a las cinco y veinte ayer en lugar de irse a las cinco.

—Oh, no lo dudo. En justicia, hay que reconocer que la señora Haymes da muestras de interés en su trabajo, aun cuando más de un día he salido aquí y no he conseguido encontrarla por parte alguna. Es señora de nacimiento, hija de muy buena familia, y a una le parece deber suyo hacer algo por estas pobres viudas de guerra. Y no es que no resulte altamente inconveniente. Con lo largas que son las vacaciones escolares... y lo convenido es que disfrute de más tiempo libre para entonces. Le dije que, en realidad, hay campamentos excelentes hoy en día, a los que se puede enviar a los niños y en los que pasan unos ratos deliciosos y gozan mucho más que estando con sus padres. No necesitan venir a casa siquiera durante toda la vacación de verano.

—Pero, ¿a la señora Haymes no le hizo mucha gracia la idea?

—Es más testaruda que una mula esa muchacha. Precisamente en la época del año en que quiero que corten el césped del campo de tenis y lo marquen casi todos los días. El viejo Ashe hace las rayas torcidas. Pero, ¡nunca se tiene en cuenta la conveniencia mía!

—Supongo que la señora Haymes cobra un sueldo más bajo de lo usual.

—Naturalmente. ¿Qué otra cosa podía esperar?

—Ninguna, en verdad —dijo Craddock—. Buenos días, señora Lucas.

III

—Fue terrible —dijo la señora Swettenham con fruición—. *Terribilísimo...* Y lo que yo digo es que en la *Gaceta* debieran tener más cuidado con los anuncios que aceptan. En el momento mismo que lo leí me pareció raro. Y lo dije. ¿Verdad, Edmund?

—¿Recuerda usted exactamente lo que estaba haciendo cuando se apagaron las luces, señora Swettenham? —preguntó el inspector.

—¡Cómo me recuerda eso a mi aya! ¿Dónde estaba Moisés cuando se apagó la luz? La respuesta era, claro está: "En la oscuridad". Igual que ayer. Todos esperando allí y preguntándonos qué iba a suceder. Y luego, ¿sabe? la *emoción* cuando reinaron, de pronto, las tinieblas. Y la puerta que se abría... una figura borrosa, de pie en el umbral, con un revólver en la mano... y aquella luz deslumbrante... y la voz amenazadora que gritaba: "¡La bolsa o la vida!" Oh, ¡jamás he disfrutado tanto! Y luego, un minuto más tarde, *fue* terrible, claro. ¡Balas de *verdad,* que silbaban a nuestro alrededor! Debió de ser igual que los comandos durante la guerra.

—¿Dónde estaba usted? ¿De pie o sentada, por entonces, señora Swettenham?

—Déjeme que piense..., ¿dónde estaba yo? ¿Con quién estaba hablando, Edmund?

—No tengo la menor idea, mamá.

—¿Era a la señorita Hinchcliff a quien le estaba preguntando eso de darles aceite de hígado de bacalao a las gallinas durante el frío? ¿O era a la señora Harmon? No; la señora Harmon acababa de llegar. Yo creo que le estaba diciendo al coronel Easterbrook que me parecía verdaderamente peligroso tener en Inglaterra una estación de investigaciones atómicas. Debieran instalarla en alguna isla desierta por si se escapara la radiactividad.

—¿No recuerda usted si estaba de pie o sentada?

—¿Importa eso en realidad, inspector? O estaba junto a la ventana, o cerca de la chimenea, porque sé que estaba *muy* cerca del reloj cuando dio la hora. ¡Un momento más emocionante! Aguardando a ver si iba a suceder algo.

—Describe usted la luz de la lámpara como deslumbradora. ¿Le dio a usted de lleno?

—En los mismísimos ojos. No pude ver ni jota.

—¿La sostuvo el hombre quieta o la fue enfocando en una persona tras otra?

—Oh, la verdad es que no lo sé. ¿Qué hizo, Edmund?

—Pasó muy despacio de uno a otro de nosotros, como para ver qué estábamos haciendo todos. Supongo que por si intentábamos abalanzarnos sobre él.

—¿Y dónde estaba usted exactamente, señor Swettenham?

—Había estado hablando con Julia Simmons. Estábamos los dos de pie en medio del cuarto... del cuarto grande.

—¿Estaban todos en ese cuarto, o había alguien en la otra habitación?

—Creo que Phillipa Haymes se había marchado de allá. Se encontraba junto a la repisa lejana. Creo que andaba buscando algo.

—¿Tiene usted idea de si el tercer disparo fue un accidente o un suicidio?

—Ninguna. El hombre pareció volverse bruscamente, tambalearse y caer... pero resultó todo muy confuso. Ha de darse cuenta usted de que, en realidad, no se veía nada. Y luego la refugiada se puso a echar la casa abajo a gritos.

—Tengo entendido que fue usted quien abrió el comedor para que pudiera salir.

—Sí.

—¿Está usted seguro de que la puerta estaba cerrada con llave por fuera?

Edmund le miró con curiosidad.

—Claro que sí. ¡No iría usted a creer que...!

—Me gusta dejar bien sentadas las cosas. Gracias, señor Swettenham.

IV

El inspector Craddock se vio obligado a pasearse bastante rato con el coronel Easterbrook y su esposa. Tuvo que escuchar una larga disquisición sobre el aspecto psicológico del caso.

—Hay que abordar las cosas desde un punto de vista psicológico, es la única manera en estos tiempos —le dijo el coronel—. Hay que comprender al criminal. Para un hombre que ha tenido tanto y tan variada experiencia como yo, el cuadro se presenta bien claro en este caso. ¿Por qué publica ese hombre el anuncio? Psicología. Quiere anunciarse, enfocar la atención sobre sí. Se le ha dado de lado, quizá le hayan despreciado por extranjero los otros empleados del Hotel Spa. Tal vez le haya dado calabazas alguna muchacha. Quiere conseguir que la chica concentro su atención en él. ¿Quién es el ídolo del cine hoy en día? ¿El *gángster*? ¿El hombre *macho*? Bueno, pues él será así. Robo con violencia. ¿Antifaz? ¿Revólver? Pero quiere auditorio, es preciso que tenga espectadores. Conque da los pasos necesarios para conseguirlos. Y luego, en el momento culminante, se deja arrastrar por su papel... es algo más que un ladrón: es un asesino. Dispara... a ciegas...

El inspector Craddock tomó la palabra.

—Dice usted "a ciegas", coronel Easterbrook. ¿Usted no cree que estuviera disparando deliberadamente contra nada ni nadie en particular..., contra la señorita Blacklock, por ejemplo?

—No, no. Disparó como ya he dicho, a ciegas. Y eso fue lo que le hizo volver en sí. La bala dio a alguien. En realidad no fue más que un rasguño; pero él no lo sabía. Volvió en sí violentamente. Toda esa... esa comedia que ha estado representando... quizás ha matado a alguien... quizás ha matado a alguien... Ya no tiene salvación. Conque en un momento de pánico, ciego, se suicida.

El coronel Easterbrook hizo una pausa, carraspeó y dijo:

—Más claro que el agua —le aseguró—; más claro que el agua.

—Es verdaderamente maravilloso —dijo la señora Easterbrook— lo bien que sabes lo que ha ocurrido, Archie.

Tenía la voz cálida de admiración.

Al inspector Craddock le pareció maravilloso también; pero no se sentía tan lleno de admiración.

—¿En qué sitio del cuarto se encontraba usted exactamente, coronel Easterbrook, cuando se efectuaron los disparos?

—De pie, con mi esposa..., cerca de una mesita sobre la que había flores.

—Te sujeté del brazo, ¿verdad, Archie, cuando sucedió? Estaba medio muerta del susto. No tuve más remedio que agarrarte.

—¡Pobre gatita! —dijo el coronel, juguetón.

V

El inspector encontró a la señorita Hinchcliff junto a la porquera.

—Son unos bichos agradables los cerdos —dijo la señorita Hinchcliff, rascando un lomo sonrosado lleno de arrugas—. Va bien, ¿verdad? Será un buen tocino allá por Nochebuena. Bueno, ¿y para qué quiere verme? Le dije a su gente anoche que no tenía la menor idea de quién era el hombre. Jamás le he visto por los alrededores husmeando ni cosa así. Nuestra señora Mopps dice que vino de uno de los grandes hoteles de Meddenham Wells. ¿Por qué no atracó a alguien allí si es que quería atracar? Hubiese logrado mayor botín.

Eso era innegable. Craddock continuó con sus pesquisas.

—¿Dónde se encontraba usted exactamente cuando se produjo el incidente?

—¡Incidente! Eso me recuerda mis tiempos de defensa pasiva. Puedo asegurarle que vi bastante incidentes entonces. ¿Dónde me encontraba cuando sonaron los disparos? ¿Es eso lo que desea usted saber?

—Sí.

—Apoyada en la repisa de la chimenea pidiéndole a Dios que alguien me ofreciera pronto algo de beber —replicó la señorita Hinchcliff sin vacilar.

—¿Usted cree que fue hecho el disparo a ciegas, o que fue dirigido a una persona determinada?

—Quiere usted decir con eso que si apuntaron deliberadamente contra la señorita Blacklock, ¿verdad? ¿Y cómo diablos quiere que yo lo sepa? Es endemoniadamente difícil analizar las sensaciones propias y darse cuenta de lo que ocurrió exactamente una vez pasada la cosa. Lo único que sé es que se apagaron las luces, y que la lámpara dio la vuelta al cuarto, deslumbrándonos a todos y que luego se hicieron los disparos y yo pensé: "Si este maldito imbécil de Patrick Simmons está gastando bromas con un revólver cargado, va a hacerle daño a alguien".

—¿Usted creyó que era Patrick Simmons?

—Era lo más natural. Edmund Swettenham es un intelectual, escribe libros y no es nada amigo de las bromas pesadas. Y al coronel Easterbrook no le hubiera parecido gracioso una cosa así. Pero Patrick es un alocado. Le pido mil perdones, no obstante, por haber tenido semejante idea.

—Creyó su amiga que pudiera ser Patrick Simmons?

—¿Murgatroyd? Más vale que se lo pregunte usted mismo. Aunque no creo que le saque a ella una contestación sensata. Está en el huerto. La llamaré si usted quiere.

La señorita Hinchcliff alzó la estentórea voz al llamar.

—¡Hiiii, Amy!

—¡Voy! —sonó una vocecilla.

—¡Date prisa! ¡Policííííía! —bramó Hinchcliff.

La señorita Murgatroyd llegó al trote y sin aliento. Se le estaba cayendo la falda y se le escapaba el cabello de la redecilla. Tenía radiante y de buen humor el rostro.

—¿Es Scotland Yard? —inquirió jadeante—. No tenía idea... O no hubiese abandonado la casa.

—Aún no hemos pedido a Scotland Yard que intervenga, señorita Murgatroyd. Soy el inspector Craddock, de Milchester.

—¡Qué bien! —murmuró vagamente la señorita Murgatroyd—. ¿Han encontrado ustedes pistas?

—¿Dónde te encontrabas tú en el momento de cometerse el crimen? Eso es lo que quiere saber, Murgatroyd —dijo la señorita Hinchcliff.

Le guiñó un ojo a Craddock.

—¡Ay, señor! —exclamó la señorita Murgatroyd—. Claro. Debí haberme preparado. Coartadas, naturalmente. Déjeme que piense..., pues estaba con todos los demás.

—No estabas conmigo —dijo la señorita Hinchcliff.

—Oh, Hinch, querida, ¿no estaba contigo? No, claro que no. Había estado admirando los crisantemos. Ejemplares bien pobres, por cierto. Y luego sucedió todo... sólo que, en realidad, ya no sabía qué había ocurrido..., es decir, yo no sabía que hubiera ocurrido una cosa así. No soñé ni por un momento que pudiera tratarse de un revólver de verdad... y es tan difícil en la oscuridad... y esos chillidos tan terribles... Saqué una impresión falsa, ¿sabe? Creí que la estaban asesinando a *ella*..., a la refugiada, quiero decir. Creí que le estaban cortando el cuello al otro lado del pasillo. No sabía que fue él..., quiero decir que ni si quiera sabía que hubiese un hombre. En realidad, no era más que una voz, ¿sabe?, una voz que decía: "Hagan el favor de alzar las manos".

—"¡Manos arriba!" —le corrigió la señorita Hinchcliff—. Y nada de por favor.

—¡Es tan terrible pensar que, hasta que esa chica empezó a dar gritos, estaba yo disfrutando de lo lindo! Sólo que el estar a oscuras era una lata, y me di un golpe en el callo. ¡Qué angustia! ¿Deseaba saber algo más, inspector?

—No —dijo el inspector Craddock, mirando a la señorita Murgatroyd pensativo—. La verdad es que creo que no.

Su amiga soltó una risa que pareció un ladrido.

—Te ha calado, Murgatroyd.

—Te aseguro, Hinch —dijo la señorita Murgatroyd—, que estoy dispuesta a decir todo lo que pueda.

—No es eso lo que él quiere —le contestó la señorita Hinchcliff.

Miró al inspector.

—Si está usted haciendo esto por orden geográfico, supongo que irá usted a casa del vicario a continuación. Tal vez saque algo en limpio allí..., pero a veces pienso que tiene inteligencia. Sea como fuere, algo tiene.

Cuando miraban cómo se alejaban el inspector y el sargento Fletcher, Amy Murgatroyd preguntó, casi sin aliento:

—Oh, Hinch, ¿hice muy mal papel? ¡Me azoro tanto!

—De ninguna manera —la señorita Hinchcliff sonrió—. En conjunto, yo diría que lo hiciste bastante bien.

VI

El inspector Craddock contempló la gran habitación con cierta sensación de placer. Le recordaba un poco su propia casa de Cumberland. Quimono descolorido, sillas grandes y gastadas, flores y libros tirados por todas partes y un perro dentro de una cesta. A la señora Harmon, con su aire distraído, su desorden general y el ávido rostro, la encontró simpática también.

Pero le dijo en seguida, y con franqueza:

—No podré servirle de nada. Porque cerré los ojos. No me gusta que me deslumbren. Y luego oí disparos, y los cerré más que nunca. Y deseé, ¡oh, cómo deseé!, que hubiese sido un asesinato silencioso. No me gustan los estampidos.

—Conque no vio usted nada —el inspector le sonrió—, Pero..., ¿oyó?

—Ya lo creo. Había mucho que oír. Puertas que se abrían y cerraban, gente que decía tonterías y soltaba exclamaciones. Mitzi que chillaba como una máquina de vapor... y la pobre Bunny que daba gritos como un conejo acorralado. Y todos dando empujones y tropezando con los demás. Sin embargo, cuando me pareció que ya no iban a sonar más estampidos, abrí los ojos. Todo el mundo estaba fuera, en el vestíbulo y en el pasillo, entonces con velas. Y luego se encendieron las luces, y de pronto todo se normalizó... No quiero decir que en realidad todo fuera normal, sino que volvíamos a recobrar todos nuestra identidad... que no éramos ya simplemente... gente en la oscuridad. La gente en la oscuridad es diferente por completo, ¿verdad?

—Creo que sé lo que quiere usted decir, señora Harmon.

La señora Harmon le sonrió.

—Y ahí estaba —dijo—. Un extranjero con cara parecida a la de una comadreja… sonrosada y con gesto de sorpresa… muerto… con un revólver al lado. No parecía… oh, no sé por qué, pero no parecía tener *pies* ni *cabeza* lo ocurrido.

Tampoco parecía tener pies ni cabeza para el inspector…

El asunto le tenía perplejo.

Se marchó desorientado.

CAPÍTULO VIII
LA SEÑORITA MARPLE ENTRA EN ESCENA

I

Craddock depositó la transcripción a máquina de las diversas entrevistas ante el jefe de policía. Éste acababa de terminar de leer el cablegrama recibido de la policía de Suiza.

—Conque tenía antecedentes —murmuró Rydesdale—. ¡Hum...! Tal como nos suponíamos.

—Sí, señor.

—Joyas... ¡hum!, sí... entradas falsas en los libros... sí... cheques... Un hombre muy poco honrado, en verdad.

—Sí, señor. Un delincuente..., pero en pequeña escala.

—Justo. Pero de lo pequeño se pasa a lo grande.

—¡Sí, será verdad eso en este caso!

El jefe alzó la cabeza.

—¿Preocupado, Craddock?

—Sí, señor.

—¿Por qué? La cosa no puede estar más clara. O... ¿pudiera? A ver qué dice toda esa gente con la que se ha entrevistado usted.

Tomó el sobre y lo leyó rápidamente.

—Lo corriente. Inconsistencias y contradicciones en abundancia. Las versiones en distintas personas en momentos de tensión nunca están de acuerdo. Pero parece bastante claro lo principal.

—Sí, y lo sé. Pero resulta un cuadro muy poco satisfactorio, jefe. No sé si entenderá usted lo que quiero decir, pero encuentro falso el cuadro.

—Veamos los hechos. Rudi Scherz tomé el autobús de las cinco y veinte desde Meddenham, hasta Chipping Cleghorn, llegando a este último lugar a las seis. Lo afirman el conductor y dos pasajeros. Desde la parada del autobús echó a andar en dirección a Little Paddocks. Entró en la casa sin dificultad... probablemente por la puerta principal. Se presentó ante la reunión con un revólver. Hizo dos disparos, uno de los cuales hirió levemente a la señorita Blacklock. A continuación se mató a sí mismo con un tercer disparo. No hay suficientes pruebas para demostrar si lo hizo con intención o si fue un simple accidente. Estoy completamente de acuerdo en que resultan muy poco satisfactorios los motivos que le indujeron a hacer todo eso. Pero el *porqué* no es, en realidad, pregunta que nosotros hayamos de contestar. El jurado, en la información judicial, podrá fallar que es sucio... o que se trata de muerte accidental. En cualquiera de los dos casos el resultado es el mismo en lo que a nosotros se refiere. Podemos dar por terminado el asunto.

—Con lo cual quiere usted decir que siempre le queda el recurso de acogerse a los argumentos psicológicos del coronel Easterbrook —dijo Craddock, sombrío.

Rydesdale sonrió.

—Después de todo —dijo— el coronel habrá tenido probablemente mucha experiencia. Me revuelve el estómago toda esa jerigonza psicológica que se aplica a todo hoy en día... pero no podemos excluirla del todo.

—Sigue pareciéndome falso el cuadro, jefe.

—¿Tiene usted algún motivo para creer que alguna de las personas de Chipping Cleghorn no le han dicho la verdad?

Craddock vaciló.

—Creo que esa muchacha extranjera sabe más de lo que dice. Pero pudiera ser simple prejuicio por parte mía.

—¿Cree que ella pudiera haber estado complicada en el asunto con ese hombre? ¿Que ella le abriera la puerta de la casa? ¿Que le indujera, incluso, a dar el golpe?

—Algo así. La creo muy capaz. Pero eso se me antoja a mí

que indica que había, en efecto, algo de mucho valor en la casa, dinero o joyas, y no parece haber sido así. La señorita Blacklock lo negó rotundamente. Igual hicieron los otros. Por consiguiente, no nos quedaría más remedio que pensar que había en la casa algo de mucho valor de cuya presencia nadie hasta ahora estaba enterado.

—Buen argumento para una novela.

—Estoy de acuerdo en que resulta absurdo, jefe. El único otro punto que destaca es el convencimiento de la señorita Bunner de que se trataba de un intento bien definido por parte de Scherz; para asesinar a la señorita Blacklock.

—Por lo que usted mismo dice... y por la propia declaración suya, esa señorita Bunner...

—Oh, estoy completamente de acuerdo, jefe —se apresuró a decir Craddock—. Como testigo, esa señorita no merece ni pizca de crédito. Es muy sugestionable. Cualquiera podría meterle una cosa en la cabeza. Pero lo interesante en este caso es que la idea es suya... es una teoría totalmente suya. Todos los demás lo niegan. Por una vez, no se deja arrastrar por la corriente. Se trata decididamente de una impresión suya.

—¿Y por qué había de querer Scherz matar a la señorita Blacklock?

—Ahí tiene. No lo sé. La señorita Blacklock no lo sabe... a menos que sepa mentir de una manera muy convincente, cosa que no creo. Nadie lo sabe. Conque seguramente no es verdad.

Exhaló un suspiro.

—Anímese, Craddock —dijo el jefe de policía—. Le voy a llevar a comer con sir Henry y conmigo. La mejor comida que pueda servir el Hotel Royal Spa de Meddenham Wells.

—Gracias, jefe —dijo el inspector Craddock, levemente sorprendido.

—Es que hemos recibido una carta...

Se interrumpió al entrar sir Henry Clithering en la estancia.

—Ah, ya estás aquí, Henry —dijo.

Sir Henry, sin andarse con convencionalismos ahora, murmuró:

—Buenos días, Dermot.

—Tengo algo para ti, Henry.

—¿Qué?

—La auténtica carta de una gatita vieja. Se aloja en el Hotel Royal Spa. Hay algo que cree que debemos saber y que se relaciona con el asunto de Chipping Cleghorn.

—Las gatitas viejas —exclamó sir Henry, triunfal—. ¿No te lo dije? Lo oyen todo. Lo ven todo. Y al contrario que el viejo adagio, lo hablan todo.[1] ¿Qué es lo que ha descubierto esta gatita en particular?

Rydesdale consultó la carta.

—Escribe como mi abuela —se quejó—. Con las letras angulosas. Parece como si una araña se hubiera caído en el tintero y hubiese corrido después por encima de la página. Y todo está subrayado. Habla mucho de que confía que no nos estará haciendo perder mucho de nuestro valioso tiempo y todo eso; pero, ¿podría ayudarnos un poquito?, etcétera, etcétera. ¿Cómo se llama? Jane... Jane algo... Murple, no; Marple, Jane Marple.

—¡Vive Dios, y qué casualidad! —exclamó sir Henry—. ¿Es posible que sea ella? George, se trata de mi insigne y nunca igualada gatita particular. La supergata de todas las gatas. Y se las ha arreglado. Dios sabe cómo, para hallarse en Meddenham Wells, en lugar de encontrarse pacíficamente en su casa de Saint Mary Mead, con el tiempo justo para intervenir en un caso de asesinato... en beneficio y para regocijo de la señorita Marple.

—Celebraré conocer a tu ilustre gata, Henry —anunció con cierta ironía Rydesdale—. Vamos. Comeremos en el Royal Spa y nos entrevistaremos con la dama. Craddock parece un poco escéptico.

—No lo crea, jefe —contestó cortésmente Craddock.

Pensó para sí que a veces su padrino llevaba un poco lejos las cosas.

[1] "Ver, oír y callar." *(N. del T.)*

II

La señorita Jane Marple era bastante, aunque no del todo, como Craddock se la había imaginado. Era más benigna y muchísimo más vieja. Parecía, en verdad, muy anciana. Tenía el cabello blanco como la nieve, cara sonrosada y llena de arrugas, ojos dulces, azules, muy inocentones, y estaba toda envuelta en lana. Lana por los hombros en forma de capa, y lana con la que estaba haciendo lo que resultó ser una toquilla para una criatura.

Se mostró incoherente de alegría al ver a sir Henry, y se puso toda confusa cuando le presentaron al jefe de policía y al detective inspector Craddock.

—¡Qué suerte, sir Henry..., qué suerte tan grande! Hace tanto tiempo que no le veo. Sí, mi reuma. Me ha hecho sufrir mucho estos últimos días. Claro está que yo no hubiera podido permitirme el lujo de venir a este hotel (es fantástico lo que cobran hoy en día), pero Raymond... mi sobrino Raymond West, ¿lo recuerda?

—El nombre lo conoce todo el mundo, por lo menos.

—Sí..., ¡ha tenido tanto éxito con esos libros tan inteligentes que escribe! Se jacta de no escribir nunca sobre un tema agradable. El muchacho se empeñó en pagarme todos los gastos. Y su querida mujer también se está haciendo un nombre como artista. Pinta jarros de flores mustias y peines rotos sobre el borde de una ventana, principalmente. No me atrevo nunca a decírselo, pero sigo admirando a Blair Leighton y Alma Tadema.[1] Oh, pero no hago más que corretear. ¡Y el jefe de policía en persona...! La verdad es que nunca esperé... temo tanto hacerle perder el tiempo...

"Completamente chalada", pensó, asqueado, el detective inspector Craddock.

—Venga al cuarto particular del gerente —dijo Rydesdale—. Podremos hablar mejor allí.

Cuando hubieron desenredado a la señorita Marple de la lana, y recogido las agujas de hacer punto de repuesto, la anciana

[1] Pintores ingleses.

les acompañó, excitada y protestando, al cómodo saloncillo del señor Rolandson.

—Y ahora, señorita Marple —dijo el jefe de policía—, oigamos lo que tiene usted que decirnos.

La señorita Marple se fue al grano con brevedad.

—Fue el cheque —dijo—. Él lo enmendó.

—¿Él?

—El joven de la conserjería de aquí..., el que se supone que preparó el atraco y luego se pegó un tiro.

—¿Enmendó un cheque, dice usted?

La señorita Marple movió afirmativamente la cabeza.

—Sí; lo tengo aquí —lo sacó del bolso y lo depositó sobre la mesa—. Llegó esta mañana con otros cheques míos cancelados que me mandó el Banco. Verán ustedes que era de siete libras, y lo cambió para que pareciera de diecisiete. Un palito delante de la cifra siete, y un *dieci* delante de la palabra siete, con un artístico borroncito que hiciera confusa toda la palabra. Muy bien hecho, en conjunto. Se ve que tenía cierta *práctica*. Es la misma tinta, porque extendí el cheque en el mostrador del conserje. Lo debe haber hecho con frecuencia en otras ocasiones, ¿no creen ustedes?

—Escogió mal la persona a quien hacérselo esta vez —observó sir Henry.

La señorita Marple asintió con un gesto.

—Sí. Me temo que nunca hubiera llegado muy lejos como criminal. Se equivocó por completo de persona. Alguna mujer casada que tuviera muchas ocupaciones, o alguna muchacha enamorada... éstas son las que extienden cheques por cantidades variables y no examinan las cuentas demasiado bien. Pero a una vieja que tiene que ahorrar los céntimos, y que tiene costumbres formadas... no es la persona más apropiada para escoger. Yo *nunca* extiendo un cheque de diecisiete libras. Son siempre de veinte libras, cantidad redonda, para pagar el sueldo mensual y los libros. Y en cuanto a mis gastos particulares, suelo sacar siete libras... Antes sacaba cinco, pero las cosas han aumentado tanto de precio...

—¿Y le recordaría a usted alguien, quizá? —murmuró sir Henry, bailándole la risa en los ojos.

La señorita Marple sonrió y sacudió la cabeza con gesto de reproche.

—Es usted muy malo, sir Henry. Pero si quiere que le diga la verdad, *sí* que me hizo pensar en alguien. En Fred Tyler, el pescadero. Siempre metía uno de más en la columna de los chelines. Como comemos tanto pescado en estos tiempos, las cuentas suelen ser largas y es mucha la gente que nunca las repasa. Diez chelines que se embolsaba cada vez. No gran cosa, pero lo bastante para comprarse alguna corbata y llevar al cine a Jessie Spragge (la dependienta de la mercería). Figurar, eso es lo que quieren hacer esos jóvenes. Bueno, pues la primera semana que estuve aquí, hubo un error en mi cuenta. Se lo señalé al joven y él me pidió mil perdones, y pareció la mar de disgustado, pero pensé por entonces: "Tienes mirada de persona poco honrada, jovencito".

"Yo digo que una persona tiene mirada de poco honrada —prosiguió la señorita Marple—, cuando mira de hito en hito, y nunca aparta la mirada ni parpadea.

Craddock hizo un brusco movimiento de apreciación. Pensó para sí: "¡Pim Kelly, como hay Dios!" Acordándose de un estafador notorio a quien había ayudado a meter entre rejas mucho tiempo antes.

—Rudi Scherz tenía un carácter muy poco satisfactorio —dijo Rydesdale—. Hemos descubierto que tiene antecedentes penales en Suiza.

—Se le hizo la vida imposible allí, supongo, y vendría aquí con documentación falsa, ¿no es eso? —dijo la señorita Marple.

—Justo.

—Salía con esa camarerita pelirroja del comedor —dijo la señorita Marple—. Por fortuna, no creo que ella llegara a enamorarse. Lo que quería era salir con alguien que fuera "distinto". Él le regalaba flores y bombones, cosa que no suelen hacer muchos los muchachos ingleses. ¿Les ha dicho a ustedes todo lo que sabe? —preguntó, volviéndose hacia Craddock—. ¿O no todo por completo aún?

—No estoy seguro —respondió Craddock con cautela.

—Creo que aún ha de decir un poquito más —anunció la señorita Marple—. Parece preocupada. Me trajo arenques en lugar de sardinas esta mañana. Y se olvidó de la jícara de leche. Generalmente es una camarera excelente. Sí; está preocupada. Teme tener que presentarse a declarar o algo así. Pero supongo —los cándidos ojos azules contemplaron el varonil tipo del inspector Craddock y el bien parecido rostro con admiración verdaderamente femenina del siglo diecinueve— que *usted* conseguirá persuadirla para que le diga todo lo que sabe.

El detective inspector Craddock se puso colorado y sir Henry se echó a reír. Rydesdale se le quedó mirando.

—¿Quién era? ¿Quién?

—¡Me expreso tan mal! ¿Quién fue quien le indujo a hacerlo?, quiero decir.

—¿Conque usted cree que alguien le indujo a hacerlo?

La señorita Marple abrió desmesuradamente los ojos para expresar su sorpresa.

—Oh, la verdad... Quiero decir... He aquí un joven presentable... que sisa un poco aquí y otro poquito allá... enmienda un cheque de poco valor, quizá se apodera de alguna joya pequeña si se la dejan por ahí, o saca un poco de dinero del cajón de los cuartos... toda clase de robos en pequeña escala. Procura no carecer de dinero para poder vestir bien y salir con una muchacha..., todo eso. Y de pronto se va con un revólver y atraca a un cuarto lleno de gente y dispara contra alguien. Él *nunca* hubiese hecho una cosa así... ¡ni por un solo instante! No era esa clase de persona. No tiene pies ni cabeza esto.

Craddock respiró profundamente. Aquello era lo que había dicho Leticia Blacklock. Lo que había dicho la esposa del vicario. Lo que él mismo sentía con creciente fuerza. *No tenía ni pies ni cabeza.* No tenía sentido común. Y ahora la gatita de sir Henry lo estaba diciendo también, expresando por medio de su aflautada vocecita el más profundo convencimiento.

—Entonces, señorita Marple —dijo, y su voz se hizo bruscamente agresiva—, quizá nos dirá usted exactamente lo que ocurrió.

—¿Cómo quiere usted que sepa yo lo que ocurrió? Publicaron la noticia los periódicos, pero..., ¡dijeron tan poco! Uno puede hacer conjeturas, claro está, pero no posee información exacta.

—George —dijo sir Henry—, ¿resultaría muy poco ortodoxo que se le permitiera a la señorita Marple leer las notas de las entrevistas que celebró Craddock con esa gente de Chipping Cleghorn?

—Podrá no ser ortodoxo —replicó Rydesdale—, pero no he escalado yo el puesto en que me encuentro por ser ortodoxo precisamente. Puede leerlas. Tengo curiosidad por oír qué tiene ella que decir.

—Me temo que ha estado usted escuchando a sir Henry. Sir Henry es demasiado amable siempre. Da demasiada importancia a las pequeñas observaciones que haya podido yo hacer en otras ocasiones. La verdad es que no tengo dotes... ninguna dote... salvo, quizá, cierta experiencia de la naturaleza humana... La gente, encuentro, tiende siempre a ser excesivamente confiada. Me temo que mi tendencia, en cambio, es de pensar siempre lo peor. No es una característica muy agradable. Pero ¡la justifican con tanta frecuencia los acontecimientos!

—Léase esto —le dijo Rydesdale, ofreciéndole las hojas mecanografiadas—. No necesitará mucho rato. Después de todo, esta gente es de su clase... debe usted conocer a muchas personas como ésta. Quizá logre usted ver algo que a nosotros se nos ha escapado. El caso está a punto de darse por terminado. Oigamos la opinión de un aficionado antes de dar el carpetazo. No tengo inconveniente en decirle que Craddock no está satisfecho. Dice, como usted, que la cosa, a su modo de ver desde varios puntos, no tiene ni pies ni cabeza.

Hubo silencio mientras leía la señorita Marple. Soltó las hojas por fin.

—Es muy interesante —dijo con un suspiro—. ¡Las diferentes cosas que piensa y dice la gente! Las cosas que ve o que cree ver. Y todo tan complejo, casi todo tan trivial... y si una cosa no es trivial, es tan difícil darse cuenta de cuál no lo es... como buscar una aguja en un pajar.

Craddock se sintió levemente chasqueado. Durante unos momentos había llegado a preguntarse si no tendría razón sir Henry en lo que se refería a aquella anciana tan rara. Tal vez hubiese reparado en algo. Los viejos son a veces muy perspicaces. Él, por ejemplo, jamás había logrado ocultarle nada a su tía abuela Emma. Ésta había acabado por decirle que cada vez que se disponía a decir una mentira se le notaba un tic nervioso en la nariz.

Pero la famosa señorita Marple de sir Henry sólo había sido capaz de decir unas cuantas generalidades. Se sintió enfadado con ella y dijo, con cierta brevedad:

—La verdad es que los hechos son indiscutibles. Por muy en pugna que estuvieran los detalles mencionados por toda esa gente, toda ella vio una cosa: a un hombre enmascarado con revólver y lámpara de bolsillo que abría la puerta e intentaba atracarles. Y creen que dijo: "¡Manos arriba!" o "¡La bolsa o la vida!", o la frase que en su mente esté asociada con un atraco, y le *vieron* a él.

—Pero, no le parece a usted —inquirió la señorita Marple con dulzura— que no es posible, en realidad que vieran nada en absoluto.

Craddock contuvo el aliento. ¡Había dado en el quid! Era perspicaz, después de todo. Le había estado poniendo a prueba con aquellas palabras suyas; pero no se había dejado pillar. En realidad, no alteraba los hechos para nada, ni afectaba a lo ocurrido. Pero ella se había percatado, como él, de que las personas que habían visto a un hombre atracarles revólver en mano, no podían haberle visto, en realidad.

—Si no he entendido mal —dijo la señorita Marple, encendidas las mejillas y brillantes los ojos y contentos como los de una niña—, no había luz en el comedor... ni en el descansillo de la escalera en el piso superior, ¿verdad?

—No.

—Conque si un hombre aparecía en la puerta e iluminaba el cuarto con una lámpara potente, *nadie podía ver otra cosa que la lámpara,* ¿no es cierto?

—Así es. Lo probé yo mismo para asegurarme.

—Conque cuando algunos aseguran que vieron a un hombre enmascarado, etcétera, están haciendo una recapitulación en realidad, aunque no se den cuenta de ello, de lo que vieron después... cuando se encendieron las luces. Conque todo encaja la mar de bien, ¿verdad?, siempre suponiendo que Rudi Scherz fuera el... cabeza de turco, que es la palabra que busco.

Y como Rydesdale la miraba con sorpresa se puso más colorada aún.

—Es posible que haya escogido mal la expresión —murmuró—. No soy demasiado inteligente. Pero si no me equivoco, se llama cabeza de turco al que carga con la culpa de algo que, en realidad, otro ha cometido. Este Rudi Scherz se me antoja a mí el tipo apropiado para eso. Un hombre bastante estúpido en realidad, pero lleno de codicia y crédulo.

Rydesdale dijo, sonriendo con tolerancia.

—¿Sugiere usted acaso que alguien le convenció para que fuera a hacer unos cuantos disparos en una habitación llena de gente? Es un poco fuerte eso.

—Yo creo que le dijeron que se trataba de una *broma* —dijo la señorita Marple—; le pagaron por hacerlo, claro está. Es decir, le pagaron para que publicara el anuncio en el periódico, para que saliera a espiar y explorar la casa y luego, en la noche de autos, debería presentarse allí con antifaz y capa negra, abrir bruscamente la puerta, agitar una lámpara de bolsillo y gritar: "¡Manos arriba!"

—¿Y disparar un revólver?

—No, no llevaba revólver.

—Pero si todo el mundo dice... —empezó a decir Rydesdale.

Y se interrumpió.

—¡Justo! —asintió la señorita Marple—. Es imposible que hubiese visto nadie el revólver aunque lo hubiese llevado. Y no creo que lo llevara. Yo creo que, después de gritar él "¡Manos arriba!", alguien se acercó sigilosamente por detrás de él en la oscuridad e hizo los disparos por encima de sus hombros. Se llevó el susto más grande de su vida. Giró sobre sus talones y, al hacerlo, la otra persona le mató y dejó caer el revólver a su lado...

Los tres hombres la miraron. Dijo sir Henry:

—Es una teoría plausible.

—Pero ¿quién es ese señor que se aproximó en la oscuridad? —inquirió el jefe de la policía.

—Tendrán ustedes que preguntarle a la señorita Blacklock quién deseaba matarla.

Un tanto a favor de Dora Bunner, pensó Craddock. En una

pugna entre el instinto y la inteligencia, salía ganando siempre el primero...

—Conque usted cree que se trató de un atentado contra la vida de la señorita Blacklock —dijo Rydesdale.

—Eso parece, desde luego. Aunque existen algunas dificultades. Pero lo que yo me estaba preguntando, en realidad, era si no existiría algún atajo. No me cabe la menor duda de que quien contrató a Rudi Scherz tendría buen cuidado en advertirle que no debía despegar los labios. Y quizá sí que supiera él guardar el secreto. Si habló con alguien, sin embargo, sería con esa muchacha Myrna Harris. Y cabe la posibilidad... cabe nada más... de que insinuara qué clase de persona le había sugerido la cosa.

—Iré a verla ahora —dijo Craddock, poniéndose en pie.

La señorita Marple movió afirmativamente la cabeza.

—Sí, hágalo, inspector Craddock. Me sentiré mucho más tranquila cuando lo haya hecho. Porque en cuanto le haya dicho a usted lo que sepa, correrá menos peligro.

—¿Correrá menos peligro? ¡Ah, sí; comprendo!

Salió del cuarto. El jefe de policía dijo dubitativo, pero con tacto:

—Pues no cabe duda de que nos ha dado usted algo en qué pensar, señorita Marple.

III

—Lo siento mucho, de verdad que lo siento —dijo Myrna Harris—. Es usted muy amable con no enfadarse. Pero es que mamá es una de esas personas a quienes inquieta la menor cosa. Y así parecería como si yo hubiese sido..., ¿cómo se llama eso...?, encubridora. Quiero decir que temí que no quisiera usted creerme cuando le dijera que yo lo había tomado todo como una broma.

El inspector Craddock repitió las frases tranquilizadoras con las que había conseguido vencer la resistencia de Myrna.

—Sí que lo haré. Le contaré todo. Pero ¿procurará usted que yo no figure en el asunto para no darle un disgusto a mamá?

La cosa empezó por no cumplir Rudi lo que me había prometido. Íbamos a ir al cine aquella noche, y luego me dijo que no podía llevarme, y yo me mostré algo enfurruñada... porque después de todo fue él quien lo propuso, y a mí me hace muy poca gracia que me dé plantón un extranjero. Y me dijo que la culpa no era suya, y yo le dije: "¡Valiente historia!", y luego dijo que se iba de bureo aquella noche... y que no saldría perdiendo con ello y que si me gustaría un reloj de pulsera. Conque yo le pregunté: "¿Qué quieres decir con eso de ir de bureo?" Y me dijo que no se lo dijera a nadie, pero que se iba a celebrar una reunión en cierto sitio, y que él iba a representar una comedia... hacer como si atracara a todos los concurrentes. Luego me enseñó el anuncio que había publicado y tuve que reírme. Sentía desdén por todo el asunto. Dijo que, en realidad, aquello era una chiquillada... pero que resultaba muy inglés. Los ingleses nunca pasaban de la niñez, nunca se hacían personas mayores... Y claro, yo le dije que con qué derecho hablaba así de *nosotros*... y discutimos un poco, pero acabamos haciendo las paces. Sólo que, ¿usted lo comprende, verdad?, cuando leí la noticia, y que no había sido una broma, y que Rudi había disparado contra alguien y luego se había matado... pues... pues no sabía qué hacer. Pensé que si yo decía que había estado enterada de antemano, parecería como si hubiese tomado parte en el asunto. Pero sí que parecía una broma cuando me lo contó. Yo hubiera jurado que iba a hacerlo como simple broma. Ni siquiera sabía que tuviese revólver. No dijo una palabra de llevar revólver consigo.

Craddock la tranquilizó y luego le dirigió la pregunta más importante.

—¿Quién dijo que era la persona que había preparado la reunión?

Pero allí pinchó en hueso.

—No llegó a decir quién era la persona que le había hecho el encargo. Supongo que, en realidad, nadie se lo habría encargado. Sería todo cosa suya.

—¿No mencionó su nombre? ¿Dijo él... o ella?

—No dijo nada, salvo que iba a tener una gracia loca. "¡Cómo me reiré al ver la cara que ponen!" Eso es lo que dijo.

"No había tenido mucho tiempo de reírse", pensó, algo decepcionado, Craddock.

IV

—No es más que una teoría —dijo Rydesdale, camino de regreso a Meddenham—. No hay nada que la apoye... nada en absoluto. Digamos que se trata de una simple fantasía senil y dejémoslo.

—Prefiero no hacer eso, jefe.

—Todo ello parece improbable a más no poder. Un misterioso señor X que aparece de pronto en la oscuridad detrás de nuestro amigo el suizo. ¿De dónde salió? ¿Quién era? ¿Dónde había estado?

—Pudo haber entrado por la puerta lateral —dijo Craddock—, de igual manera que lo hizo Scherz. O —añadió muy despacio—, pudo haberse presentado desde la cocina.

—*Ella* hubiera podido acudir desde la cocina quiere usted decir, ¿no es eso?

—Sí, jefe. Es una posibilidad. No me ha dejado muy convencido esa muchacha. Se me antoja de cuidado. Todos esos chillidos y la histeria... pudiera haber sido comedia. Puede haber inducido a ese joven, haberle abierto la puerta en el momento apropiado, haber preparado todo el asunto, haberle matado, vuelto a toda prisa al comedor, tomado la plata y la gamuza e iniciado sus gritos.

—En contra de esa teoría tenemos el hecho de que... ah, ¿cómo se llama...? ¡Ah, sí! Edmund Swettenham dice claramente que estaba echada la llave por fuera y que él la abrió. ¿Hay alguna otra puerta que dé a esa parte de la casa?

—Sí. Hay una puerta que da a la escalera de atrás y a la cocina y que está justamente detrás de la escalera. Pero parece ser que se cayó el pomo hace tres semanas y que aún no se han presentado a arreglarlo. Entretanto, no se puede abrir la puerta. He de reconocer que eso parece exacto. La espiga y los dos pomos estaban en un estante cerca de la puerta en el comedor, cubiertos de una espesa capa de polvo. Pero claro está, un profesional hubiera contado con medios para abrir la puerta a pesar de todo.

—Más vale que veamos qué antecedentes tiene la muchacha. Vea si tiene en orden los papeles. Pero se me antoja a mí que todo eso es muy teórico.

De nuevo dirigió el jefe de policía una mirada interrogadora a su subordinado. Craddock dijo:

—Ya lo sé, jefe. Y si usted cree que el asunto debe darse por terminado, así ha de ser. Pero le agradecería que me dejase trabajar en él un poquito más.

No sin cierta sorpresa suya, el jefe dijo con deje aprobador:

—¡Buen chico!

—Está el revólver; y sobre él hay que trabajar. Si esa teoría responde a la realidad, el revólver no era de Scherz. Y, desde luego, nadie ha podido decir, hasta la fecha, que Scherz tuviese revólver.

—Es de fabricación alemana.

—Lo sé. Pero este país está lleno hasta los topes de armas de fabricación continental. Todos los norteamericanos las trajeron como recuerdo. Y nuestros soldados también. No se puede juzgar por eso.

—Cierto. ¿Hay alguna otra dirección en que pueda investigar?

—Tiene que haber un móvil. Si hay algo de cierto en la teoría, ello significa que el asunto del viernes no fue una simple broma, ni un atraco vulgar. Se trató, más bien, de un intento de asesinato a sangre fría. *Alguien intentó asesinar a la señorita Blacklock.* Pero, ¿por qué? Se me antoja que, si alguien conoce la contestación a esa pregunta, ese alguien ha de ser precisamente la propia señorita Blacklock.

—Tengo entendido que le echó una ducha de agua fría a esa idea, ¿verdad?

—Echó una ducha de agua fría sobre la idea de que *Rudi Scherz* deseara asesinarla. Y tenía razón. Y hay otra cosa, jefe.

—¿Cuál?

—Pudiera intentarlo alguien otra vez.

—Lo cual demostraría que no estaba exenta de verdad la teoría —dijo el jefe, secamente—; y a propósito, cuide de la señorita Marple, ¿quiere?

—¿De la señorita Marple? ¿Por qué?

—Tengo entendido que va a instalarse en la Vicaría de Chipping Cleghorn, y que visitará Meddenham Wells dos veces a la semana para seguir el tratamiento. Parece ser que la señora Cómo-se-llame es hija de una antigua amiga de la señorita Marple. Tiene instintos deportistas esa vieja. Bueno, supongo que lo que pasa es que no ha conocido muchas emociones durante su vida y que al husmear en busca de posibles asesinos le proporciona la excitación que echa de menos.

—¡Ojalá no fuese allá! —exclamó, muy serio, Craddock.

—¿Teme que le sirva de estorbo?

—No es eso, jefe. Es una viejecita muy agradable. No me gustaría que le sucediese nada... suponiendo, claro está, que haya algo de cierto en esta teoría.

CAPÍTULO IX
REFERENTE A UNA PUERTA

I

—Siento tener que molestarla otra vez, señorita Blacklock...

—Oh, no se atormente. Supongo que, habiéndose aplazado la encuesta una semana, espera usted poder conseguir más pruebas.

—En primer lugar, señorita Blacklock, Rudi Scherz no era hijo del dueño del Hotel des Alpes de Montreux. Parece haber iniciado su carrera como ordenanza de un hospital de Berna. Muchos de los pacientes echaron de menos sus joyas. Bajo otro nombre, fue camarero en un pequeño establecimiento de deportes de invierno. Su especialidad allí era hacer facturas duplicadas en un restaurante, con detalles en una de ellas que aparecían en la otra. La diferencia, claro está, iba a parar a su bolsillo. Después de eso, trabajó en unos almacenes de Zurich. Las pérdidas en éstos como consecuencia de las actividades de los amigos de lo ajeno fueron mucho mayores de lo corriente, mientras Rudi estuvo en su empleo. Parece probable que no todos los robos fueron cometidos por los parroquianos.

—Aprovechador de descuidos, ¿eh? —dijo secamente la señorita Blacklock—. Así, pues, ¿tenía yo razón al creer que no le había visto en mi vida antes de ahora?

—Tenía usted toda la razón del mundo. Sin duda le fue usted señalada en el Royal Spa y él fingió reconocerla. La policía suiza había empezado a hacerle la vida imposible y emigró a este país con documentación falsa, poniéndose a trabajar en el Hotel Royal Spa.

—Buen campo de caza —dijo la señorita Blacklock—. Es un hotel muy caro y se aloja allí gente de muy buena posición. Supongo que algunos de los que allí paran son un poco descuidados en cuanto a las facturas se refiere.

—Sí —asintió Craddock—, existía la perspectiva de una buena cosecha.

La señorita Blacklock estaba frunciendo el entrecejo.

—Eso lo comprendo —dijo—. Pero, ¿a qué venir a Chipping Cleghorn? ¿Qué creía que teníamos aquí que pudiera ser mejor que el acaudalado Royal Spa?

—¿Sigue usted asegurando que no hay nada de verdadero valor en la casa?

—Claro que no hay duda. Debiera saberlo yo. Le puedo asegurar, inspector, que no poseemos ningún Rembrandt desconocido ni cosa que se le parezca.

—Entonces parece como si su amiga la señora Bunner tuviese razón, ¿verdad? Vino aquí a atacarle a *usted.*

—¿Lo ves, Letty? ¿Qué te decía yo?

—No digas tonterías, Bunny.

—Pero ¿es, en efecto, una tontería? —inquirió Craddock—. Yo creo que es verdad.

La señorita Blacklock le miró fijamente.

—Vamos a ver si lo entiendo bien. ¿Usted cree de verdad que ese joven vino aquí, después de haberse asegurado, por medio de un anuncio, de que la mitad del pueblo estaría aquí ardiendo de curiosidad...?

—A lo mejor no era *eso* lo que quería que sucediese —le interrumpió la señorita Bunner con avidez—. Pudo no haber sido más que una especie de aviso terrible... para *ti*, Letty... así es como lo leí yo entonces... *"Se anuncia un asesinato..."* Me dio en los huesos que era siniestro. Si todo le hubiera salido de acuerdo con el plan, te hubiese matado y huido... y, ¿cómo hubiera sabido nadie quién era?

—No deja de ser verdad eso —asintió la señorita Blacklock—. Pero...

—Yo sabía que ese anuncio no era una broma, Letty. Lo dije. Y, ¡fíjate en Mitzi! ¡También *ella* estaba asustada!

—¡Ah! —murmuró Craddock, con sequedad—. Los documentos de Scherz parecían estar en regla también.

—Pero ¿por qué había de querer asesinarme ese Rudi Scherz? Eso es lo que usted nos intenta explicar, señor Craddock.

—Puede haberse ocultado alguien tras Scherz —dijo Craddock muy despacio—. ¿Ha pensado usted en eso?

Lo dijo metafóricamente aunque le pasó por la cabeza que, si la teoría de la señorita Marple era exacta, también podía ser cierto aquello en un sentido literal. De todas formas, le causaron muy poca impresión a la señorita Blacklock, que continuó dando muestras de escepticismo.

—El resultado es el mismo —dijo—. ¿Por qué había de querer asesinarme a *mí*?

—Es la contestación a eso lo que yo quiero que *usted* me dé, señorita Blacklock.

—Pues no puedo. Más claro, agua. No tengo enemigos. Que yo sepa, siempre he vivido en buena armonía con mis vecinos. No conozco ningún secreto de nadie, no sé nada que a nadie pueda perjudicarle. ¡La idea es absurda! Y si lo que usted insinúa es que Mitzi tuvo algo que ver en el asunto, eso es absurdo también. Como acaba de decirle la señorita Bunner, se llevó un susto de muerte al leer este anuncio en la *Gaceta.* Hasta quiso hacer el equipaje y marcharse inmediatamente de la casa.

—Puede haberse tratado de una simple estratagema. Quizá supiera que usted iba a insistir en que se quedase.

—Claro está, si a usted se le ha metido eso en la cabeza, encontrará contestación a todo. Aunque puedo asegurarle que si Mitzi me hubiera tomado antipatía, quizá me hubiese envenenado la comida, pero estoy segura de que no se hubiese metido a preparar una cosa tan complicada.

"La idea entera es absurda. Se me está antojando que ustedes los de la policía tienen un complejo antiextranjero. Mitzi podrá ser una embustera, pero no es una asesina a sangre fría. Vaya a presionarla si se empeña. Pero cuando se haya marchado, reventando de indignación, o se haya encerrado en su cuarto dando alaridos o llorando, ganas me darán de obligarle a usted a que me guise la comida. La señora Harmon viene esta tarde a tomar el té con una anciana que para en su casa, y yo deseaba que Mitzi hiciera unos pastelillos... pero supongo que usted le dará tal disgusto que será incapaz de hacerlos. ¿No es *posible* para usted sospechar de otra persona?

II

Craddock salió a la cocina. Le hizo a Mitzi preguntas que ya le había hecho antes, y recibió las mismas respuestas.

—Sí; había cerrado con llave la puerta poco después de las cuatro. No; no lo hacía siempre así, pero aquella tarde había estado nerviosa por culpa de "aquel terrible anuncio". Era inútil cerrar la puerta lateral, porque la señorita Blacklock y la señorita Bunner salían por allí a encerrar los patos y dar de comer a las gallinas, y la señora Haymes solía entrar por allí cuando regresaba de trabajar.

—La señora Haymes dice que cerró la puerta con llave cuando entró, a las cinco y media.

—Ah, y usted la cree... ¡ah, sí! Usted la cree...

—¿Usted opina que no debiéramos creerla?

—¿Qué importa lo que yo opine? A *mí* no me creerá usted, seguramente.

—¿Por qué no lo prueba? ¿Usted cree que la señora Haymes no cerró esa puerta?

—Yo creo que tuvo muchísimo cuidado de no cerrarla.

—¿Qué quiere decir con eso?

—Ese joven... él no trabaja solo. No; él sabe *dónde* venir, sabe que *cuando* venga, una puerta le habría sido dejada abierta..., ¡ah, muy convenientemente abierta!

—¿Qué es lo que intenta usted decir?

—¿De qué sirve lo que yo diga? Usted no me escuchará. Usted dice que yo soy una pobre chica refugiada que dice mentiras. Usted dice que una dama inglesa rubia, ¡oh, no! ella no dice mentiras... es tan inglesa... tan honrada y sincera. Conque le cree a ella y a mí no. Pero yo podría decirle... ¡Ah, sí! ¡Vaya si podría!

Depositó una cazuela sobre la estufa con violencia.

Craddock dudó sin hacer caso de lo que pudiera no ser más que una afirmación hija del rencor.

—Tomamos nota de todo lo que nos dice —anunció.

—Yo no diré nada en absoluto. ¿Por qué he de decírselo? Todos ustedes son iguales. Persiguen y desprecian a los pobres refugiados. Si le digo a usted que cuando, una semana antes, ese joven se presentó a pedirle a la señorita Blacklock dinero y ella le echó con la mosca en la oreja... si le digo que después de eso le oigo yo hablar con la señorita Haymes... sí, ahí fuera, en el invernadero... lo único que usted dice es que lo estoy inventando.

"Y, seguramente —se dijo para sí Craddock—, eso es lo que estás haciendo: inventándolo." Pero en voz alta añadió:

—Usted no podía oír lo que se dijera en el invernadero.

—¡Ahí es donde se equivoca! —exclamó Mitzi, triunfal—. Salí a buscar ortigas... resultan muy buena verdura las ortigas. Ellos no lo creen, pero las guiso y no se lo digo. Y les oí hablar allí fuera. Él le dijo: "Pero ¿dónde puedo esconderme?" Y ella dijo: "Yo te enseñaré". Y luego dijo: "A las seis y cuarto". Y yo pensé: "¡Ah, caramba! ¡Con que así te portas tú, mi gran dama! Después de volver de trabajar, sales a encontrarte con un hombre. Le haces entrar en la casa". A la señorita Blacklock, pensé, no le gustará eso nada. Te echará de casa. Me parece que vigilaré, y escucharé y se lo diré a la señorita Blacklock. Pero comprendo ahora que me equivoqué. No era cuestión de amor lo que hablaba con él. Preparaba robo y asesinato. Pero dirá usted que todo esto me lo invento yo. Maligna Mitzi, dirá usted. La llevaré a la cárcel.

Craddock se quedó pensativo. Bien pudiera ser que lo estuviera inventando. Pero cabía la posibilidad de que no fuese así. Preguntó con cautela:

—¿Está usted segura de que era con Rudi con quien hablaba?

—Claro que estoy segura. Salió, y le vi cruzar la avenida hacia el invernadero. Y a los pocos momentos —agregó Mitzi, en tono retador—, salí a ver si había alguna ortiga bien verde y tierna.

"¿Habría —se preguntó el inspector— ortigas verdes y tiernas en octubre?" Pero comprendió que Mitzi había tenido que inventar a toda prisa una excusa que justificara lo que, sin duda alguna, no habría sido más que simple afán de husmear.

—¿No oyó usted nada más que lo que me ha dicho?

En el rostro de Mitzi apareció una expresión de resentimiento.

—Esa señorita Bunner, la de la nariz larga, me llama y me llama. ¡Mitzi! ¡Mitzi! Conque tengo que ir. Oh, ¡qué irritante es! Siempre entrometiéndose. Dice que me enseñará a guisar. ¡Los guisos de ella! Saben..., sí, todo lo que ella hace sabe a agua, agua, agua...

—¿Por qué no me dijo usted, todo esto el otro día? —inquirió Craddock con severidad.

—Porque no me acordé... no pensé... Sólo más tarde me dije: se proyectó entonces... lo proyectó con *ella*.

—¿Está usted completamente segura de que era la señora Haymes?

—Oh, sí estoy segura. Oh, sí, estoy muy segura. Es una ladrona esa señora Haymes. Una ladrona y la asociada de ladrones. Lo que recibe por trabajar en el jardín no es bastante para tan gran dama, oh, no. Ha de robarle a la señorita Blacklock, que ha sido bondadosa con ella. ¡Oh! ¡Es mala, mala, mala, esa mujer!

—Supóngase —dijo el inspector, observándola atentamente— que alguien dijera que la había visto a *usted* hablar con Rudi Scherz...

La insinuación surtió menos efecto del que había esperado. Mitzi se limitó a lanzar un respingo de desdén y echar hacia atrás la cabeza.

—Si alguien dice que me ha visto hablar con él, eso es mentira, mentira, mentira —contestó con desprecio—. El decir mentiras de una persona, eso es sencillo. Pero en Inglaterra hay que demostrar que son verdad. La señorita Blacklock me ha dicho eso, y es verdad, ¿no? Yo no hablo con asesinos y ladrones. Y ningún policía inglés dirá que lo he hecho. Y, ¿cómo he de guisar la comida si está usted aquí hablando, hablando sin parar? Márchese de mi cocina, haga el favor. Ahora quiero hacer una salsa con mucho cuidado.

Craddock se marchó, sumiso. Habían perdido seguridad las

sospechas que concibiera de Mitzi. Había contado lo de Phillipa Haymes como si estuviese completamente convencida de lo que decía. Mitzi podría ser una embustera (y por tal la tenía él), pero se le antojaba que bien pudiera haber cierto fondo de verdad en aquella historia. Decidió hablarle a Phillipa del asunto. Le había parecido, al interrogarla, una joven serena y bien criada. No le había inspirado la menor desconfianza. No se le había ocurrido sospechar de ella ni un instante.

Al cruzar el pasillo, distraído, se equivocó de puerta al intentar abrir. La señorita Bunner, que bajaba la escalera, se apresuró a señalarle su error.

—Ésa no —dijo—; no se abre. La siguiente a la izquierda. Confunde, ¿verdad? ¡Tantas puertas!

—Sí que hay muchas —contestó Craddock, mirando arriba y abajo del estrecho corredor.

La señorita Bunner las pasó amablemente en lista.

—Primero, la puerta del guardarropa. Luego, la del armario ropero. Después la del comedor... todas ellas a ese lado. A ese otro, la puerta que intentaba usted abrir y que está condenada. Luego, la de la sala. A continuación, la del cuarto armario en que se guarda la porcelana, y la puerta del cuartito de las flores y, al final, la puerta que da al jardín. Confunde una barbaridad. Sobre todo esas dos que están tan juntas. Yo me he equivocado con frecuencia. Solíamos tener una mesa colocada contra la que no se abre; pero luego la corrimos hacia la pared.

Craddock había observado casi maquinalmente que la puerta que había estado intentando abrir tenía una raya delgada horizontal. Se dio cuenta ahora de que ésta señalaba el lugar contra el que había estado pegada la mesa. Algo pareció removerse en su mente.

—¿La corrieron? ¿Cuándo?

Por fortuna, para interrogar a Dora Bunner no era necesario explicar el porqué de una pregunta. Cualquier pregunta sobre cualquier asunto le parecía completamente natural a la charlatana señorita Bunner, a quien deleitaba dar información, por muy trivial que ésta fuese.

—Deje que piense... hace muy poco en realidad... cosa de diez o quince días.

—¿Por qué la corrieron?

—La verdad es que no me acuerdo. Algo relacionado con las flores. Creo que Phillipa preparó un jarrón muy grande... sabe arreglar las flores muy bien... todo colorido otoñal, y ramitas, y ramas... y era tan grande, que se le engancha a una el pelo al pasar. Conque Phillipa dijo: "¿Por qué no corremos la mesa? De todas formas, las flores estarían más bonitas contra el fondo de la pared desnuda que contra la puerta". Sólo que tuvimos que descolgar a Wellington en Waterloo. No es un grabado que me gusta mucho. Lo pusimos debajo de la escalera.

—Así pues, ¿la puerta no es fingida en realidad? —inquirió Craddock mirándola.

—¡Oh, no! Es una puerta de *verdad*, si es eso lo que quiere decir. Es la de la salita pequeña. Pero cuando se hizo una sola habitación de las dos, no hacían falta dos puertas. Conque ésta se cerró.

—¿Se cerró? —Craddock empujó otra vez con cuidado—. ¿Quiere decir que la clavaron? O..., ¿se limitaron a echar la llave?

—La cerraron con llave, creo. Y echaron los cerrojos.

Vio Craddock el cerrojo en la parte superior y lo probó. Se descorrió fácilmente, demasiado fácilmente.

—¿Cuándo se abrió esta puerta por última vez? —le preguntó a la señorita Bunner.

—Oh, hace años y años, supongo. Nunca se ha abierto desde que yo estoy aquí, eso sí que lo sé.

—¿Usted no sabe dónde está la llave?

—Hay la mar de llaves en el cajón del pasillo. Probablemente se encontrará con ellas.

Craddock la siguió y contempló el montón de llaves oxidadas amontonadas en la parte de atrás del cajón. Las miró y escogió una que parecía distinta de las demás y volvió a la puerta. La llave encajaba y giraba sin dificultad en la cerradura. Empujó, y la puerta se abrió silenciosamente.

—Oh, tenga cuidado —exclamó la señorita Bunner—. Puede haber algo apoyado contra ella por el lado de dentro. No la abrimos nunca.

—¿No?

Tenía sombrío el rostro ahora. Dijo con énfasis:

—Esa puerta se ha abierto recientemente, señorita Bunner. Se han engrasado las bisagras y la cerradura.

La miró boquiabierta.

—Pero, ¿quién puede haber hecho eso? —preguntó.

—Eso es lo que pienso averiguar —contestó Craddock.

Se dijo: "¿X de fuera? No. X estaba aquí, en la casa. Y se hallaba en la sala aquella tarde..."

CAPÍTULO X
PIP Y EMMA

I

La señorita Blacklock le escuchó esta vez con más atención. Era una mujer inteligente, como ya sabía él, y comprendió en seguida todo el alcance de cuanto le dijo.

—Sí —dijo serena—; eso hace, en efecto, que las cosas cambien de aspecto. Nadie tenía derecho a andar con esa puerta. Y yo no tengo conocimiento de que nadie lo haya hecho.

—¿Se da usted cuenta de lo que significa? —le dijo el inspector—. Cuando se apagaron las luces la otra noche, *cualquiera de los que se hallaban en este cuarto* pudo haber salido por esa puerta, haberse acercado por detrás a Rudi Scherz y haber disparado contra usted.

—¿Sin ser visto, oído ni observado?

—Sin ser visto, oído ni observado. No olvide que, cuando se apagaron las luces, la gente se movió, exhaló exclamaciones, tropezó con sus vecinos. Y después de esto, lo único que pudo verse fue la deslumbradora luz de la lámpara de bolsillo.

La señorita Blacklock dijo muy despacio:

—Y, ¿usted cree que una de esas personas... uno de mis agradables y vulgares vecinos... salió de la sala e intentó asesinarme? ¿A mí? Pero, ¿por qué? Por el amor de Dios, ¿por *qué?*

—Tengo el presentimiento de que usted ha de conocer la respuesta a esa pregunta, señorita Blacklock.

—Pues no la conozco, inspector. Puedo asegurarle que no la conozco.

—A ver si podemos empezar en serio la investigación, Probemos. ¿Quién heredaría su dinero si muriese?

La señorita Blacklock dijo con mala gana:

—Patrick y Julia. He legado los muebles de esta casa, junto con una pequeña pensión, a Bunny. En realidad, no tengo mucho que dejar. Poseía valores alemanes e italianos que ya no valen nada. Y entre los impuestos y la reducción en los intereses devengados hoy en día por capitales colocados, puedo asegurarle que no vale la pena asesinarme. Empleé la mayor parte de mi dinero en comprar una pensión vitalicia hace cosa de un año.

—Ello, no obstante, tiene *usted* algunas rentas. Y sus sobrinos las heredarían.

—Y..., ¿querrían matarme para conseguirlas Patrick y Julia? Perdone que no lo crea. No andan tan justos de dinero como todo eso.

—¿Lo sabe usted de cierto?

—No. Supongo que sólo lo sé por lo que ellos me han dicho... Pero me niego rotundamente a sospechar de ellos. *Algún día* podrá valer la pena asesinarme. Pero ahora, no.

—¿Qué quiere usted decir con eso de que algún día puede valer la pena asesinarla, señorita Blacklock?

—Simplemente que algún día... posiblemente no muy lejano... *puedo* ser muy rica.

—Eso parece interesante. ¿Tiene la bondad de aclararlo?

—No tengo inconveniente. Quizá no lo sepa usted; pero durante más de veinte años fui secretaria y asociada de Randall Goedler.

El interés de Craddock se despertó. Randall Goedler había sido un gran personaje en el mundo de las finanzas. Sus atrevidas jugadas y la teatral publicidad de que se había rodeado le habían convertido en una personalidad que tardaría mucho en olvidarse. Había muerto, si a Craddock le era fiel la memoria, en 1937 o 1938.

—Es anterior a su época, supongo —dijo la señorita Blacklock—. Pero seguramente alguna vez habrá oído hablar de él.

—Ya lo creo. Era millonario, ¿verdad?

—Varias veces millonario, aunque su situación económica

estaba sujeta a fluctuaciones. Generalmente arriesgaba cuanto tenía en cada nueva jugada.

Hablaba con cierta animación, con sus ojos iluminados por el recuerdo.

—Sea como fuese, murió rico. No tenía hijos. Le dejó a su mujer su fortuna en usufructo y a su muerte había de heredarla yo, sin condiciones.

Se despertó un vago recuerdo en la mente del inspector. *Secretaria fiel heredará inmensa fortuna*..., o algo por el estilo.

—Durante los últimos doce años o así —dijo la señorita Blacklock, bailándole la risa en los ojos—, *yo* he tenido excelentes motivos para asesinar a la señora Goedler... Pero eso no le ayuda, ¿verdad?

—¿Se mostró... perdóneme que... le haga la pregunta... se mostró resentida la señora Goedler por la forma en que su esposo había dispuesto de sus riquezas?

—No tiene usted por qué ser tan exageradamente discreto. Lo que usted en realidad quiere preguntar es si yo era la amante del señor Goedler. Pues no; no lo era. No creo que Randall pensara ni una sola vez en mí con sentimentalismo. Ni yo pensé nunca en él de esa manera, desde luego. Estaba muy enamorado de Belle (su esposa), y siguió enamorado de ella hasta morir. Creo que, probablemente, fue el agradecimiento lo que le impulsó a disponer de esa manera de su fortuna. Y es que, ¿sabe, inspector?, en los primeros tiempos, cuando Randall aún no se hallaba muy firme sobre los pies, anduvo muy cerca de estrellarse. Todo dependía de unos cuantos miles de libras en dinero efectivo. Se trataba de una jugada muy grande y muy emocionante... atrevida como todas las suyas. Pero le faltaba esa pequeña cantidad para aguantar. Yo acudí a su auxilio. Contaba con algún dinero mío. Tenía fe en Randall. Vendí cuantos valores poseía y le entregué su importe. Fue lo que necesitaba. Una semana más tarde se había convertido en un hombre inmensamente rico.

"Después de eso, me trató siempre como una especie de socio. ¡Ah! ¡Qué días de emoción fueron aquellos! —exhaló un suspiro—. Yo gozaba de lo lindo. Entonces murió mi padre. Y mi única hermana era una inválida. Renuncié a todo por acudir a ayudarla. Randall murió un par de años más tarde. Yo había ganado mucho dinero durante nuestra asociación y no esperaba que me dejara nada en realidad. Pero me emocionó mucho sí, y me hizo sentirme orgullosa de descubrir que, si Belle moría antes que yo (y era una de esas mujeres delicadas que nunca se espera que vivan gran cosa), toda la fortuna iría a parar a mí. Belle es un alma de Dios y le encantó que así fuera. Es la dulzura personificada. Vive en Escocia. Hace años que no la veo. Nos limitamos a escribirnos por Nochebuena. Y es que me marché a Suiza con mi hermana antes de la guerra para llevarla a un sanatorio. Murió tuberculosa allá.

Guardó silencio unos instantes. Luego, dijo:

—Regresé a Inglaterra hace poco más de un año.

—Dijo usted que podría ser muy rica dentro de poco. ¿Dentro de cuánto, aproximadamente?

—Recibí noticias de la enfermera que asiste a Belle Goedler, diciéndome que ésta estaba perdiendo las fuerzas a ojos vistas. Quizá dure... unas semanas tan sólo.

Dijo tristemente:

—Poco representará el dinero para mí ahora. Tengo el suficiente ya para mis necesidades, que son muy pocas. En otros tiempos me hubiera encantado especular de nuevo. Pero ahora... Una se hace vieja, inspector. No obstante, ¿verdad que se da cuenta de que si Julia y Patrick quisieran matarme por razones económicas estarían locos de no aguardar unas semanas más?

—Sí, señorita Blacklock. Pero ¿qué sucede si muere usted antes que la señora Goedler? ¿Quién hereda la fortuna entonces?

—¿Sabe usted que nunca se me ha ocurrido pensar en eso? Supongo que Pip y Emma...

Craddock se la quedó mirando con sorpresa y la señorita Blacklock sonrió.

—¿Parece eso algo así como si estuviese trastornada? Creo que si muero yo antes que Belle, el dinero irá a parar a manos de la progenie legal..., ¿no se llama así...?, de la hermana única de Randall, Sonia. Randall había reñido con su hermana. Se casó con un hombre a quién él consideraba un malhechor o algo peor aún.

—Y... ¿lo era?

—No cabe la menor duda de ello. Pero tengo entendido que a las mujeres les resultaba muy atractivo. Era griego, o rumano, o algo así..., ¿cómo se llamaba...? Stamfordis, Dimitri Stamfordis.

—¿Randall Goedler desheredó a su hermana en cuanto se casó con ese hombre?

—Oh, Sonia era rica ya..., muy rica. Randall le había regalado cuantiosas sumas, de manera que le resultaba a su marido casi imposible tocarlas. Pero creo que, cuando los abogados le instaron a que agregara el nombre de alguna otra persona por si me moría yo antes que Belle, puso, de mala gana, el de la prole de Sonia.

—Y..., ¿tuvo descendencia el matrimonio?

—Pip y Emma[1] —contestó ella riendo—. Ya sé que parece absurdo. Lo único que sé es que Sonia le escribió una vez a Belle después de su matrimonio, pidiéndole que dijera a Randall que era extremadamente feliz y que acababa de dar a luz dos gemelos y qué los iba a llamar Pip y Emma. Que yo sepa, no volvió a escribir después de eso. Pero Belle, claro está, quizá pueda decirle algo más.

A la señorita Blacklock parecía haberle divertido su propio relato. El inspector no parecía divertido, sin embargo.

—La cosa se reduce a lo siguiente —dijo—. Si la hubieran matado a usted la otra noche, hay por lo menos dos personas en el mundo, o así lo presumimos, que hubiesen heredado una cuantiosa fortuna. Está usted equivocada, señorita Blacklock, al decir que no hay nadie que tenga motivo alguno para desear su muerte. Hay dos personas por lo menos para quien tiene eso un interés vital. ¿Qué edad tendrían ese muchacho y su hermana?

La señorita Blacklock arrugó el entrecejo.

—Deje que piense... 1922... no... es difícil recordar... Su-

[1] Los telegrafistas llaman a la letra P, pip, y a la letra M, emma. Y Pip es una forma de decir p.m., abreviatura de *post meridiem,* que, en Inglaterra, representa la tarde. Las 4 p.m., por ejemplo, significa las cuatro de la tarde. *(N. del T)*

pongo que unos veinticinco o veintitrés —se puso seria—, pero no es posible que usted crea...

—Creo que alguien disparó contra usted con la intención de matarla. Creo que es posible que esa misma persona o esas mismas personas prueben suerte otra vez. Quisiera que hiciese usted el favor de andar con mucho cuidado. Se proyectó un asesinato y no llegó a perpetrarse. Creo muy posible que se prepare otro asesinato para muy pronto.

II

Phillipa Haymes enderezó su espalda y se apartó un mechón de cabellos de la húmeda frente. Estaba limpiando un cuadro de flores.

—¿Diga, inspector?

Le miró, interrogadora. Craddock, a su vez, la escudriñó con más atención de lo que había hecho hasta entonces. Sí, una muchacha bien parecida, un tipo muy inglés con su cabello rubio ceniza pálido y el rostro alargado. Barbilla y boca testarudas. Se notaba en ella algo así como si se estuviera reprimiendo, como si se hallara en tensión. Los ojos eran azules, de mirada fija y nada delataban. La clase de muchacha, pensó, que sabría guardar muy bien un secreto.

—Lamento tener que molestarla siempre cuando trabaja, señora Haymes —dijo—; pero no quería esperar a que volviese usted para comer. Además, se me ocurrió que resultaría más fácil hablarle aquí, lejos de Little Paddocks.

—¿Diga, inspector?

Ni pizca de emoción y nada de interés en la voz. Pero, ¿había en ella un dejo de cautela o se lo imaginaba?

—Se me ha hecho cierta declaración esta mañana. Esta declaración está relacionada con usted.

Phillipa Haymes enarcó muy levemente las cejas.

—¿Me dijo usted, señora Haymes, que Rudi Scherz le era completamente desconocido?

—Sí.

—Que cuando le vio allí muerto, era la primera vez que le ponía la vista encima. ¿Es así?

—Claro que sí. Nunca le había visto antes.

—¿No celebraría usted, por ejemplo, una conversación con él en el invernadero de Little Paddocks?

—¿En el invernadero?

Casi estaba seguro de notar un dejo de temor en la voz.

—Sí, señora Haymes.

—¿*Quién* lo ha dicho?

—Se me asegura que celebró usted una entrevista con Rudi Scherz, que él le preguntó dónde podía esconderse, que usted le dijo que le enseñaría y que mencionó, definitivamente, una hora: las seis y cuarto. Serían aproximadamente las seis y cuarto cuando llegaría aquí Scherz desde la parada del autobús en la noche del atraco.

Hubo un momento de silencio. Luego Phillipa rio con desdén. Parecía hacerle gracia.

—No sé quién le dijo a usted eso —aseguró—. Aunque me lo imagino. Es un cuento muy tonto, muy torpe... mal intencionado, claro está. Por Dios sabe qué motivos, yo le soy más antipática a Mitzi que todos los demás.

—¿Lo niega?

—Claro que no es cierto... Nunca he conocido ni visto a Rudi Scherz y no estuve ni cerca de la casa aquella mañana. Me encontraba aquí trabajando.

El inspector Craddock preguntó, con dulzura

—¿Qué mañana?

—Todas las mañanas. Estoy aquí todas las mañanas. No me marcho hasta la una.

Agregó con desdén:

—Es tonto hacer caso de lo que diga Mitzi. Miente por costumbre.

—Y ahí tiene —dijo Craddock cuando se alejaba acompañado del sargento Fletcher—. Dos jovencitas cuyos relatos se contradicen por completo. ¿A cuál de las dos he de creer?

—Todo el mundo parece estar de acuerdo en que esa muchacha extranjera dice muchos embustes —contestó Fletcher—. He tratado mucho con extranjeros y sé por experiencia que les cuesta menos trabajo mentir que decir la verdad. Parece claro que le tiene rencor a esa señora Haymes.

—Conque si estuviera en mi lugar, ¿creería usted a la señora Haymes?

—A menos que tenga usted motivos para hacer todo lo contrario.

Y Craddock no los tenía, no en realidad. Sólo el recuerdo de unos ojos azules demasiado fijos, y la facilidad con que habían desgranado sus labios las palabras *aquella mañana*. Porque, que él recordase, no había dicho si la entrevista se había celebrado en el invernadero por la mañana o por la tarde.

Sin embargo, la señorita Blacklock —o si no la señorita Blacklock, la señorita Bunner— podía haber mencionado la visita del joven extranjero que se presentaba a mendigar el importe de su viaje de regreso a Suiza. Y Phillipa Haymes podría, por lo tanto, haber deducido que se suponía que la conversación se había celebrado aquella mañana precisamente.

Pero Craddock seguía creyendo que había un dejo de temor en su voz al preguntar:

—¿En el *invernadero*?

Decidió mantener la mente abierta de momento.

III

Se estaba muy bien en el jardín del vicario. Se había sentido en Inglaterra una de esas bruscas temporadas de calor otoñal. El inspector Craddock no lograba recordar nunca si era el veranillo de San Martín o el de San Lucas, pero sí sabía que resultaba muy agradable, y muy enervador también. Se sentó en la poltrona que le suministró la enérgica Bunch, a punto de marchar a una Reunión de Madres de Familia, y, a su lado, bien protegida con toquillas y con una manta grande alrededor de las rodillas, se hallaba sentada, haciendo media, la señorita Marple. El sol, la paz, el acompasado tintineo de las agujas de la señorita Marple, todo se combinó para hacerle sentir sueño al inspector. Y, sin embargo, al mismo tiempo, allá en el fondo de la mente experimentaba cierta sensación de pesadilla. Era como un sueño conocido, con una corriente de fondo amenazador que acaba trocando la apacibilidad en terror…

Dijo de pronto:
—No debiera usted estar aquí.
Las agujas de la señorita Marple dejaron de tintinear un instante. Los plácidos ojos azul porcelana le contemplaron pensativos. Dijo:
—Ya sé lo que quiere decir. Es usted un muchacho muy concienzudo. Pero no hay por qué preocuparse. El padre de Bunch (fue vicario de nuestra parroquia, un hombre muy erudito), y su madre (que es una mujer asombrosa, una verdadera potencia espiritual) son amigos míos de antiguo. Resulta lo más natural del mundo que hallándome en Meddenham, venga a pasar una temporada aquí, con Bunch.
—Oh, es posible —dijo Craddock—. Pero..., pero no ande usted husmeando por ahí... Tengo el presentimiento... de veras que sí... de que es *peligroso*.
La señorita Marple sonrió un poco.
—Pero me temo —dijo—, que nosotras, las viejas, siempre husmeamos. Resultaría mucho más extraño y mucho más llamativo que no lo hiciese. Preguntas acerca de amigos mutuos que se hallan en distintas partes del mundo... y si se recuerda a Fulano de Tal... ¿y se acuerda usted de con quién se casó la hija de lady Cómo-se-llame? Todo eso ayuda, ¿no?
—¿Ayuda? —murmuró el inspector sin comprender.
—Ayuda a descubrir si la gente es, en efecto, todo lo que pretende ser —agregó la señorita Marple.
Y prosiguió:
—Porque eso es lo que le tiene a usted pensativo, ¿no? Y en eso es en lo que ha cambiado particularmente el mundo desde la guerra. Fíjese en este sitio, en Chipping Cleghorn, por ejemplo. Se parece a Saint Mary Mead, mi lugar de residencia. Hace quince años, una *sabía* quién era todo el mundo. Los Bantry de la casa grande... y los Hartnell, y los Price Ridley, y los Weatherby... Era gente cuyos padres y madres, abuelos y abuelas, tíos y tías habían vivido allí antes que ellos. Si alguna persona nueva se instalaba en el pueblo, llegaba con cartas de presentación, o serían del mismo regimiento, o habían servido en el mismo barco que alguno establecido allí ya. Si alguien nuevo... verdaderamente nuevo... verdaderamente forastero... se presentaba,

¡bueno!, se destacaba una enormidad... todo el mundo se preguntaba quién podría ser y no descansaba hasta averiguarlo.

Movió la cabeza en dulce gesto afirmativo.

—Pero las cosas han cambiado. Ya no pasa nada de eso. Todos los pueblos, todos los lugares rurales están llenos de gente que ha ido a instalarse en ellos sin ningún lazo que la una al sitio. Las casas grandes se han vendido y las de los campesinos se han modificado y adaptado a las exigencias modernas. Y la gente no hace más que llegar... y lo único que se sabe de ella es lo que ella misma dice. Porque ha acudido de todas partes del mundo. Gente de la India, de Hong-Kong, de China... gente que solía vivir en Francia y en Italia en sitios baratos y en las islas extrañas. Y gente que ha hecho un poco de dinero y puede permitirse el lujo de retirarse. Pero ya *no sabe* nadie quiénes son sus vecinos. Puede uno tener piezas de bronce de Benarés en casta y hablar de *tiffin* y *chota hazri*[1]... y se pueden tener cuadros de Taormina y hablar de la iglesia inglesa y de la biblioteca... como la señorita Hinchcliff y la señorita Murgatroyd... Puede uno venir del sur de Francia y haberse pasado la vida en Oriente. La gente te admite aceptando las explicaciones que tú mismo das. No aguardan a hacer una visita hasta haber recibido carta de un amigo diciendo que los Smithson son gente deliciosa y que los ha conocido toda la vida.

Y eso, pensó Craddock, era precisamente lo que le estaba molestando. No *sabía.* No eran más que rostros y personalidades, secundados por libretas de racionamiento y tarjetas de identidad... unas tarjetas de identidad muy bonitas, con número y todo, y sin fotografía ni huellas dactilares. Cualesquiera que quisiese tomarse la molestia podía tener una tarjeta de identidad adecuada —y, en parte debido a ello, los eslabones más útiles que habían mantenido unida la vida rural inglesa, se habían deshecho. En una ciudad, nadie esperaba conocer a su vecino. Ahora, en el campo, tampoco conocía nadie a su vecino aunque posiblemente creyera conocerle.

Por su descubrimiento de la puerta engrasada, Craddock

[1] *Tiffin,* nombre angloindio de una comida ligera. *Chota hazri,* desayuno ligero y muy temprano entre los angloindios. *(N. del T.)*

sabía que había habido alguien en la sala de Leticia Blacklock, que no era el agradable y amistoso vecino rural que él, o ella, fingía ser.

Y, precisamente por eso, temía por la señorita Marple, que era frágil y anciana y se fijaba en las cosas.

Dijo:

—Podemos, hasta cierto punto, comprobar quién es esa gente...

Pero, en su fuero interno, sabía que eso no era tan fácil. India, China, Hong-Kong, el sur de Francia. No era tan fácil como hubiera sido quince años antes. Demasiado sabía él que eran muchos los que vagaban por el país con una identidad falsa, la identidad de personas que hallaron la muerte repentina en "incidentes" ocurridos en las ciudades. Existían organizaciones que se dedicaban a comprar identidades, que falsificaban libretas de racionamiento y tarjetas de identidad... Un centenar de industrias ilegales por el estilo habían surgido al amparo de las circunstancias. *Sí* que se podían hacer comprobaciones. Pero para ello se requería tiempo, y tiempo era lo que le faltaba, porque la viuda de Randall Goedler se encontraba a las puertas de la muerte.

Fue entonces cuando, lleno de preocupación y cansancio, medio adormecido por el sol, le habló a la señorita Marple de Randall Goedler y de Pip y Emma.

—Un par de nombres tan sólo —dijo—. O, mejor dicho, motes. Quizá no existan. Tal vez sean ciudadanos muy respetables que viven actualmente en algún lugar de Europa. Sin embargo, también pudiera darse el caso de que uno de ellos o los dos, se encontraran aquí, actualmente, en Chipping Cleghorn.

De veinticinco años de edad, aproximadamente... ¿A quién le cuadraba la descripción? Dijo, pensando en alta voz:

—Ese sobrino y esa sobrina suyos... o primos o lo que sean..., ¿cuándo los vería la última vez?

—Yo me encargaré de averiguar, ¿quiere?

—Mire, por favor, señorita Marple, no...

—Resultará muy sencillo, inspector. No tiene usted por qué preocuparse. Y no se notará si lo hago yo porque, ¿sabe?, no será una cosa oficial.

Pip y Emma, pensó Craddock. ¿Pip y Emma? Empezaban a obsesionarle. Aquel joven osado y bien parecido... la linda muchacha de mirada serena...

Dijo:

—Quizás averigüe algo más acerca de ellos durante las próximas cuarenta y ocho horas. Me marcho a Escocia. La señora Goedler, si es que puede hablar, tal vez sepa mucho más de esos muchachos.

—Ese paso me parece muy apropiado —dijo la señorita Marple.

Luego, tras un momento de vacilación:

—Espero —murmuró— que le habrá dicho usted a la señorita Blacklock que se ande con cuidado.

—Le he avisado, sí. Y dejaré aquí un agente que vigile sin llamar poderosamente la atención.

Esquivó la mirada de la anciana, que decía bien a las claras que de poco serviría que un agente vigilase si el peligro se encontraba dentro de la familia.

—Y no olvide —dijo Craddock mirándola de hito en hito— que también le he avisado a *usted.*

—Le aseguro, inspector —dijo la señorita Marple—, que me sé cuidar muy bien.

CAPÍTULO XI
LA SEÑORITA MARPLE ACUDE A TOMAR EL TÉ

Si Leticia Blacklock estaba algo distraída cuando se presentó la señora Harmon a tomar el té, acompañada de la anciana que pasaba una temporada en su casa, no era fácil que la señorita Marple —que era la anciana en cuestión— se diese cuenta de ello, puesto que aquélla era la primera vez que la veía.

La anciana resultó encantadora y deliciosamente charlatana. Demostró ser, casi inmediatamente, una de esas viejas cuya constante preocupación son los ladrones.

—Son capaces de entrar en cualquier parte, querida —le aseguró a su anfitriona—, en *cualquier* parte en estos tiempos. ¡Hay tantos métodos americanos nuevos! Yo, personalmente, pongo mi fe en un dispositivo muy anticuado. *Un gancho y un pasador.* Pueden abrir las cerraduras con ganzúa y descorrer los cerrojos, pero un gancho de latón y el pasador en que engancharlo les frustra por completo. ¿Ha probado ese procedimiento alguna vez?

—Me temo que no nos preocupamos demasiado por cerrojos ni cerraduras —contestó alegremente la señorita Blacklock—. No hay gran cosa aquí que robar.

—Una cadena en la puerta principal —aconsejó la señorita Marple—. Así la doncella no tiene más que abrir una rendija para ver quién llama. Y no pueden abrir de un empujón.

—Supongo que a Mitzi, nuestra cocinera refugiada, le encantaría eso.

—El atraco de que fueron ustedes víctimas debió ser muy

aterrador —dijo la señorita Marple—. Bunch me lo ha estado contando.

—Yo por poco me muero del susto —confesó la señorita Blacklock.

—Parece como si hubiera intervenido la Providencia para que el hombre tropezara y se diera un tiro. Estos ladrones son tan *violentos* hoy en día. ¿Cómo logró entrar?

—Me temo que no cerramos bien las puertas.

—Oh, Letty —exclamó la señorita Bunner—. Me olvidé de decirte que el inspector se mostró la mar de raro esta mañana. Se empeñó en abrir la segunda puerta... ya sabes cuál digo... la que nunca se abre... ésa de allá. Buscó la llave y dijo que habían engrasado la puerta. Pero no comprendo por qué razón, porque...

Vio demasiado tarde la señal que le hacía la señorita Blacklock para que se callase, y se interrumpió boquiabierta.

—Oh, Letty, me... lo siento... quiero decir, oh, perdona, Letty..., ¡ay, Señor, qué estúpida soy!

—Da igual —dijo la señorita Blacklock. Pero estaba molesta—. Sólo que no creo que desee el inspector Craddock que se hable de eso. No sabía yo que hubieras estado tú allí mientras hacía experimentos Dora. Se hace usted cargo, ¿verdad, señor Harmon?

—Claro que sí —aseguró Bunch—. No diremos una palabra, ¿verdad, tía Jane? Pero, *¿por qué* se le ocurriría...?

Calló pensativa. La señorita Bunner estaba nerviosa y parecía contristada, y acabó estallando:

—Siempre hablo a destiempo... ¡Ay, Señor! ¡Soy una verdadera prueba para ti, Letty!

La señorita Blacklock se apresuró a decir:

—Eres mi gran consuelo, Dora. Y, de todas formas, en un sitio tan pequeño como Chipping Cleghorn, no hay, en realidad, ningún secreto.

—Eso sí que es verdad —dijo la señorita Marple—; sí que me temo que se propagan las cosas de una manera extraordinaria. La servidumbre, claro está. Y, sin embargo, no puede ser eso sólo, porque una tiene tan poca servidumbre hoy en día... No obstante, hay que tener en cuenta a las que vienen a casa unas horas a fregar... Quizá sean las peores, porque trabajan para dos, van de casa en casa, y hacen circular las noticias.

—¡Ah! —exclamó Bunch de pronto—. ¡Ahora lo entiendo! Claro, si esa puerta podía abrirse también, pudo haber salido alguien de aquí en la oscuridad y cometer el atraco... sólo que, claro, nadie lo hizo, porque fue el hombre del Royal Spa. Oh, ¿no lo fue...? No; no lo entiendo después de todo...

Frunció el entrecejo:

—Así, pues, ¿ocurrió todo en este cuarto? —inquirió la señorita Marple.

Y agregó en son de excusa:

—Me temo que va usted a creerme extremadamente curiosa, señorita Blacklock... pero, ¡es tan emocionante!... igual que las cosas que una lee en el periódico... Y, ¡eso de que le haya ocurrido a una persona que una *conoce*...! Ardo en deseos de oír lo que ocurrió, y de imaginármelo todo... No sé si me comprende...

Inmediatamente la señorita Marple escuchó una versión muy confusa de labios de Bunch y de la señorita Blacklock.

Cuando se hallaba el relato en todo su apogeo, entró Patrick y tomó parte en la narración, llegando hasta el punto de representar el papel de Rudi Scherz.

—Y tía Letty estaba allí, en el rincón, junto al arco... Anda y ponte allí, tía Letty.

La señorita Blacklock obedeció. Y entonces le enseñaron a la señorita Marple los agujeros que habían hecho las balas.

—¡Qué maravillosa..., qué providencial salvación! —exclamó emocionada.

—Estaba a punto de ofrecerle cigarrillos a mis invitados, cuando...

La señorita Blacklock señaló la caja de plata que había sobre la mesa.

—La gente es tan poco cuidadosa cuando fuma —dijo la señorita Bunner, con desaprobación—. No hay quién respete ya los muebles buenos como antes. ¡Fíjate en la quemadura que hizo alguien en esta hermosa mesa! ¡Vergonzoso!

La señorita Blacklock exhaló un suspiro.

—Me temo que a veces una piensa demasiado en las cosas que tiene.

—¡Es una mesa tan linda, Letty!

La señorita Bunner amaba las cosas de su amiga tanto como si hubieran sido suyas. A Bunch Harmon siempre le había parecido eso una de las características de Bunner que más hacía que se la quisiera. No daba muestra alguna de envidia.

—Sí que es una mesa muy bonita —asintió cortésmente la señorita Marple—; y, ¡qué bonita es la lámpara de porcelana que hay encima!

De nuevo fue la señorita Bunner quien aceptó la alabanza, como si ella y no la señorita Blacklock fuera la propietaria de la lámpara.

—¿Verdad que es deliciosa? De Dresde. Hay una pareja. La otra se encuentra ahora en la alcoba libre, si no me equivoco.

—Sabes dónde está todo lo de la casa, Dora. O crees saberlo —dijo la señorita Blacklock de muy buen humor—. Te preocupan mis cosas mucho más que a mí.

La señorita Bunner se puso colorada.

—He de confesar —notó la señorita Marple— que yo también les tengo mucho cariño a mis cosas... ¡tienen tantos *recuerdos*! Lo mismo ocurre con los retratos. Hoy en día la gente tiene tan pocos retratos... y a mí me gusta conservar las fotografías de todos mis sobrinos y sobrinas... primero de cuando estaban en pañales... luego de largo... y así sucesivamente.

—Tienes una terrible mía, de cuando contaba yo tres años —dijo Bunch—. Se me ve un perrito en brazos y parezco bizca.

—Supongo que su tía conserva muchos recuerdos de usted —dijo la señorita Marple encarándose con Patrick.

—Oh, no somos más que primos lejanos —contestó el joven.

—Me parece que sí me mandó Elinor una tuya de cuando eras pequeño, Pat —dijo la señorita Blacklock—. Pero me temo que no la conservé. En realidad, me había olvidado ya de cuántos hijos había tenido y de sus nombres, hasta que me escribió diciéndome que estabais los dos aquí.

—Otra señal de los tiempos —dijo la señorita Marple—. ¡Es tan frecuente hoy en día no conocer siquiera a los parientes más jóvenes! En otros tiempos, teniendo en cuenta las reuniones que celebraban las familias numerosas, ello hubiera resultado imposible.

—La última vez que vi a la madre de Pat y Julia fue en una boda, hace treinta años —dijo la señorita Blacklock—. Era una muchacha muy bonita.

—Por eso ha tenido hijos tan guapos —observó Patrick riendo.

—Tienes un álbum antiguo maravilloso —dijo Julia—. ¿Te acuerdas, tía Letty, de que lo estuvimos mirando el otro día? ¡Qué sombreros!

—Y, ¡qué elegantes nos creíamos! —contestó la señorita Blacklock con un suspiro.

—No te preocupes, tía Letty —dijo Patrick—. Julia se encontrará con uno de sus retratos dentro de treinta años y, ¡el susto que se va a llevar!

—¿Lo hiciste a propósito? —inquirió Bunch, cuando regresaba a su casa con la señorita Marple—. Hablar de fotografías quiero decir.

—Pues verás... sí que resulta interesante saber que la señorita Blacklock no conocía de vista a ninguno de sus dos parientes... Sí... creo que al inspector Craddock le gustará saberlo.

CAPÍTULO XII
ACTIVIDADES MATUTINAS EN CHIPPING CLEGHORN

I

Edmund Swettenham se sentó, precariamente, en un apisonador de jardín.

—Buenos días, Phillipa —dijo.

—Hola.

—¿Estás muy ocupada?

—Moderadamente.

—¿Qué estás haciendo?

—¿No lo ves?

—No. Yo no soy jardinero. Pareces estar jugando con la tierra.

—Estoy aclarando la lechuga de invierno.

—¡Qué ocurrencia!

—¿Querías algo en particular? —inquirió Phillipa con frialdad.

—Sí. Verte.

Phillipa le dirigió una rápida mirada.

—Te agradecería que no vinieras aquí así. Pudiera no gustarle a la señora Lucas.

—¿No te consiente que tengas seguidores?

—No seas absurdo.

—Seguidores. Bonita palabra. Describe mi actitud a la perfección. Respetuoso... a distancia... pero persiguiendo con firmeza.

—Haz el favor de marcharte, Edmund. No tienes nada que hacer aquí.

—Te equivocas —contestó Edmund con dejo de triunfo—.

Sí que tengo que hacer aquí. La señora Lucas llamó por teléfono a mi madre esta mañana y le dijo que tenía muchas calabazas.

—Las tiene a montones.

—Y le preguntó si quería cambiar un tarro de miel por una calabaza o algo así.

—Este intercambio no es justo. Las calabazas no tienen salida de momento. No pueden venderse. No hay quien las quiera. Todo el mundo tiene demasiadas.

—Naturalmente. Por eso telefoneó la señora Lucas. La última vez, si mal no recuerdo, el intercambio que nos propuso fue darnos leche desnatada... fíjate bien, ¡desnatada...! a cambio de unas cuantas lechugas. Se vendían las que había a un chelín cada una.

Phillipa no habló.

Edmund se sacó del bolsillo un tarro bastante grande, lleno de miel.

—Conque aquí —dijo— está la coartada. Interpretando el vocablo de la forma más libre e indefensible. Si la señora Lucas asoma el busto por la puerta del cobertizo, he venido aquí en busca de calabazas. No se trata, de ninguna manera, de una visita encaminada a hacer perder el tiempo a nadie.

—Ya.

—¿Lees a Tennyson alguna vez?

—No con mucha frecuencia.

—Debieras leerlo. No va a tardar en ponerse de moda otra vez. Cuando pongas la radio por las tardes, oirás el poema "Idilios del Rey" y no la prosa interminable de Trollope. Siempre me pareció la actitud de Trollope una afectación insoportable. Quizás un poquito de Trollope, pero no tanto que nos ahogue. Y, hablando de Tennyson, ¿has leído Maud?

—Una vez. Hace mucho tiempo.

—Tiene sus aciertos.

Y citó quedamente:

"Defectuosamente sin defectos; heladamente uniforme, espléndidamente nula." Así eres tú, Phillipa.

—¡Mal puede llamarse eso una alabanza!

—No había propósito de que lo fuese. Deduzco que Maud le levantó roncha como me la has levantado tú a mí.

—No seas ridículo, Edmund.

—¡Qué demonio, Phillipa! ¿Por qué eres como eres? ¿Qué sucede tras esas facciones tan soberbiamente regulares? ¿Qué sientes? ¿Eres feliz, desgraciada, o qué? Tiene que haber algo.

Phillipa contestó quedamente:

—Lo que yo siento es cuenta mía tan sólo.

—Y mía también. Quiero hacerte hablar. Quiero saber lo que ocurre dentro de esa cabecita tuya. Tengo *derecho* a saberlo. De veras que sí. Yo no quería enamorarme de ti. Deseaba sentarme muy tranquilo y escribir un libro. ¡Un libro tan agradable! Hablando de lo desdichado que es el mundo. Resulta la mar de fácil ser ingenioso cuando se escribe acerca de las desgracias de todos. Y es simple cuestión de costumbre. Sí, me he convencido de ello de pronto. Después de leerme la vida de Burne Jones.

Phillipa había dejado de trabajar. Le estaba mirando, curiosa.

—¿Qué tiene que ver Burne Jones con lo referente al asunto?

—Todo. Cuando uno ha leído todo lo relacionado con los prerrafaelistas, se da uno cuenta exacta de lo que es la moda. Todos ellos eran la animación y la verborrea personificada. Y la alegría. Y reían, y gastaban bromas, y todo lo encontraban magnífico y maravilloso. Eso era la moda también. Ni estaban más animados ni eran más felices que nosotros. Y nosotros no somos más desagradables de lo que fueron ellos. Te digo que todo es moda. Después de la primera guerra, nos dio por lo sexual. Ahora nos da por sentirnos frustrados. Nada de ello importa. ¿Por qué estamos hablando de todo esto? Empecé con la intención de hablar de *nosotros*. Sólo que perdí el valor y tiré por la tangente. Porque tú no quieres ayudarme.

—¿Qué quieres que haga yo?

—*¡Hablar!* Que me cuentes cosas. ¿Es por tu marido? ¿Es que le adorabas, y ha muerto, y por eso te has encerrado en tu concha? ¿Te es difícil olvidar? ¿Es eso? Está bien, le adorabas y murió. Bueno, pues a otras chicas se les ha muerto el marido... a muchas de ellas... y algunas estaban enamoradas de él. Se lo cuentan a uno en los bares, y lloran un poco cuando están lo bastante borrachas, y luego se quieren acostar con uno para sentirse mejor. Es una manera de consolarse, supongo. Tienes que salir de ese estado de ánimo, Phillipa. Eres joven... y extremadamente hermosa... y yo te quiero como el mismísimo demonio. Habla de tu maldito marido, cuéntame algo de él.

—No hay nada que contar. Nos conocimos y nos casamos.

—Deberías ser tú muy joven.

—Demasiado joven.

—Así, pues, ¿no eras feliz con él? *Sigue*, Phillipa.

—No hay nada que seguir. Nos casamos. Fuimos tan felices como la mayor parte de la gente, supongo. Nació Harry, Ronald marchó a ultramar. Le... le mataron... en Italia.

—¿Y ahora queda Harry?

—Y ahora queda Harry.

—Me gusta Harry. Es un chico muy simpático. Y él me quiere a mí. Nos llevamos bien. ¿Qué dices, Phillipa? ¿Nos casamos? Tú puedes seguir jardineando y yo continuaré escribiendo mi libro. Y, durante las vacaciones, dejaremos de trabajar y nos divertiremos. Podremos arreglárnoslas con un poco de tacto para no tener que vivir con mi madre. Ella puede rascarse un poco el bolsillo para mantener a su adorado hijo. Yo vivo de gorra, escribo libros imbéciles, tengo defectuosa la vista y hablo demasiado. Eso es lo peor. ¿Te atreves a probar suerte?

Phillipa le miró. Vio a un joven de aspecto más bien solemne, con expresión de ansiedad y gafas muy grandes. Tenía desgreñada la pajiza cabellera y la contemplaba con tranquilizadora amistad.

—No —dijo Phillipa.

—¿Por qué?

—Definitivamente no.

—No sabes una palabra de mí.

—¿Eso es todo?

—No; no sabes nada de nada.

Edmund consideró la aseveración.

—Tal vez no —reconoció, por fin—, pero, ¿quién sabe nada? Phillipa, mi adorada... —y se interrumpió.

Se oía una especie de aullido agudo y prolongado cada vez más cerca.

En el jardín de la casa (dijo Edmund)
perros falderos clamaban;
y era Phil, Phil el ladrido
que en su clamor pronunciaban.

—No se presta tu nombre a una composición muy rítmica, ¿verdad? ¿No tienes otro nombre?

—Joan, *por favor*, márchate. Es la señora Lucas.

—*Joan, Joan, Joan, Joan*. Pues no te creas que suena muy bien tampoco. *Cuando la grasienta Joan, tira al fuego la cazuela...* Tampoco resulta eso un cuadro muy agradable de vida marital.

—La señora Lucas está...

—¡Qué *rayos*! —exclamó Edmund—. ¡Anda, tráeme una calabaza!

II

El sargento Fletcher se había quedado dueño y señor de la casa.

Mitzi hacía falta aquel día. Como le tocaba, se iba siempre a Meddenham Wells en el autobús de las once. Por acuerdo con la señorita Blacklock, el sargento Fletcher podía entrar, salir y recorrer la casa a su antojo. Ella y la señorita Bunner se habían ido al pueblo.

Fletcher trabajó aprisa. Alguien de la casa había engrasado y preparado aquella puerta y, quienquiera lo hubiese hecho, lo habría llevado a cabo para poder salir de la sala sin ser visto tan pronto como se apagaran las luces. Eso elimina a Mitzi, que no hubiera necesitado usar la puerta.

¿Quién quedaba? A los vecinos, pensó Fletcher, también se les podía eliminar. No veía él cómo iban a haber encontrado oportunidad para darle aceite y preparar la puerta.

Y, sin embargo, pensó Fletcher, alguien de la casa tenía que haber engrasado la puerta.

Dejó de pensar al oír un sonido abajo. Se acercó rápidamente a la escalera y se asomó.

Quedaban, pues, Patrick y Julia Simmons, Phillipa Haymes y, posiblemente, Dora Bunner. Los Simmons se hallaban en Milchester. Phillipa Haymes estaba trabajando. El sargento podía dedicarse, sin estorbos, a desentrañar todos los secretos que quisiera. Pero se llevó una desilusión. A pesar de ser experto en cuestiones eléctricas, no vio en los cables ni en los accesorios ni en las lámparas cosa alguna que le indicara cómo se había conseguido apagar las luces.

Al examinar rápidamente las alcobas, encontró en ellas una normalidad irritante. En el cuarto de Phillipa había retratos de un niño de mirada seria, otro retrato del mismo niño tomado cuando era más pequeño, un montón de cartas de colegial, un programa o dos de teatro. En la habitación de Julia había un cajón lleno de instantáneas sacadas en el sur de Francia. Retratos de playa, un chalet rodeado de mimosa. La de Patrick contenía recuerdos de sus tiempos de marino. En la de Dora Bunner pocas cosas de carácter personal había, y todas ellas parecían inocentes a más no poder.

La señora Swettenham estaba cruzando el vestíbulo. Llevaba una cesta al brazo. Se asomó a la sala, cruzó el pasillo y entró en el comedor. Volvió a salir sin la cesta.

Algún leve ruido que hizo Fletcher, una tabla del entarimado que crujió inesperadamente bajo sus pies, obligó a la señora a volver la cabeza. Dijo, alzando la voz:

—¿Es usted, señorita Blacklock?

—No, señora Swettenham, soy yo —respondió el sargento.

La señora soltó un gritito, de alarma.

—¡Oh! ¡Qué susto me ha dado! ¡Pensé que era otro ladrón!

Fletcher bajó la escalera.

—Esta casa no parece muy bien protegida contra los ladrones —dijo—. ¿Puede cualquiera entrar y salir así siempre cuando le dé la gana?

—He venido a traer unos membrillos —explicó la señora Swettenham—. La señorita Blacklock quiere hacer jalea de membrillo y no tiene membrillero. Los dejé en el comedor.

Luego sonrió.

—¡Ah, ya! Quiere usted decir que cómo entré, ¿no? Pues por la puerta lateral. Todos entramos y salimos en casa de los vecinos, sargento. A nadie se le ocurre cerrar una puerta con llave hasta que anochece. Quiero decir que resultaría una lata, ¿verdad?, si viniera una a traer cosas y no pudiera entrar para dejarlas. No es como en otros tiempos, que no tenía una más que tocar el timbre y siempre salía una criada a abrir.

Exhaló un suspiro.

—Recuerdo que en la India —dijo plañidera— teníamos dieciocho criados..., ¡dieciocho! Sin contar el aya. Era lo corriente. Y en casa, siendo yo niña, siempre teníamos tres criadas... aunque a mamá siempre se le antojaba que era una prueba de verdadera miseria no poder permitirse tener ayudante de cocina también. He de confesar que encuentro la vida extraña en estos tiempos, sargento, aunque sé que una no debe quejarse. ¡Se encuentran tanto peor los mineros, que siempre andan contrayendo silicosis (¿o esa es la enfermedad de los loros?), y se ven obligados a abandonar las minas y a probar suerte como jardineros, aunque no saben distinguir entre la hierba y las espinacas!

Agregó cuando se dirigía a la puerta:

—No quiero entretenerle. Supongo que está usted muy ocupado. No irá a ocurrir ninguna otra cosa más, ¿verdad?

—¿Por qué habría de ocurrir, señora Swettenham?

—Se me ocurrió preguntárselo al verle a usted aquí. Yo pensé que pudiera tratarse de una *cuadrilla*. Le dirá usted a la señorita lo de los membrillos, ¿verdad?

La señora Swettenham se fue. Fletcher se sentía lo mismo que si acabara de recibir una sacudida inesperada. Había dado por sentado —erróneamente, como veía ahora— que tenía que haber sido alguno de la casa el que hubiera engrasado la puerta. Ahora comprendía que se había equivocado. Un extraño cualquiera no tenía más que aguardar a que Mitzi se hubiese marchado en el autobús, y que Leticia y Bunner hubieran salido de la casa. Oportunidad semejante debía de haber resultado sencillísima de encontrar. Ello significaba que no podía eliminar a ninguna de las personas que habían estado presentes en la sala aquella noche.

III

—Murgatroyd.

—Di, Hinch.

—He estado pensando.

—¿De veras, Hinch?

—Sí; ha estado trabajando mi prodigioso cerebro. ¿Sabes lo que te digo, Murgatroyd? Que el cuadro de la otra noche no podía resultar más sospechoso.

—¿Sospechoso?

—Sí. Recógete el pelo, Murgatroyd, y toma esta trulla. Haz como si fuera un revólver.

—Oh —dijo Murgatroyd, nerviosa.

—Bueno. No te morderá. Ahora ven a la puerta de la cocina. Tú vas a ser el ladrón. Te pondrás *aquí*. Ahora vas a entrar en la cocina a atracar a un grupo de cabezas de chorlito. Toma la lámpara de bolsillo. Enciéndela.

—Pero, ¡si estamos en pleno día!

—Usa tu imaginación, Murgatroyd. Enciéndela.

La señora Murgatroyd lo hizo torpemente, metiéndose la trulla debajo del brazo mientras lo hacía.

—Ahora —dijo la señorita Hinchcliff—, arranca. ¿Te acuerdas de cuando representaste el papel de Herminia en *Sueño de una noche de verano* en el Instituto de la Mujer? Sé artista. Vuélcate en el papel. "¡Manos arriba!" Eso es lo que has de decir. No lo estropees agregando "Por favor".

La señorita Murgatroyd alzó sumisa la lámpara, esgrimió la trulla y avanzó hacia la puerta de la cocina.

Transfirió la lámpara a la mano derecha, hizo girar bruscamente el tirador y dio un paso hacia delante, volviendo a tomar la lámpara con la mano izquierda.

—¡Manos arriba! —exclamó con voz aflautada.

Y agregó molesta:

—¡Ay, Señor! ¡Esto es difícil, Hinch!

—¿Por qué?

—Por la puerta. Es de las que se cierran solas. No hace más que querer cerrarse. Y tengo las dos manos ocupadas.

—Justo —bramó la señorita Hinchcliff—. Y la puerta de la

sala de Little Paddocks también se cierra sola. No es una puerta oscilante como ésta, no tiene movimiento en las dos direcciones; pero sí se cierra sola. Por eso compró Letty Blacklock ese magnífico y pesado tope de cristal en la tienda que Elliot tiene en High Street. No me importa confesar que jamás la he perdonado por anticipárseme. Estaba yo logrando que el muy bestia de Elliot fuera bajando el precio poco a poco. Me lo había rebajado ya de ocho guineas a seis libras y media. Y de pronto, se presenta Blacklock y lo compra. En mi vida había visto un trasto tan atractivo para mantener las puertas abiertas. Rara vez se ve una bola de cristal tan grande.

—Quizá pusiera el ladrón el tope contra la puerta para que se mantuviera abierta —sugirió la señora Murgatroyd.

—Yo lo veo muy distinto, Murgatroyd. ¿Qué hizo? ¿Abrir la puerta, decir "Un momento, por favor", agacharse, colocar el tope y luego continuar la operación con las palabras "Arriba las manos"? Intenta sujetar la puerta con el hombro.

—Sigue siendo muy difícil —se quejó la señorita Murgatroyd.

En efecto. Un revólver, una lámpara de bolsillo y una puerta que mantener abierta... es demasiado, ¿verdad? Conque, ¿eso significa?

La señorita Murgatroyd no intentó deducirlo. Miró interrogadora y con admiración a su autoritaria amiga y aguardó a que ésta se lo aclarase.

—Sabemos que tenía un revólver, porque disparó —dijo la señorita Hinchcliff—; y sabemos que llevaba lámpara de bolsillo porque todos la vimos... a menos que fuéramos todos víctimas de alucinación en masa como las explicaciones que se dan de la cuerda india[1] (¡qué pelmazo es ese Easterbrook contando cosas

[1] El juego de la cuerda india es un juego de ilusionismo muy practicado, según se asegura, en la India. Un faquir se quita la cuerda que lleva arrollada a la cintura, la tira al aire, y ésta queda tiesa como si fuera una vara de hierro. Un niño, ayudante suyo, trepa por la cuerda hasta su extremidad. Luego, cuando baja, la cuerda pierde su rigidez y queda tan flexible como suele ser una cuerda cualquiera. Otra variación, según dicen, es que el propio faquir trepe después por la cuerda tras el niño, le alcance y lo descuartice, tirando los pedazos al aire. A los pocos momentos se oye un grito allá lejos, y el niño descuartizado aparece completamente sano y salvo, corriendo hacia el corro en cuyo centro se halla el faquir. El juego, que ha alcanzado sorprendente fama por todo Occidente, dice que se hace hipnotizando en masa a los espectadores y haciéndoles ver una cosa que no ocurre. Pero en alguna

de la India!). Conque lo que se impone es preguntar: ¿le sostuvo alguien la puerta?

—Pero, ¿quién hubiera podido hacerlo?

—*Tú*, por ejemplo, Murgatroyd. Si mal no recuerdo, estabas exactamente detrás de ella cuando se apagaron las luces —la señorita Hinchcliff rio estruendosamente—. Eres un tipo sospechoso a más no poder, ¿eh, Murgatroyd? Pero, ¡quién iba a decirlo al verte! Trae, dame esa trulla... Menos mal que no es un revólver de verdad, porque te habrías pegado ya un tiro.

IV

—¡Qué cosa más extraordinaria! —murmuró el coronel Easterbrook—. Extraordinaria a más no poder. ¡Laura!

—¿Di, querido?

—Entra aquí un momento.

—¿Qué pasa, querido?

La señora Easterbrook apareció en la puerta.

—¿Recuerdas que te enseñé aquel revólver mío?

—Oh, sí, Archie... aquel tan feo, tan negro y tan horrible.

—Sí. Un recuerdo de los alemanes. Estaba en este cajón, ¿no es verdad?

—Sí que estaba.

—Bueno, pues no está ahora.

—¡Archie! *¡Qué caso tan extraordinario!*

—¿No lo has movido o algo así?

—Oh, no. Jamás me atrevería a tocarlo.

—¿Tú crees que lo haría esa vieja Cómo-se-llame?

—Oh, no lo creo ni por un momento. A la señora Butt no se le ocurriría hacer una cosa así. ¿Se lo pregunto?

ocasión se ha publicado una fotografía tomada por uno de los espectadores, en la que se ve al niño subido a la cuerda, cosa que excluye la posibilidad de que se trate de hipnosis. En contra de todo esto, al preguntársele a un faquir indio cómo hacía el juego, éste miró extrañado a su interlocutor, y le dijo que en su vida había visto juego semejante. En el único sitio que parecían conocerlo era en Occidente. Mucho se ha discutido sobre este asunto. Hasta la fecha, no obstante, no ha sido posible llegar a un acuerdo. Muchos son los que no creen que se haga el juego, y muchos los que juran y perjuran que sí. *(N. del T.)*

—No... no; más vale que no. No nos interesa dar tema a las comadres. Dime, ¿tú recuerdas cuándo te lo enseñé?

—Oh, hará cosa de una semana. Estabas gruñendo por lo de los cuellos y quejándote de la lavandería y abriste este cajón de par en par, y ahí estaba, en el fondo, y yo te pregunté qué era.

—Sí; así es, en efecto. Hace cosa de una semana. ¿No recuerdas la fecha?

La señora Easterbrook reflexionó entornando los párpados, frunciendo rápidamente su perspicaz cerebro.

—Claro —dijo—. Fue el sábado. El día que habíamos de ir al cine, pero que no fuimos.

—Hum..., ¿estás segura de que no fue antes de eso? ¿El miércoles? ¿El jueves o la semana anterior a eso?

—No, querido. Lo recuerdo claramente. Fue el sábado día treinta. Parece que hace mucho tiempo por las cosas que han ocurrido desde entonces. Y puedo decirte *por qué* lo recuerdo. Es porque ocurrió el día siguiente al atraco cometido en casa de la señorita Blacklock. Porque, cuando vi tu revólver, me recordó los disparos de la noche anterior.

—¡Ah! —murmuró el coronel—; entonces se me quita un gran peso de encima.

—Oh, Archie, ¿por qué?

—Pues porque si ese revólver hubiera desaparecido antes del atraco... bueno, bien hubiera podido ser que fuese mi revólver el que había robado ese suizo.

—Pero, ¿cómo puede él haber sabido que tenías revólver?

—Estas cuadrillas tienen un servicio de información extraordinariamente completo. Se enteran de todo lo que hay que saber en un sitio, y de quién vive en él.

—¡Cuánto sabes, Archie!

—Ah, sí. He visto muchas cosas en mi tiempo. Sin embargo, puesto que recuerdas definitivamente haber visto mi revólver *después* del atraco..., bueno, no hay más que hablar. El revólver que el suizo empleó no puede ser el mío, ¿verdad?

—Claro que no.

—Es un alivio. Hubiera tenido que ir a la policía a decirlo. Y siempre hacen una serie de preguntas algo delicadas. No tienen más remedio. La verdad es que nunca llegué a solicitar licencia.

No sé por qué, pero, después de una guerra, a uno se le olvida toda esa reglamentación de tiempo de paz. Yo lo consideraba un recuerdo de guerra y no un arma de fuego.

—Sí, claro. Comprendo.

—De todas formas, ¿dónde diablos puede haberse metido ese maldito revólver?

—A lo mejor se lo llevó la señora Butt. Siempre ha parecido muy honrada; pero quizá se sintiera nerviosa después del atraco y pensó que le gustaría... tener un revólver en casa. Claro que nunca confesará haberlo hecho. Ni siquiera se lo preguntaré. Pudiera darse por ofendida. Y, ¿qué haríamos entonces? Esta casa es tan grande... Yo no podría...

—Así es —asintió el coronel Easterbrook—. Más vale que no digas una palabra.

—Lo haré como me dices.

CAPÍTULO XIII
ACTIVIDADES MATINALES EN CHIPPING CLEGHORN

(Continuación)

La señorita Marple salió por la verja de la vicaría y bajó por el camino que conducía a la calle principal.

Andaba bastante de prisa con ayuda del bastón de fresno del reverendo Julian Harmon.

Pasó por delante de la Taberna de la Vaca y de la carnicería, y se detuvo un momento a echar una mirada al escaparate de la tienda de antigüedades del señor Elliot. Ésta se hallaba situada precisamente junto al Café y Salón de té *El Pájaro Azul*, para que los motoristas acaudalados, después de detenerse a tomar una taza de té y los pasteles de brillante color azafranado, llamados, por eufemismo, de "confección casera", sucumbieran a la tentación que el escaparate astutamente dispuesto de la tienda del señor Elliot representaba.

En aquel escaparate arqueado que servía de marco a las antigüedades, el señor Elliot exponía cosas para todos los gustos. Dos piezas de cristal de Waterford reposaban sobre un impecable refrigerador de vino. Un buró de nogal, compuesto de numerosos pedazos y piezas, se proclamaba "Una verdadera ganga". Y sobre una mesa, dentro del propio escaparate, había un sugestivo surtido de aldabones baratos, unas cuantas piezas de porcelana de Dresde desconchadas, un par de collares de abalorios de triste aspecto, un tazón con la estampada leyenda "Recuerdo de Tunbridge Wells", y algunas chucherías de plata del siglo XIX.

La señorita Marple dedicó al escaparate su concentrada atención y el señor Elliot, obesa araña entrada en años, atisbó su tela para calcular las posibilidades de aquella nueva mosca.

Pero en el preciso momento en que llegaba a la conclusión de que los encantos del tazón de Tunbridge Wells iban a resultar una entonación demasiado fuerte para la señora alojada en la vicaría (porque, claro, el señor Elliot sabía, como todo el mundo, quién era), la señorita Marple vio por el rabillo del ojo a la señorita Dora Bunner que entraba en el *Pájaro Azul* e inmediatamente decidió que lo que ella necesitaba para contrarrestar los efectos del viento frío era una taza de café.

Cuatro o cinco señoras estaban ya ocupadas en endulzar su mañana de compras mediante una pausa para injerir refrescos. La señorita Marple, al parpadear un poco en la penumbra del interior del *Pájaro Azul* y mostrarse artísticamente indecisa, oyó la voz de Dora Bunner a su lado.

—Oh, buenos días, señorita Marple. Siéntese a mi lado, por favor. Estoy sola.

—Gracias.

La señorita Marple se hundió en el silloncito bastante angular, pintado de azul, típico del establecimiento.

—¡Un aire cortante! —se quejó—. Y no puedo andar muy de prisa por el reuma que tengo en la pierna.

—Oh, ya sé. Yo tuve ciática un año. Y la mayor parte del tiempo sentía una *angustia*..., un verdadero tormento.

Las dos señoras charlaron unos instantes con avidez del reuma, la ciática y la neuritis. Una muchacha hosca, con bata color rosa por cuya pechera desfilaba una banda de pájaros azules bordados, tomó nota de su pedido de café y pastas, bostezando y con expresión de paciencia y hastío.

—Las pastas —dijo la señorita Bunner, en un susurro de conspirador— son bastante buenas aquí.

—No sabe usted cuánto me interesó esa muchacha tan bonita con quien me encontré cuando marchaba de casa de la señorita Blacklock el otro día —dijo la señorita Marple—. Creo que dijo que se dedicaba a la jardinería. O..., ¿trabajaba la tierra? Hynes... ¿no se llamaba así?

—Ah, sí. Phillipa Haymes. Nuestra "huésped", como la llamamos —la señorita Bunner se rio de su propio humorismo—. ¡Una muchacha tan agradable y comedida...! Una *señora,* ¿sabe?

—Me hace usted pensar. Yo conocía a un coronel Haymes... de la caballería india. ¿Su padre, quizá?

—Es la *señora* Haymes. Una viuda. A su marido le mataron en Sicilia o Italia. Claro que ese coronel puede haber sido padre de él.

—¿A que no sabe lo que pensaba? La posibilidad de que se hubiera iniciado algo romántico con ese joven tan alto.

—¿Con Patrick, quiere decir? Oh, no creo...

—No; me refería a un joven que lleva lentes. Le he visto por ahí.

—¡Ah, claro! ¡Edmund Swettenham! ¡Chitón! Esa del rincón es su madre, la señora Swettenham. La verdad no lo sé. ¿Usted cree que la admira? Es un joven tan raro... dice las cosas más turbadoras del mundo a veces. Se le supone *listo e ingenioso,* ¿sabe?

—El ingenio no lo es todo —dijo la señorita Marple, sacudiendo negativamente la cabeza—. Ah, aquí está nuestro café.

La muchacha hosca lo depositó delante de ella ruidosamente. La señorita Marple y la señorita Bunner se ofrecieron pastas mutuamente.

—¡Qué interesante me resultó saber que usted y la señorita Blacklock fueron juntas al colegio! La suya es, en verdad, una amistad muy antigua.

—Sí, en efecto —suspiró la señorita Bunner—. Muy poca gente se hubiera mostrado tan fiel a sus antiguas amistades como la señorita Blacklock. ¡Ay, Señor! ¡Qué lejanos parecen esos días ya! ¡Tan linda como era, y tanto como disfrutaba de la vida! ¡Qué *triste* se me antojó!

La señorita Marple, aunque no tenía la menor idea de qué era lo que le había parecido triste, exhaló un suspiro y sacudió la cabeza.

—La vida es, en verdad, dura —murmuró.

—*Y una aflicción triste, valerosamente soportada* —murmuró la señorita Bunner, húmedos los ojos de emoción—. Siempre me acuerdo de esa poesía. Verdadera paciencia. Verdadera resignación. Valor como ése, paciencia semejante, *deben* ser recompensados, eso es lo que yo digo. A mí me parece que no hay nada demasiado bueno para la querida señorita Blacklock, y cuantas cosas buenas obtenga las tiene bien *merecidas.*

—El dinero —dijo la señorita Marple— puede contribuir mucho a aliviarle a una el sendero de la vida.

Se sintió sobre el terreno firme al hacer la observación, puesto que juzgaba que a lo que Dora se refería era a las posibilidades de futura riqueza para la señorita Blacklock.

El comentario, sin embargo, encauzó en otra dirección el pensamiento de la señorita Bunner.

—¡El dinero! —exclamó, con amargura—. Yo no creo, ¿sabe?, que hasta haber tenido una experiencia de él puede una saber lo que el dinero o, mejor dicho, la falta de él, *significa.*

La señorita Marple asintió, moviendo la nevada cabeza en gesto de simpatía.

La señorita Bunner prosiguió, hablando muy aprisa y con reciente exaltación:

—¡Con cuánta frecuencia he oído decir a alguna gente!: "¡Prefiero tener flores en la mesa que comer sin tenerlas!" Pero ¿cuántas veces ha tenido esa gente que pasarse sin comer? No saben lo que es... nadie lo sabe que no lo haya pasado... el tener *hambre de verdad.* Pan, ¿sabe?, y un tarro de pasta de carne y un poco de margarina. Día tras día... ¡Y cómo llega una a anhelar un buen plato de carne y otro de verdura! Y la *miseria.* Zurcirse una la ropa y confiar que no se notará. Y presentarse a pedir trabajo y tener que oír decir siempre que una es demasiado vieja. Y luego conseguir quizás una colocación, y darse una cuenta de que, después de todo, carece de fuerzas para desempeñarla. Una se desmaya. Y vuelta otra vez. Y el *alquiler...* siempre el *alquiler...* que *hay que pagar...* de lo contrario, se encuentra una en la calle. Y en estos tiempos, queda tan poco después de eso... La pensión de vejez no da mucho de sí..., en verdad que no.

—Lo sé —dijo la señorita Marple, con dulzura.

Contempló con compasión el rostro de la señorita.

—Le escribí a Letty. Vi su nombre en el periódico por casualidad. Fue con motivo de una comida dada a beneficio del Hospital de Milchester. Lo vi en letras de molde. La señorita

Leticia Blacklock. Me hizo recordar el pasado. No había tenido noticias suyas desde hacía años. Había sido la secretaria, ¿sabe?, de ese hombre tan rico que se llamaba Goedler. Siempre fue una muchacha muy lista... de esas que triunfan en el mundo. No por ser bien parecidas, sino por tener *carácter*. Pensé..., bueno, pensé... quizá me recuerde... y ella es una de las personas a quien *puedo* pedir ayuda. Quiero decir, alguien a quien una ha conocido de niña... con quien se ha ido al colegio... bueno, sí, que saben de una... saben que no es una simple... una simple pedigüeña...

Asomaron súbitamente las lágrimas a los ojos de Dora Bunner.

—Y entonces vino Letty, se me llevó..., dijo que necesitaba alguien que la ayudara. Claro que quedé muy sorprendida... *muy* sorprendida...; pero, claro está, es corriente en los periódicos equivocarse. Qué bondadosa fue... y qué *comprensiva.* Y recordaba los tiempos del colegio tan bien... Haría cualquier cosa por ella... De veras que sí. Y pruebo con todas mis fuerzas. Pero me temo que a veces armo un galimatías... Mi cabeza no es lo que era. Me equivoco. Y me olvido y digo cosas tontas. Ella tiene mucha paciencia. Lo agradable que tiene es que siempre finge que le soy útil. Ésa es la verdadera bondad, ¿verdad?

La señorita Marple dijo con dulzura:

—Sí; ésa es la verdadera bondad.

—Solía estar preocupada, ¿sabe?, aún después de venir a Little Paddocks... pensando en lo que sería de mí si... si le ocurriera algo a la señorita Blacklock. Después de todo, ¡ocurren tantos accidentes! Esos automóviles que corren de una manera... Una nunca sabe, ¿verdad? Pero naturalmente, nunca dije una palabra..., pero ella debió adivinarlo. De pronto, un día, me dijo que me había dejado una pensión pequeña en su testamento... y... lo que aún aprecio más... todos sus hermosos muebles. Me quedé *abrumada.* Pero ella dijo que nadie les daría el valor que yo... y eso es cierto. No puedo soportar que se rompa una pieza de porcelana... o que se depositen sobre la mesa vasos mojados que dejan una señal. Sí que me cuido de sus cosas. Alguna gente..., alguna gente, sobre todo... es la mar de descuidada... ¡y a veces peor que descuidada!

"No soy, ni con mucho, tan estúpida como parezco —continuó la señorita Bunner, con sencillez—. Me doy cuenta, ¿sabe?, de cuando alguien se está aprovechando de Letty. Alguna gente..., no diré nombres..., pero abusan. La querida señorita Blacklock es quizás un poco demasiado *confiada.*

La señorita Marple sacudió la cabeza.

—Eso es un error —dijo.

—Vaya si lo es. Usted y yo, señorita Marple, conocemos el mundo. Querida señorita Blacklock...

Sacudió la cabeza.

La señorita Marple pensó que, como secretaria de un gran financiero, podía suponerse que la señorita Blacklock conocía el mundo también. Pero probablemente lo que Dora Bunner quería decir era que Letty Blacklock siempre se había encontrado en buena posición y que la gente que se encuentra en buena posición no conoce los abismos más profundos de la naturaleza humana.

—¡Ése es Patrick! —exclamó la señorita Bunner tan bruscamente y con tanta aspereza, que la señorita Marple dio un salto—. Dos veces por lo menos, que yo sepa, le ha sacado dinero. Fingiendo que andaba apurado. Que se había metido en deudas. Todo eso. Es demasiado generosa. Lo único que me dijo cuando razoné con ella fue: "El muchacho es joven, Dora. Y en la juventud es cuando ha de divertirse uno".

—Eso no deja de ser verdad —dijo la señorita Marple—; y un joven tan guapo, además...

—La belleza ha de ser de alma y no de cara —dijo Dora Bunner—. Es demasiado aficionado a reírse de la gente. Y supongo que tendrá muchos amoríos. Yo no soy para él más que alguien de quien reírse. No parece darse cuenta de que la gente tiene sentimientos.

—Los jóvenes son bastante descuidados en este sentido —dijo la señorita Marple.

La señorita Bunner se inclinó hacia delante de pronto, con aire de misterio.

—No dirá usted una palabra, ¿verdad, querida? —exigió—. Pero no puedo menos que tener el presentimiento de que él estuvo metido en este asunto tan terrible. Yo creo que conocía a ese joven, o por lo menos, que le conocía Julia. No me atrevo ni a insinuarle semejante cosa a la querida señorita Blacklock... O, por lo menos, lo hice y por poco me pegó un mordisco. Y claro, es *delicado*... el suizo se pegó un tiro, podría considerársele a Patrick moralmente responsable, ¿verdad? Si le hubiese inducido al otro, quiero decir. Me desconcierta enormemente todo el asunto. Eso de que todo el mundo le dé tanta importancia a esa otra puerta que da a la sala... Ésa es otra cosa que me fastidia..., que el detective dijera que había sido engrasada. Porque, ¿sabe?, yo vi...

La señorita Marple hizo una pausa para seleccionar una frase.

—Es una situación muy difícil para usted —dijo en tono comprensivo—. Naturalmente, usted no quiere que llegue a oídos de la policía.

—Ahí está, precisamente —exclamó Dora Bunner—. Me quedo desvelada por la noche, pensando y llena de preocupación... porque, ¿sabe? Yo andaba buscando huevos... hay una gallina que siempre los pone fuera... y le vi con una pluma de ave en la mano y una taza... una taza aceitosa. Y se sobresaltó de una forma muy sospechosa al verme y dijo: "Me estaba preguntando qué haría esto aquí". Bueno, claro, sabe pensar con rapidez. Seguramente pensó en eso aprisa cuando le sorprendí. ¿Y cómo iba a encontrar una cosa así entre arbustos y maleza a menos que la anduviera buscando y supiese exactamente dónde estaba? Ni que decir tiene que no dije nada.

—No, no; claro que no.

—Pero le eché una *mirada*, ¿comprende?

Dora Bunner alargó la mano y mordió, distraída, una pasta de color salmón.

—Y luego, otro día, acerté a sorprender una curiosa conversación entre él y Julia. Parecían estar regañando o algo así. Él decía: "¡Si yo creyera que tenías tú algo que ver con una cosa así...!" Y Julia (siempre está tranquila, ¿sabe?) le contestó: "¿Qué harías en ese caso, hermanito?" Y entonces tuve la desgracia de pisar esa tabla que siempre cruje y me vieron. Conque dije, alegremente: "¿Están regañando los dos?" Y Patrick contestó: "Estoy advirtiéndole a Julia que no debe meterse en negocios de mercado negro". Oh, muy ingenioso, pero yo no creo que estuviesen hablando de nada que se le pareciera. Y si quiere que le dé mi opinión, yo creo que Patrick anduvo con la lámpara de la sala... para que las luces se apagaran, porque recuerdo perfectamente que era la pastora... no el pastor. Y al día siguiente.

Calló y se puso colorada. La señorita Marple volvió la cabeza y vio a la señorita Blacklock detrás de ellas... Debía de haber acabado de entrar.

—¿Café y comadreo, Bunny? —dijo la señorita Blacklock con dejo de reproche—. Buenos días, señorita Marple. Hace frío, ¿verdad?

—Estábamos diciendo —explicó Dora Bunner apresuradamente— que hay tantos reglamentos y tantas leyes hoy en día que una llega a no saber dónde se encuentra.

Las puertas se abrieron ruidosamente y Bunch Harmon irrumpió en el *Pájaro Azul.*

—¡Hola! —dijo—. ¿Llego demasiado tarde para tomar café?

—No, querida —le contestó la señorita Marple—. Siéntate y tómate una taza.

—Hemos de volver a casa —dijo la señorita Blacklock—. ¿Has terminado de hacer tus compras, Bunny?

Su tono era indulgente de nuevo. Pero en los ojos aún se leía un leve reproche.

—Sí... sí; gracias, Letty. Sólo he de asomarme a la farmacia al pasar para comprar aspirinas y callicida.

Al cerrarse tras ella la puerta del *Pájaro Azul*, Bunch preguntó:

—¿De qué estáis hablando?

La señorita Marple no contestó inmediatamente. Aguardó a que Bunch hubiese pedido lo que deseaba y luego dijo:

—La solidaridad de familia es una cosa muy fuerte. Fortísima. ¿Recuerdas un caso famoso...? Ahora me olvido cuál. Decían que el marido había envenenado a su esposa. Con un vaso de vino. Luego, al verse la causa, la hija dijo que había bebido ella la mitad del vaso de su madre... con que se desmoronaron todas las pruebas contra el padre. Se dice..., pero quizás eso no sea más que un rumor... que la chica no volvió a dirigirle la palabra a su padre ni a vivir con él. Claro que un padre es una cosa... y un sobrino o primo lejano, es otra. Sea como fuere, ahí está... A nadie le gusta que ahorquen a uno de los componentes de su familia, ¿verdad?

—No —dijo Bunch, pensándolo—, no creo que le gustara a nadie.

La señorita Marple se echó hacia atrás en su asiento. Murmuró entre dientes:

—La gente es muy parecida verdaderamente en todas partes.

—¿A quién me parezco yo?

—Pues, verás, querida, te pareces muchísimo a ti misma. No creo que me recuerdes a nadie en particular. Salvo, quizás...

—Ahora sale —dijo Bunch.

—Sólo estaba pensando en una doncella mía, querida.

—¿Una doncella? ¿Yo haría muy mala doncella?

—Sí, querida. Y ella también. Era una calamidad para servir la mesa. Ponía todas las cosas torcidas, mezclaba los cuchillos de la cocina con los del comedor y la toca *nunca* la llevaba derecha.

Bunch se enderezó maquinalmente el sombrero.

—¿Alguna otra cosa? —preguntó con ansiedad.

—La conservé porque era tan agradable de tener por casa... y porque solía hacerme reír. Me gustaba su manera de decir las cosas claras. Un día vino a mí. "Claro que yo no sé, señorita —me dijo—, pero la forma de sentarse de Florrie es como si fuera una mujer casada". Y, en efecto, la pobre Florrie se hallaba en estado... el caballero ayudante de la peluquería. Afortunadamente había tiempo... y pude hablar con él y celebraron una boda muy bonita, y fueron muy felices. Era una buena chica Florrie..., pero se dejaba engañar fácilmente por un aspecto caballeresco.

—No cometió un asesinato, ¿verdad? —inquirió Bunch—. La doncella, quiero decir.

—No, claro que no. Se casó con un sacerdote bautista y tuvieron cinco hijos.

—Como yo —dijo Bunch—, aunque no he pasado de Eduardito y de Susana hasta la fecha.

Agregó al cabo de un par de minutos:

—¿En qué está pensando ahora, tía Jane?

—En la mar de gente, querida...; en la mar de gente.

—¿De Saint Mary Mead?

—Más que nada estaba pensando en realidad en la enfermera Ellerton, una mujer excelente y bondadosa. Cuidaba a una anciana y parecía quererla mucho. Luego la anciana se murió. Y otra ocupó su lugar y murió también. Morfina. Salió todo a relucir. Todo hecho de la manera más bondadosa posible. Y lo horrible del caso fue que la propia enfermera estaba convencida de que no había hecho nada malo. No les quedaba mucho tiempo de vida, después de todo, y una de ellas tenía un cáncer y sufría una barbaridad.

—¿Quieres decir con eso que... que mató por compasión?

—No, no. Le legaron su dinero. A ella le gustaba el dinero, ¿sabes?

"Y luego había aquel joven del transatlántico. La señora Pusley de la tienda de periódicos. Su sobrino, mejor dicho. Llevaba a casa cosas que había robado para que ella las vendiera. Le decía que eran cosas que había traído del extranjero. La engañó por completo. Y de pronto, cuando se presentó la policía y empezó a hacer preguntas, el joven intentó romperle la cabeza para que no pudiese delatarle. No tenía nada de agradable ese joven, pero era muy bien parecido. Había dos chicas enamoradas de él. Se gastaba la mar de dinero con una de ellas.

—Con la más agradable de las dos, seguramente —dijo Bunch.

—Sí, querida. Y había la señora Cay, de la tienda de lanas, que adoraba a su hijo, y le echó a perder, claro está. Acabó el chico formando parte de una camarilla muy rara. ¿Recuerdas a Joan Crott, Bunch?

—No. Creo que no.

—Creí que a lo mejor la habrías visto en alguna visita que me hicieras. Solía andar por ahí fumando puro o en pipa. Hubo un atraco al Banco una vez, y Joan Crott se encontraba allí en aquel momento. Tumbó al ladrón de un puñetazo y le quitó el revólver. El tribunal la felicitó por su valor.

Bunch escuchó atentamente. Parecía estarlo aprendiendo todo de memoria.

—Y... —la instó.

—Esa muchacha de Saint Jean des Collines aquel verano. Una muchacha tan reposada... más bien que reposada, silenciosa. A todo el mundo le gustaba, pero nunca consiguió nadie conocerla mejor. Nos enteramos más adelante de que su marido era un falsificador. Hacía que se sintiese aislada de la gente. Y con el dinero se hizo algo raro. Eso ocurre siempre cuando se encierra uno en sus pensamientos.

—¿Hay algún coronel angloindio en tus reminiscencias, querida?

—Naturalmente que sí, querida. El comandante Vaughn, de The Larches, y el coronel Wright, de Simla Lodge. Nada malo es ninguno de los dos. Pero sí que recuerdo que el señor Hodgson, gerente del Banco, hizo un crucero y se casó con una mujer lo bastante joven para haber sido hija suya. No tenía idea de dónde había salido..., salvo lo que ella quiso decirle, claro.

—¿Y lo que le dijo no era verdad?

—No, querida, decididamente, no.

—No está mal —dijo Bunch, moviendo afirmativamente la cabeza—. Hemos visto a la devota Dora, al bien parecido Patrick, a la señora Swettenham y Edmund, y Phillipa Haymes, y el coronel Easterbrook y la señora Easterbrook... y, si quieres que te dé mi opinión, te diré que creo que tienes muchísima razón en cuanto a ella se refiere. Pero no habría razón alguna para que ella matase a Letty Blacklock.

—Cabe la posibilidad de que la señorita Blacklock sepa de ella algo que a ella misma no le interese en absoluto que se sepa.

—¡Oh, querida!, esas cosas pasaban en otros tiempos; hoy no, ¿verdad?

—Quizá sí. Tú, claro, no eres de las que se preocupan por lo que la gente piense de ellas.

—Comprendo lo que quieres decir —dijo Bunch de pronto—. Si una lo hubiese estado pasando muy mal y luego de pronto, igual que un gato sin casa y helado, encontrara hogar, y nata, y una mano cálida acariciadora, y le llamaban a una gatito bonito, y alguien la pusiera a una en un pedestal... haría muchas cosas para no perder eso. Bueno, pues he de reconocer que me has presentado una galería muy completa de gente.

—No atinaste con todas —comentó la señorita Marple con dulzura.

—¿No? ¿Dónde di el resbalón? ¿Julia? *Julia, linda, Julia, tan singular...*

—Tres chelines y medio —dijo la hosca camarera, surgiendo de la penumbra. Y agregó agitando el pecho bajo los pájaros azules—: Lo que yo quisiera saber, señora Harmon, es por qué me llama a mí singular. Tuve una tía que ingresó en la secta de la Gente Singular, pero yo siempre he sido buena anglicana, como puede decirle nuestro ex pastor el reverendo Hopkinson.

—Lo siento una barbaridad —dijo Bunch—. Estaba recitando una canción. No me refería a usted ni mucho menos. No sabía que se llamara usted Julia.

—Una simple coincidencia —dijo la camarera hosca, animándose—. No hubo mala intención, pero al oír mi nombre, o creer oírlo..., bueno, como es natural, si una cree que están hablando de ella, es muy humano pararse a escuchar. Gracias, de todos modos.

Se fue con su propina.

—Tía Jane —dijo Bunch—, no pongas esa cara de disgusto. ¿Qué te sucede?

—Pero no es posible —murmuró la señorita Marple— que sea eso... No hay razón...

—¡Tía Jane!

La señorita Marple exhaló un suspiro y luego sonrió animadamente.

—No es nada, querida.

—¿Creíste saber quién había cometido el asesinato? —inquirió Bunch—. ¿Quién fue?

—No lo sé, en verdad. Me pasó una idea por la cabeza un instante..., pero se fue. Ojalá lo supiese. Apremia tanto el tiempo..., ¡tanto!

—¿Qué quieres decir con eso?

—Que la anciana de Escocia puede morir de un momento a otro.

Dijo Bunch, mirándola fijamente:

—Entonces es que crees de verdad en Pip y Emma. ¿Crees que fueron ellos... y que probarán suerte otra vez?

—Claro que probarán suerte otra vez —dijo la señorita Marple, casi distraída—. Si lo intentaron una vez, lo intentarán otra. Si una persona decide asesinar a otra, no dejará de intentarlo porque fracasara la primera vez. Sobre todo si esa persona está casi segura de que nadie sospecha de ella.

—Pero si se trata de Pip y Emma —dijo Bunch—, no hay más que dos personas que *pudieran* serlo. *Tienen* que ser Patrick y Julia. Son hermanos y son los únicos cuya edad cuadra.

—No es la cosa tan fácil como todo eso, querida. Hay toda suerte de ramificaciones y combinaciones. Hay que pensar en la mujer de Pip, si es que está casada, o en el marido de Emma. Luego, la madre. Ella es parte interesada, aunque no herede directamente. Si Letty Blacklock no la ha visto desde hace treinta años, no es probable que fuese capaz de reconocerla ahora. Una mujer de cierta edad se parece a otra de cierta edad. Recordarás que la señora Wotherspoon cobraba su pensión de vejez y la de la señora Barlett, aunque ésta llevaba muchos años muerta. Sea como fuere, la señorita Blacklock es corta de vista. ¿No te has fijado en cómo mira a la gente? Y luego hay que pensar en el padre. Al parecer era de cuidado.

—Sí; pero es extranjero.

—De nacimiento. Pero eso no es razón para que siempre hable inglés chapurreado y que accione con las manos. Nada me extrañaría que supiese desempeñar el papel de... de un coronel angloindio tan bien como lo hiciera el mejor.

—¿Es eso lo que tú crees?

—No, querida. De ninguna manera. Sólo creo que anda mucho dinero en juego, muchísimo dinero. Y me temo que sé, por desgracia, demasiado bien las cosas tan terribles que es capaz de hacer la gente para apoderarse de cantidades así.

—Supongo que así es —dijo Bunch—. Y ningún bien les hace ese dinero, ¿verdad? No a fin de cuentas.

—No..., pero eso no pueden saberlo.

—Lo comprendo —Bunch sonrió de pronto, con su sonrisa dulce y torcida—. Una siempre cree que será distinto en su caso. Hasta yo siento eso.

Estudió la cosa en voz alta:

—Se finge una a sí misma que haría mucho bien con ese

dinero. Proyectos... Asilos para niños abandonados... Hogares para Madres Cansadas... Un descanso en el extranjero para las mujeres de cierta edad que han trabajado demasiado durante su vida...

Se le tornó el rostro sombrío. Los ojos se le oscurecieron de pronto y se le volvió trágica la mirada.

—Ya sé lo que estás pensando —le dijo a la señorita Marple—. Te estás diciendo que yo sería de las peores, porque por razones egoístas, vería, por lo menos, cómo era..., me vería tal cual soy. Pero una vez empezara a fingir que deseaba hacer el bien con el dinero, podría llegar a persuadirme quizá de que no me importaría gran cosa matar a una persona...

Luego se le despejó la mirada.

—Pero yo no —dijo—. Yo no mataría a nadie. Ni siquiera si fuese una persona vieja; o enferma, o que hiciese mucho daño en el mundo. Aunque se tratase de un chantajista o de... de bestias completas —sacó cuidadosamente una mosca de los posos del café y la colocó en la mesa para que se secara—. Porque a la gente le gusta vivir, ¿verdad? Y a las moscas también. Aun cuando sea una vieja y esté sufriendo, y sólo a duras penas pueda arrastrarse al sol. Julian dice que a esa gente tiene aún más deseo de vivir que la que es joven y fuerte. Es más duro para ellas, dice, el morir. La lucha es más grande. A mí también me gusta vivir..., no sólo el ser feliz, y el divertirme, el pasarlo bien. Quiero decir *vivir*... despertarme y sentir por todo el cuerpo que estoy *allí*... que vivo, que funciono como un reloj.

Sopló suavemente a la mosca, que agitó las patas y se fue volando como borracha.

—Ánimo, tía Jane —dijo Bunch—. Yo no mataría a nadie jamás.

Y a poco salieron del *Pájaro Azul*.

CAPÍTULO XIV
EXCURSIÓN AL PASADO

Después de una noche en el tren, el inspector Craddock se apeó en una estación pequeña de la montaña escocesa.

Durante un momento le pareció extraño que la acaudalada señora Goedler, inválida, pudiendo escoger entre una casa en Londres, en una playa de moda, una finca de Hampshire y un chalet en el sur de Francia, hubiese escogido aquel remoto lugar de Escocia para residencia. Debía hallarse aislada allí de muchas amistades y diversiones. Tenía que ser muy solitaria su vida, ¿o se encontraba demasiado enferma para fijarse en lo que la rodeaba o para que le importase?

Un automóvil le aguardaba. Un "Daimler" anticuado, conducido por un chofer entrado en años. Era una mañana soleada y el inspector disfrutó de las veinte millas de camino, aunque volvió a maravillarse de aquella preferencia por la soledad. Un comentario hecho al chofer le aclaró en parte, la cuestión.

—Es su propio hogar materno. Sí; ella es la última de la familia. Y ella y el señor Goedler se sentían siempre más felices aquí que en ningún otro sitio, aunque pocas eran las veces que podía él alejarse de Londres. Pero cuando lo conseguía, se divertían los dos como un par de chiquillos.

Cuando aparecieron los grises muros del pabellón de entrada, le pareció a Craddock como si retrocediera el tiempo. Le recibió un mayordomo entrado en años también y después de lavarse y afeitarse, le condujeron a una habitación en cuya chimenea ardía un enorme fuego. Allí le sirvieron el desayuno.

Después de éste, una mujer alta, de edad madura, que vestía uniforme de enfermera, entró y dijo ser la hermana McClelland.[1]

—Tengo a mi paciente preparada para recibirle, señor Craddock. La verdad es que tiene muchas ganas de verle.

—Haré todo lo posible por no excitarla —prometió Craddock.

—Más vale que le advierta lo que va a suceder. Encontrará usted a la señora Goedler completamente normal, en apariencia. Hablará y disfrutará hablando. Y luego, de pronto, le faltarán las fuerzas. Déjela entonces inmediatamente y mándeme llamar. Es que, ¿comprende?, se la mantiene casi por completo bajo la influencia de la morfina. Dormita la mayor parte del tiempo. En preparación para su visita le he propinado un estimulante muy fuerte. En cuanto sus efectos pasen, volverá a quedarse semiinconsciente.

—Comprendo perfectamente, señorita McClelland. ¿Le es permisible decirme exactamente cuál es el estado de salud de la señora Goedler?

—Verá, señor Craddock, la señora Goedler se está muriendo. No puede prolongársele la vida más allá de unas cuantas semanas. El decirle a usted que debiera haber muerto hace años, le parecerá a usted extraño. Y, sin embargo, es la verdad. Lo que la ha mantenido viva a la señora Goedler ha sido la intensidad de su amor a la vida y del goce que deriva de estar viva. Quizá resulte raro decir una cosa así de una persona que ha hecho vida de inválida durante mucho tiempo y que no ha salido de casa en quince años; pero es verdad. La señora Goedler nunca ha sido fuerte. Pero ha conservado, en sorprendente grado, la voluntad de vivir.

Agregó, con una sonrisa:

—Y es una mujer encantadora, por añadidura, como tendrá usted ocasión de comprobar.

La condujeron a una gran alcoba donde ardía un buen fuego y donde yacía una anciana en un gran lecho con dosel. Aunque sólo tenía siete u ocho años más que Letty Blacklock, su fragilidad le hacía parecer mucho más vieja. Tenía bien arreglada la

[1] En Inglaterra se las llama hermanas a todas las enfermeras.

blanca cabellera y un chal de lana azul pálido la envolvía cuello y hombros. Había surcos de dolor en el rostro, pero líneas que expresaban dulzura también. Y se observaba también, por extraño que parezca cierto titilar en los ojos azules que Craddock sólo podía describir como picaresco.

—Esto sí que es interesante —dijo—. No recibo visitas de la policía con frecuencia. Tengo entendido que Leticia Blacklock no recibió gran daño en el atentado de que fue víctima. ¿Cómo está mi querida Blackie?

—Se encuentra muy bien, señora Goedler. Le envía cariñosos saludos.

—Hace mucho tiempo que no la he visto. Desde hace años, no hemos tenido más contacto que el de una postal de felicitación por Nochebuena. Le pedí que viniera aquí cuando regresó a Inglaterra después de la muerte de Charlotte, pero dijo que resultaría doloroso después de tanto tiempo, y quizá tuviese razón... Blackie siempre tuvo mucho sentido común. Vino a verme una antigua compañera de colegio hace cosa de un año y, ¡Señor! ¡Cómo nos aburrimos las dos! —sonrió—. Después de haber agotado todos los "¿Te acuerdas?", ya no supimos qué decir. Resultó muy embarazoso.

Craddock se conformó con dejarla hablar antes de hacer sus preguntas. Deseaba, como dice, volver al pasado, introducirse en él, adquirir la sensación Goedler-Blacklock.

—¿Supongo —dijo Belle, con perspicacia— que quiere usted preguntar lo del dinero? Randall dispuso que lo heredara todo Blackie después de mi muerte. En realidad, claro, Randall nunca creyó posible que viviera yo más que él. Era un hombre alto y fuerte que en su vida había tenido una enfermedad, y yo siempre andaba con dolores y punzadas y quejas, y no hacían más que entrar y salir médicos y mirarme con gestos de inquietud.

—No creo que "quejas" sea una palabra apropiada en su caso, señora Goedler.

La anciana rio.

—No lo dije en el sentido de quejarme. Nunca he sentido *demasiada* compasión por mí misma. Pero siempre se dio por sentado que yo, siendo la más débil, sería la primera en morir. No salió la cosa así. No..., no salió la cosa así...

—¿Por qué, exactamente, dejó su esposo el dinero como lo hizo?

—¿Que por qué se lo dejó a Blackie, quiere decir? No por los motivos que probablemente ha pensado usted —la picaresca titilación de los ojos azules se acentuó—. ¡Qué mentalidad tienen ustedes los policías! Randall jamás estuvo enamorado ni pizca de ella. Ni ella de él. Leticia, ¿sabe?, tiene en realidad una mente masculina. No tiene ninguno de los sentimientos ni de las debilidades de una mujer. No creo que se enamorara jamás de ningún hombre. Nunca tuvo gran cosa de guapa, y los vestidos la tenían completamente sin cuidado. Se pintaba un poco para acatar la costumbre, pero no para parecer más bonita.

En la voz de la anciana se observó un dejo de compasión cuando dijo:

—Jamás conoció nada de la alegría de ser mujer.

Craddock contempló con interés la frágil figurita tendida en el enorme lecho. Se dio cuenta de que Belle Goedler había disfrutado, y seguía disfrutando, en ser mujer.

—Siempre he pensado —dijo ella, bailándole la risa en los ojos— que debe resultar la mar de aburrido ser hombre —luego agregó, pensativa—: Yo creo que Randall consideraba a Blackie algo así como un hermano menor. Confiaba en su criterio, que siempre era excelente. Ella impidió que se metiera en atolladeros más de una vez.

—Me dijo que acudió en su auxilio una vez con dinero.

—Eso sí; pero yo quería decir algo más que eso. Una puede hablar la verdad después de todo estos años. En realidad, Randall no era capaz de distinguir entre lo que resultaba bueno y legal, y lo que era todo lo contrario. No tenía más sensitiva la conciencia. El pobre no sabía, en realidad, qué era ser listo y qué ser falto de probidad y honradez. Blackie le mantenía en el buen camino. Ésa es una de las cosas que tiene Leticia Blacklock: es honrada a carta cabal, es incapaz de cometer un acto deshonroso. Es de un carácter muy hermoso, ¿sabe? Siempre la he admirado. Pasaron una infancia terrible esas muchachas. El padre era un viejo médico rural... la mar de testarudo y muy estrecho de caletre... un tirano completo para la familia. La otra hermana era una inválida. Tenía una especie de deformidad y jamás recibía a nadie, ni salía de casa. Por eso, cuando el viejo murió, Leticia renuncia a todo para volver a su casa y cuidar de su hermana. Randall se puso furioso con ella, pero fue igual. Cuando Leticia consideraba que era deber suyo hacer una cosa, la hacía. Y no había manera de hacerla cambiar de opinión.

—¿Cuánto tiempo antes de que muriera su esposo ocurrió todo eso?

—Creo que un par de años. Randall hizo testamento antes de que ella abandonara la casa. Y no lo cambió. Me dijo a mí: "No tenemos a nadie nuestro". (Nuestro hijito murió, ¿sabe?, cuando tenía dos años de edad.) "Después de morirnos tú y yo, es mejor que el dinero sea para Blackie. Jugará a la Bolsa y los hará andar a todos de cabeza."

"Y es que —prosiguió Belle— Randall disfrutaba una barbaridad ganando dinero... no por el dinero en sí, sino por la aventura, los riesgos, las emociones. Y a Blackie le gustaba también. Tenía el mismo espíritu aventurero y la misma forma de ver las cosas. ¡Pobrecilla! Jamás había conocido los placeres normales..., enamorarse, animar a los hombres, hacerles rabiar... ni tener hogar e hijos y todos los verdaderos placeres de la vida.

A Craddock le extrañó sobremanera la auténtica compasión y el indulgente desdén que sentía aquella mujer..., una mujer que había tenido que soportar enfermedades toda su vida, cuyo único hijo había muerto, cuyo marido había muerto dejándola encadenada a una viudez solitaria, y que había sido inválida durante muchos años.

Ella le miró, moviendo afirmativamente la cabeza.

—Ya sé lo que está usted pensando. Pero *he tenido* todas las cosas que hacen que la vida valga la pena..., me las podrán haber quitado, pero las he tenido. Fui bonita y alegre de joven. Me casé con el hombre a quien quería, y él nunca dejó de quererme. Mi hijo murió, pero le tuve dos preciosos años. He experimentado mucho dolor físico..., pero si uno experimentaba dolor, sabe cómo gozar del exquisito placer de los momentos en que el dolor cesa. Y todo el mundo ha sido bondadoso para conmigo... siempre. Soy una mujer afortunada, en realidad.

Craddock se agarró a la oportunidad que le proporcionaba uno de sus comentarios.

—Dijo usted hace un momento, señora Goedler, que su esposo dejó la fortuna a la señora Blacklock porque no tenía otra persona a quién dejársela. Pero eso no es del todo cierto, ¿verdad? Tenía una hermana.

—Ah, Sonia. Pero riñeron hace muchos años y con carácter definitivo.

—¿No aprobaba su matrimonio?

—No. Se casó con un hombre que se llamaba..., ¿cómo se llamaba?

—Stamfordis.

—Eso es. Dimitri Stamfordis. Randall dijo siempre que era un malhechor. Los dos hombres se encontraron mutuamente antipáticos desde el primer momento. Pero Sonia estaba locamente enamorada de él y decidida a casarse. Y yo nunca comprendí por qué no había de hacerlo. ¡Los hombres tienen unas ideas tan raras de eso! Sonia no era una chiquilla. Había cumplido los veinticinco años y sabía exactamente lo que hacía. Sería un malhechor, no lo niego, un malhechor de verdad, quiero decir. Parece ser que tenía antecedentes penales, y Randall sospechó siempre de que el nombre que daba no era el suyo verdadero. Sonia sabía todo eso. Lo cierto es, y eso es lo que Randall nunca fue capaz de comprender, que Dimitri resultaba verdaderamente muy atractivo para las mujeres. Y estaba tan enamorado de Sonia como ella de él. Randall insistía que sólo se casaba con ella por dinero. Pero eso no es verdad. Sonia era muy hermosa, ¿sabe? Y era mujer de carácter. Si el matrimonio hubiese salido mal, si Dimitri no hubiera sido bueno para con ella o le hubiese sido infiel, Sonia se hubiera limitado a cortar por lo sano y abandonarle. Era rica y podía hacer lo que le diese la gana de su vida.

—¿No hicieron las paces nunca?

—No. Randall y Sonia nunca se habían llevado muy bien. Y despertó el resentimiento de su hermana al intentar impedir que se realizase el matrimonio. Dijo ella: "Está bien. ¡Eres completamente insoportable! ¡Ésta es la última vez que oirás hablar de mí!"

—Pero, ¿fue la última vez que supieron de ella?

—No. Recibí una carta suya unos dieciocho meses más tarde. Me escribió desde Budapest, recuerdo, pero no me dio las señas.

Me pidió que le dijera a Randall que era extremadamente feliz y que acababa de dar a luz dos gemelos.

—¿Y le dio sus nombres?

Nuevamente sonrió Belle.

—Dijo que habían nacido poco después del mediodía... y que tenía intención de llamarlos Pip y Emma. Quizás eso no fuera más que una broma, claro está.

—¿No volvió a tener noticias suyas?

—No. Dijo que ella, su marido y los niños iban a marcharse a América a pasar allí una corta temporada. No volví a saber de ella...

—Supongo que no habrá conservado usted esa carta, ¿verdad que no?

—No, me temo que no. Se la di a Randall y él se limitó a soltar un gruñido y decir: "Se arrepentirá de haberse casado con ese tipo el día menos pensado". Fue lo único que dijo jamás del asunto. Nos olvidamos de ella, en realidad. Desapareció por completo de nuestra vida...

—Ello, no obstante, ¿el señor Goedler legó sus bienes a los hijos de su hermana en el caso de que la señorita Blacklock muriera antes que usted?

—Oh, eso fue cosa mía. Le dije, cuando me habló del testamento: "¿Y si Blackie se muriera antes que yo?" Se quedó sorprendido. Dije. "Oh, ya sé que Blackie es más fuerte que un caballo y que yo soy muy delicada..., pero ocurren accidentes a veces, ¿sabes?" Y él dijo: "No hay nadie..., nadie en absoluto". Le contesté: "Existe Sonia". Y dijo inmediatamente: "¿Y dejar que ese tipo le eche las garras a mi dinero? ¡De ninguna manera!" Dije: "Bueno, pues sus hijos entonces. Pip y Emma. Y a lo mejor hay muchos más a estas alturas". Conque gruñó mucho, pero lo hizo.

—Y desde aquel día hasta la fecha —dijo Craddock muy despacio—, ¿no ha tenido usted noticias de su cuñada ni de sus hijos?

—Ni una palabra. Pueden haber muerto..., pueden encontrarse... en cualquier parte.

"Pueden verse en Chipping Cleghorn", pensó Craddock.

Como si leyera sus pensamientos, una expresión de alarma apareció en los ojos de Belle. Dijo:

—No permita que le hagan daño a Blackie. Blackie es *buena*... buena de verdad..., no debe permitir que le ocurra...

Se apagó bruscamente la voz. Craddock vio de pronto sombras en torno de los ojos y de la boca.

—Está usted cansada —dijo—. Me iré.

Ella movió afirmativamente la cabeza.

—Mándeme a Mac —susurró—. Sí, cansada...

Hizo un débil gesto con la mano.

—Cuide de Blackie... No debe ocurrirle nada a Blackie... cuide de ella...

—Hará en ese aspecto todo lo que esté en mis manos, señora Goedler.

Se puso de pie y se dirigió a la puerta.

La voz de Belle, un hililo de sonido, le siguió:

—No tardaré ya mucho... en morir... Es peligroso para ella... Tenga cuidado...

La hermana McClelland se cruzó con él cuando salía. Dijo inquieto:

—Espero que no habré sido yo la causa de su empeoramiento.

—No, no, no lo creo, señor Craddock. Ya le dije que se cansaría pronto.

Más tarde, le preguntó a la enfermera:

—La única cosa que no tuve tiempo de preguntarle a la señora Goedler es si tiene una fotografía antigua. Si las hubiera...

Le interrumpió la enfermera:

—Me temo que no hay nada de eso. Todos sus papeles y efectos se almacenaron junto con los muebles del piso de Londres al principio de la guerra. La señora Goedler se encontraba gravemente enferma por entonces. El guardamuebles sufrió los efectos de un bombardeo. La señora Goedler se llevó un disgusto al saber que había perdido tantos recuerdos personales, y los documentos de la familia. Me temo que no ha quedado nada.

"Conque —pensó Craddock—, no habrá más remedio que resignarse."

Sin embargo, no le pareció que hubiera hecho en balde el viaje. Pip y Emma, los gemelos fantasmas, resultaban no ser tan fantasmas después de todo.

Pensó Craddock:

"He aquí un hermano y una hermana, que se han criado en alguna parte de Europa. Sonia Goedler era rica en el momento de su matrimonio, pero el dinero no ha seguido siendo dinero en el continente. Al dinero le han ocurrido cosas muy raras durante esos tres años de guerra. Conque hay dos jóvenes, el hijo y la hija de un hombre que tenía antecedentes penales. Supongamos que llegaron a Inglaterra más o menos sin un céntimo. ¿Qué harían? Averiguar si tenían algún pariente rico. Su tío, un hombre muy acaudalado, ha muerto. Posiblemente lo primero que harían sería consultar el testamento del finado. Ver si, por casualidad, le habían legado algo a su madre. Conque se dirigen al Registro Central y se enteran del contenido del testamento y luego quizá se enteran de la existencia de Leticia Blacklock. Entonces procuran averiguar algo de la viuda de Randall Goedler. Es una inválida que vive en Escocia, y descubren que le queda muy poco tiempo de vida. *Si esa Leticia Blacklock muere antes que ella,* ellos heredarán una cuantiosa fortuna. ¿Qué hacer entonces?"

Se contestó a sí mismo:

"No irán a Escocia. Se enterarán de dónde vive ahora Leticia Blacklock. E irán allá... pero no con su verdadera personalidad: Irían juntos, ¿o separados? Emma... ¡Si será! Que me ahorquen si Pip o Emma, o los dos, no se encuentran en Chipping Cleghorn en estos instantes..."

CAPÍTULO XV
MUERTE DELICIOSA

I

En la cocina de Little Paddocks, la señorita Blacklock le estaba dando instrucciones a Mitzi.

—Bocadillos de sardina además de los de tomate. Y unos de esos pastelillos que sabe usted hacer tan bien. Y me gustaría que hiciese ese pastel especialidad suya.

—¿Va a dar una fiesta, que pide todas esas cosas?

—Es el cumpleaños de la señorita Bunner, y vendrá alguna gente a tomar el té.

—A su edad uno no tiene cumpleaños. Es mejor olvidarse.

—Bueno, pues ella no quiere olvidarse. Varias personas van a traerle regalos... y resultará agradable convertir la ocasión en una pequeña fiesta.

—Eso es lo que dijo usted la última vez y... ¡fíjese en lo que ocurrió!

La señorita Blacklock se dominó con un esfuerzo.

—Bueno, pues esta vez no ocurrirá.

—¿Cómo sabe usted lo que puede ocurrir en esta casa? Tiemblo durante todo el día, y por la noche cierro con llave la puerta de mi cuarto y miro en el armario para asegurarme de que no hay nadie escondido allí.

—Con eso no es fácil que corra usted riesgo alguno —dijo la señorita Blacklock con frialdad.

—El pastel que usted quiere que haga es el...

Mitzi pronunció una palabra que para el oído inglés de la señorita Blacklock sonó algo así como "Schwitzer" o como dos gatos que se escupieran el uno al otro.

—Ese mismo. Ese tan rico.

—Sí. Es rico. Para él yo tengo… ¡nada! Imposible hacer un pastel así. Necesito para él chocolate y mucha mantequilla, y azúcar y pasas.

—Puede usted usar esa lata de mantequilla que nos mandaron de América y algunas de las pasas… que guardábamos para Nochebuena… y aquí tiene una tableta de chocolate y una libra de azúcar.

El rostro de Mitzi se tornó de pronto radiante.

—Bien, lo haré para usted bueno… muy bueno —exclamó con éxtasis—. Será rico, sabroso, exquisito. Y por encima le pondré una capa de chocolate… ¡Lo haré más bien! Y encima escribiré: *Felicidades.* Esta gente inglesa con sus pasteles que saben a arena, *nunca* habrán probado un pastel así. ¡Delicioso, dirán… delicioso…!

Se le ensombreció el semblante.

—El señor Patrick lo llamó "Muerte Deliciosa". ¡Mi pastel! ¡No consentiré que se llame así a mi pastel!

—Fue una alabanza en realidad —dijo la señorita Blacklock—. Quiso decir con ello que valía la pena morir por comerse un pastel así.

Mitzi miró dubitativa.

—Bueno, pues a mí no me gusta esa palabra… *muerte*. No se mueren por comer de mi pastel. No; se sienten mucho mejor…

—Estoy segura de que sí.

La señorita Blacklock dio media vuelta y dejó la cocina con un suspiro de alivio por haber terminado con éxito la entrevista. Con Mitzi una nunca sabía lo que iba a suceder.

Se topó con Dora Bunner fuera.

—Oh, Letty, ¿quieres que entre y le diga a Mitzi cómo ha de cortar los bocadillos?

—No —le respondió la señorita Blacklock, empujando a su amiga por el pasillo—. No está de humor ahora y no quiero que la turben.

—Es que podría limitarme a enseñarle…

—Por favor, no le enseñes nada, Dora. A estas centroeuropeas no les gusta que las enseñen. Lo detestan.

Dora la miró dubitativa. Luego bruscamente sonrió.

—Acaba de telefonear Edmund Swettenham. Me deseó muchas felicidades y dijo que me iba a traer un tarro de miel como regalo esta tarde. ¿Verdad que es muy bueno? No logro imaginarme cómo ha podido saber que es hoy mi cumpleaños.

—Todo el mundo parece saberlo. Debes de haber hablado tú, Dora.

—Verás... sí que dio la casualidad que mencioné que hoy cumpliría cincuenta y nueve años...

—Tienes sesenta y cuatro —dijo la señorita Blacklock, bailándole la risa en los ojos.

—Y la señorita Hinchcliff dijo: "Nadie se los echaría. ¿Qué edad cree que tengo yo?" Una pregunta la mar de embarazosa, porque es tan raro su aspecto siempre, que podría tener cualquier edad. A propósito, dijo que iba a traerme unos huevos. Dije que nuestras gallinas no ponían mucho últimamente.

—Pues no nos va a salir mal negocio tu cumpleaños. Miel, huevos, una magnífica caja de bombones de Julia...

—No sé de dónde saca esas cosas.

—Más vale que no le preguntes. Es muy probable que recurra a métodos completamente ilegales.

—Y tu precioso broche —dijo la señorita Bunner, contemplándose con orgullo el pecho, sobre el que lucía una hoja pequeña de diamantes.

—¿Te gusta? Me alegro. A mí nunca me han llamado la atención las joyas.

—Me encanta.

—¡Magnífico! Vamos a dar de comer a los patos.

II

—¡Ja! —exclamó Patrick con dramático gesto al ocupar los invitados su puesto alrededor de la mesa del comedor—. ¿Qué veo ante mis ojos? *Muerte Deliciosa.*

—¡Chitón! —dijo la señorita Blacklock—. Que no te oiga Mitzi. Le indigna que le llames así a su pastel.

—Ello, no obstante, *Muerte Deliciosa* es. ¿Es el pastel de cumpleaños de Bunny?

—Sí —contestó la señorita Bunner—. En verdad que estoy pasando un día maravilloso de cumpleaños.

Tenía las mejillas encendidas de excitación. Las tenía así desde que el coronel Easterbrook le entregara una cajita de caramelos, declarando, con una reverencia: "¡Para la Dulzura, dulces!"

Julia había vuelto la cabeza apresuradamente, mereciendo por ello que la señorita Blacklock mirara con el entrecejo fruncido.

Se hizo plena justicia a las cosas que había sobre la mesa, y se levantaron después.

—Me encuentro levemente mareada —dijo Julia—. Es ese pastel. Recuerdo que me sentí indispuesta exactamente igual la última vez.

—Lo vale —dijo Patrick.

—No se puede negar que estos extranjeros entienden en pastelería —dijo la señorita Hinchcliff—. Lo que no saben hacer es un pudding hervido corriente.

Todo el mundo guardó un respetuoso silencio, aunque parecía Patrick a punto de preguntar si había alguno que *quisiera* en realidad un pudding hervido.

—¿Tiene usted un jardinero nuevo? —le preguntó la señorita Hinchcliff a la señorita Blacklock cuando volvían a la sala.

—No. ¿Por qué?

—Vi a un hombre merodear por los alrededores del gallinero. Un buen tipo. Un individuo de aspecto marcial.

—¡Ah, ése! —dijo Julia—. Ése es nuestro detective.

—¿Detective? —exclamó—. Pero..., pero..., ¿por qué?

—No lo sé —contestó Julia—. Merodea por ahí y vigila la casa. Supongo que está protegiendo a tía Letty.

—Una completa estupidez —dijo la señorita Blacklock—. Me sé proteger yo sola.

—Pero, ¿no estaba terminado todo eso ya? Aunque pensaba preguntarle... ¿por qué aplazaron la encuesta?

—La policía no está satisfecha —anunció el marido—. Eso es lo que significa.

—Pero no está satisfecha, ¿de qué?

El coronel Easterbrook sacudió la cabeza con aire de quien podría decir mucho más si quisiera. Edmund Swettenham, a quien le era antipático el coronel, dijo:

—La verdad es que pesan sospechas sobre todos nosotros.

—Pero sospechas, ¿de qué? —repitió la señora Easterbrook.

—No te preocupes, gatita —dijo su marido.

—De merodear con intención —dijo Edmund—, siendo la intención cometer un asesinato a la primera oportunidad que se presente.

—¡Oh, por favor..., por favor, calle, señor Swettenham! —Dora empezó a llorar—. Estoy segura de que nadie de los presentes desearía matar a la muy querida Letty.

Hubo un momento de horrible embarazo. Edmund se puso colorado y murmuró: "Sólo era una broma". Phillipa sugirió en voz alta y clara que escucharan la emisión de noticias de las seis, y la sugerencia fue recibida con entusiástico asentimiento.

Patrick le murmuró a Julia:

—Nos hace falta la señora Harmon aquí. Estoy seguro de que diría, en esa voz tan alta y clara que tiene: "Pero supongo que sí que estará alguien aguardando una buena ocasión para asesinarla, ¿verdad, señorita Blacklock?"

—Me alegro de que ni ella ni esa anciana señorita Marple pudieran venir —le contestó Julia—. Esa vieja es de las husmeadoras. Y seguramente tiene mentalidad de alcantarilla. Un verdadero tipo siglo XIX.

El escuchar las noticias condujo fácilmente a una agradable discusión sobre los horrores de la guerra atómica. El coronel Easterbrook dijo que la verdadera amenaza que pesaba sobre la civilización era indudablemente Rusia, y Edmund dijo que él tenía varios amigos rusos encantadores..., comentario que fue recibido con frialdad.

Se deshizo la reunión tras dar nuevamente las gracias a quien la había organizado.

—¿Te divertiste, Bunny? —inquirió la señorita Blacklock, tras despedir al último invitado.

—Oh, ya lo creo que sí. Pero tengo un dolor de cabeza terrible. La excitación, supongo.

—Es el pastel —anunció Patrick—. Me siento un poco mal yo también. Y, además, ha estado usted comiendo chocolates toda la mañana.

—Me parece que iré a echarme —dijo la señorita Bunner—. Me tomaré un par de aspirinas y procuraré dormir.

—Sería un buen calmante ése —asintió la señorita Blacklock.

La señorita Bunner marchó escaleras arriba.

—¿Quieres que te encierre yo los patos, Letty?

—Si me prometes cerrar la puerta como es debido, sí.

—Lo haré. Te juro que sí.

—Toma una copa de jerez, tía Letty —propuso Julia—. Como solía decir mi antigua aya: "Te asentará el estómago". Repugnante frase, pero singularmente apropiada en estos instantes.

—Quizá sea una buena cosa. La verdad es que una no está acostumbrada a cosas tan empalagosas. Oh, Bunny, me has hecho dar un brinco. ¿Qué pasa?

—No puedo encontrar mi aspirina —dijo Dora con desconsuelo.

—Pues toma algunas de mis tabletas, querida. Las encontrarás sobre mi mesilla de noche.

—Hay un tubo en mi tocador —dijo Phillipa.

—Gracias, muchísimas gracias. Si no consigo encontrar las mías..., pero sé que las tengo en *alguna parte*. Un tubo nuevo. Pero, ¿dónde puedo haberlo metido?

—Las hay a montones en el cuarto de abajo —dijo Julia con impaciencia—. Esta casa está hasta los topes de aspirinas.

—Me molesta ser tan descuidada y extraviar las cosas —replicó la señorita Bunner, retrocediendo hacia la escalera otra vez.

—¡Pobre Bunny! —dijo Julia, alzando su copa—. ¿Crees tú que debiéramos haberle dado un poco de jerez?

—No lo creo —contestó la señorita Blacklock—. Ha tenido muchas emociones hoy y eso no es bueno para ella. Me temo que sufrirá las consecuencias mañana. No obstante, sí que creo que se ha divertido.

—Estaba encantada —aseguró Julia—. Lo ha pasado muy bien en verdad.

—Démosle a Mitzi una copa de jerez —propuso Julia—. ¡Eh, Pat! —llamó al oírle entrar por la puerta del costado—. ¡Tráete a Mitzi!

Conque trajeron a Mitzi, y Julia le sirvió una copa de jerez.

—A la salud de la mejor cocinera del mundo —dijo Patrick.

Mitzi se sintió halagada. Pero le pareció, no obstante, que debía protestar.

—Eso no es cierto. No soy, en realidad, cocinera. En mi país hacía un trabajo intelectual.

—Talento desperdiciado —dijo Patrick—. ¿Qué es el trabajo intelectual en comparación con una obra maestra, tal como *Muerte Deliciosa*?

—¡Uuuu!... Le digo a usted que no me gusta...

—¡Al diablo con lo que a ti te guste, muchacha! —le interrumpió Patrick—. Ése es el nombre que yo le doy, y por él brindo. ¡Bebamos por la *Muerte Deliciosa* y al demonio con las consecuencias!

III

—Phillipa, querida, quiero hablar con usted.

—Diga, señorita Blacklock —contestó Phillipa Haymes, alzando la mirada con sorpresa.

—No estará preocupada por algo, ¿verdad?

—¿Preocupada?

—He observado que lo parece usted últimamente. No habrá ocurrido algo, ¿verdad?

—Oh, no, señorita Blacklock. ¿Qué podía ocurrir?

—Pues... eso me preguntaba. Creí que a lo mejor usted y Patrick...

—¿Patrick?

La sorpresa de Phillipa era evidente.

—Ah, entonces no es así. Perdóneme si he sido impertinente. Pero han tenido que convivir mucho y... aunque Patrick es primo mío, no le creo capaz de ser un marido satisfactorio. No, hasta que transcurra algún tiempo, por lo menos.

El rostro de Phillipa parecía haberse cristalizado.

—No pienso volver a casarme —dijo.

—Sí que volverá a casarse algún día, criatura. Es usted joven. Pero no tenemos por qué discutir eso. ¿No hay ninguna otra cosa? ¿No está usted preocupada por cuestiones de... de dinero, por ejemplo?

—No; ando bien en ese aspecto.

—Sé que experimenta usted ansiedad a veces por la educación de su hijo. Por eso quiero decirle una cosa. Fui a Milchester esta tarde a ver a mi abogado, el señor Beddingfeld. Las cosas no han ido muy bien últimamente y pensé que me gustaría hacer un testamento nuevo... con miras a ciertas eventualidades. Fuera del pequeño legado que le hago a Bunny, todo lo demás lo heredará usted, Phillipa.

—¿Cómo?

Phillipa se volvió bruscamente. Miraba con fijeza. Parecía casi asustada.

—Pero ¡si no lo quiero! De veras que no... Oh, preferiría que no fuese para mí... Y, de todas formas, ¿por qué? ¿Por qué a mí?

—Quizá —dijo la señorita Blacklock con voz singular—, porque no hay nadie más.

—Están Patrick y Julia.

—Sí; están Patrick y Julia.

Seguía notándose el singular dejo en la voz de la señorita Blacklock.

—Son parientes suyos.

—Muy lejanos. No tienen derecho alguno sobre mí.

—Pero es que yo... yo tampoco lo tengo. No sé lo que piensa usted. ¡Oh, no lo quiero!

En su mirada había más hostilidad que agradecimiento. Se notaba en su modo de hablar algo muy parecido al temor.

—Yo sé lo que me hago, Phillipa. Le he tomado cariño. Y hay el muchacho... No recibirá gran cosa si me muero ahora... pero dentro de unas semanas pudiera ser distinto.

Miró con fijeza a Phillipa.

—¡Pero, si usted no se va a morir! —protestó la joven.

—No, si puedo evitarlo tomando las debidas precauciones.

—¿Precauciones?

—Sí... reflexione... Y no se atormente más.

Abandonó bruscamente el cuarto. Phillipa la oyó hablar con Julia en el corredor.

Julia entró en el comedor unos momentos después. Tenían una mirada acerada sus ojos.

—Has jugado la mar de bien las cartas, ¿eh, Phillipa? Veo que eres una de esas personas calladas... una mosquita muerta.

—Conque oíste...

—Sí, oí. Y creo que la intención era que lo oyese.

—¿Qué quieres decir con eso?

—Nuestra Letty no tiene un pelo de tonta... Bueno, sea como fuere, tú estás bien ya, Phillipa. Bien cubierta, ¿eh?

—Oh, Julia... yo no tenía la intención..., jamás tuve la intención...

—No, ¿eh? ¡Claro que la tuviste! Las cosas te van mal, ¿verdad? Andas corta de dinero. Pero acuérdate de lo que voy a decirte: si alguien liquida a tía Letty ahora, tú serás la sospechosa número uno.

—No lo sé. Sería estúpido que la matase ahora cuando, si aguardase...

—Conque sí que estás enterada de que la señora Cómo-se-llame se está muriendo en Escocia, ¿eh? Me lo estaba preguntando... Phillipa, empiezo a creer que eres muy misteriosa en verdad.

—No quiero haceros perder nada ni a ti ni a Patrick.

—¿No, querida? Lo siento..., pero no te creo.

—Como quieras.

CAPÍTULO XVI
EL INSPECTOR CRADDOCK REGRESA

El inspector Craddock había pasado una mala noche durante su viaje de vuelta. Sus sueños, más que tales, habían sido pesadillas. Se veía, vez tras vez, corriendo por los grises corredores de un castillo antiguo, en desesperados intentos por llegar a alguna parte, o para impedir a tiempo algo. Por fin, soñó que se despertaba. Experimentó un enorme alivio. Y en aquel instante la puerta de su compartimiento se abrió muy despacio y asomó Leticia Blacklock, ensangrentada la cara, y le dijo, en tono de reproche:

—¿Por qué no me salvó? Hubiera podido, de haberlo intentado.

Esta vez se despertó de verdad.

En conjunto, el inspector se alegró lo indecible de llegar por fin a Milchester.

Se fue derecho a presentar su informe a Rydesdale, que le escuchó atentamente.

—No nos lleva mucho más lejos —dijo—. Pero confirma lo que la señorita Blacklock le comunicó. Pip y Emma... ¡Hum!

—Patrick y Julia Simmons tienen la edad que tendrían los mellizos. Si pudiéramos demostrar que la señorita Blacklock no les había visto desde niños...

Rydesdale contestó, con una risita:

—Nuestra aliada la señorita Marple ha logrado establecer ese hecho. La verdad es que la señorita Blacklock no había visto jamás a ninguno de esos dos jóvenes hasta hace dos meses.

—En tal caso, jefe...

—No es la cosa tan sencilla, Craddock. Hemos estado haciendo comprobaciones. Por lo que sabemos, Patrick y Julia parecen quedar eliminados. Los antecedentes navales de Patrick son auténticos... y son muy buenos, si exceptuamos cierta tendencia a la insubordinación. Hemos entrado en contacto con Cannes, y la señora Simmons dice, indignada, que claro que están su hija y su hijo en Chipping Cleghorn con su prima Leticia Blacklock. Conque... ahí tiene.

—Y... ¿la señora Simmons *es* la señora Simmons; en efecto?

—Lleva siendo señor Simmons muchísimo tiempo, eso es todo cuanto puedo decirle —contestó Rydesdale.

—Eso parece bastante claro, pues. Sólo que... esos dos encajaban. La edad justa. La señorita Blacklock no los conocía en persona. Si buscábamos a Pip y Emma... bueno, ahí estaban ellos.

El jefe de policía movió afirmativa y lentamente la cabeza. Luego empujó un papel hacia Craddock.

—Aquí tiene algo que hemos descubierto de la señora Easterbrook.

El inspector leyó, enarcando las cejas.

—Muy interesante —observó—. Ha engañado bastante bien a ese viejo imbécil, ¿eh? No tiene relación alguna con este asunto, sin embargo, que yo vea.

—Al parecer, no. Y aquí unas notas que se refieren a la señora Haymes.

De nuevo enarcó Craddock las cejas.

—Me parece que voy a celebrar otra entrevista con esa señora —dijo.

—¿Cree usted que esta información pudiera ser de interés para el caso... estar relacionado con él?

—Pudiera ser. Sería una casualidad, claro... pero...

Los dos hombres guardaron silencio unos momentos.

—¿Cómo le ha ido a Fletcher, jefe?

—Ha desarrollado una actividad extraordinaria. Registró la casa de acuerdo con la señora Blacklock... pero no encontró nada de interés. Luego ha estado tratando de averiguar quién pudo tener la oportunidad para engrasar la puerta. Comprobando quién estuvo en la casa en los días en que la muchacha extranjera hacía fiesta. Resultó un poco más complicado de lo que habíamos supuesto, porque parece ser que sale a dar una vuelta casi todas las tardes. Casi siempre llega al pueblo a tomarse una taza de café al *Pájaro Azul*. Conque cuando las señoritas Blacklock y Bunner salen (cosa que hacen casi todas las tardes para ir a recoger moras), se queda la casa sola.

—¿Y se dejan las puertas abiertas siempre?

—Solían dejarse. Supongo que no será así ahora.

—¿Cuáles son los resultados de Fletcher? ¿Quién se sabe que estuvo en la casa hallándose ésta desierta?

—Casi todos los invitados.

Rydesdale consultó la hora que tenía delante.

—Estuvo la señorita Murgatroyd con una gallina para incubar huevos. (Parece complicado, pero eso es lo que dice.) Se mostró la mar de nerviosa y confusa y se contradijo. Pero Fletcher opina que eso se debe a su temperamento y que no es señal de culpabilidad.

—Pudiera ser —reconoció Craddock—. Tiene cabeza de chorlito.

—Luego, la señora Swettenham estuvo a buscar un paquete de carne de caballo que la señorita Blacklock había dejado en la cocina, porque la señorita Blacklock había ido a Milchester en el coche aquel día, y siempre le compra a la señora Swettenham carne de caballo cuando va. ¿Le encuentra usted lógica a eso?

—¿Por qué no dejó la señorita Blacklock la carne de caballo cuando pasó por delante de la casa de la señora Swettenham a su regreso de Milchester?

—No lo sé, pero no lo hizo. La señora Swettenham dice que ella (la señorita B) siempre la deja sobre la mesa de la cocina y que a ella (a la señora S) le gusta ir a buscarla cuando no está Mitzi, porque Mitzi se muestra a veces muy grosera.

—Liga todo bastante bien. ¿Quién más?

—La señorita Hinchcliff. Dice que no estuvo por ahí últimamente. Pero estuvo, porque Mitzi la vio salir por la puerta lateral un día, y la señora Butt también. La señorita H reconoció entonces que quizá hubiese estado, pero que lo había olvidado.

No recuerda por qué fue. Dice que a lo mejor sólo se dejó caer por allí.

—Eso es un poco raro.

—También lo fueron sus modales, al parecer. Luego, la señora Easterbrook. Había sacado a pasear a los queridos perros en aquella dirección, y entró para ver si la señorita Blacklock estaba en casa. Dice que aguardó un poco.

—Justo. A lo mejor anduvo husmeando. O engrasando una puerta. ¿Y el coronel?

—Fue allá un día con un libro sobre la India que la señorita Blacklock había expresado deseos de leer.

—Y, ¿es cierto eso?

—La versión de la señorita B, es que hizo todo lo posible por librarse de tener que leerlo, pero que fue inútil.

—Y eso es de cajón —suspiró Craddock—. Como alguien esté decidido a prestarle a uno un libro, no hay manera de evitarlo.

—No sabemos si estuvo Edmund Swettenham allá. Contesta de una manera muy vaga. Dice que sí que solía entrar de vez en cuando para cumplir encargos de su madre, pero que cree que no ha estado recientemente.

—En otras palabras, que no hay nada concluyente.

—Nada.

Rydesdale, con una leve sonrisa:

—La señorita Marple también se ha mostrado activa. Fletcher anuncia que tomó café por la mañana en el *Pájaro Azul.* Ha ido a tomar jerez a Boulders, y a tomar el té a Little Paddocks. Ha admirado el jardín de la señora Swettenham... ha ido a ver las curiosidades indias del coronel Easterbrook.

—Quizá nos pueda decir si el coronel Easterbrook es un auténtico veterano de la India.

—Ella lo sabría, estoy de acuerdo. Parecía auténtico. Tendríamos que ponernos en contacto con las autoridades del Lejano Oriente para obtener una identificación segura.

—Y entre tanto... —Craddock se interrumpió—. ¿Cree usted que consentiría la señora Blacklock en marcharse?

—¿De Chipping Cleghorn?

—Sí. Llevarse a la fiel Bunner consigo, por ejemplo, y partir con rumbo desconocido. ¿Por qué no había de ir a Escocia a pasar unos días con Belle Goedler? Es un sitio bastante difícil de alcanzar.

—¿Alojarse y aguardar a que muera? No creo que hiciera eso. No creo que ninguna mujer de buen temperamento encontraría agradable semejante proposición.

—Se trata de salvarle la vida...

—Vamos, Craddock, no es tan fácil matar a una persona como parece usted creer.

—¿No, jefe?

—Bueno... hasta cierto punto... es bastante fácil, lo reconozco. Hay métodos de sobra. Matarratas. Preparados para matar malas hierbas. Un golpe en la cabeza mientras encierra a los patos. Un disparo desde un seto. Todo muy sencillo. Pero matar a alguien y que no se sospeche que uno lo ha hecho, eso es harina de otro costal. Y a estas horas, deben de haberse dado cuenta todos de que se hallan vigilados. El primer plan, tan cuidadosamente preparado, fracasó. Nuestro desconocido asesino tiene que inventar algo nuevo.

—Lo sé, jefe. Pero hay que tener en cuenta el elemento tiempo. La señora Goedler está moribunda... puede, morirse de un momento a otro. Eso significa que nuestro asesino no puede permitirse el lujo de esperar.

—Cierto.

—Y otra cosa, jefe. Él o ella... tiene que saber que estamos interrogando a todo el mundo.

—Y ello requiere tiempo —dijo Rydesdale, con un suspiro—. Significa que hay que hacer comprobaciones en Oriente... en la India. Sí, es un asunto largo de verdad.

—Conque ésa es otra razón para que... se dé prisa. Estoy seguro, jefe, de que el peligro es real. Está en juego una suma importante. Si Belle Goedler muere...

Se interrumpió al entrar un agente.

—El agente Legg telefonea desde Chipping Cleghorn.

—Ponga la comunicación aquí.

El inspector, que observaba a su jefe, vio cómo se le tornaban duras y rígidas las facciones.

—Está bien —dijo Rydesdale—. El detective inspector Craddock irá allí inmediatamente.

—¿Es...? —insinuó Craddock.

Rydesdale negó con la cabeza.

—No —dijo—. Es Dora Bunner. Quería aspirina. Al parecer, tomó unas tabletas del tubo que había sobre la mesilla de noche de Leticia Blacklock. Sólo quedaban unas cuantas en el tubo. Tomó dos y dejó uno. El médico ha mandado esta última para que la analicen. Dice que, desde luego, no es aspirina.

—¿Ha muerto?

—Sí; la encontraron muerta en la cama esta mañana. Murió dormida, según el médico. No parece natural, aunque andaba mal de salud. Opina que se trata de envenenamiento con un narcótico. Se ha fijado la autopsia para esta noche.

—Tabletas de aspirina junto al lecho de Leticia Blacklock. El diabólico Patrick me dijo que la señorita Blacklock tiró media botella de jerez y abrió una nueva. No creo que se le hubiera ocurrido hacer eso con un tubo de aspirina abierto. ¿Quién había estado en la casa esta vez... durante el último día o dos? No pueden haber estado mucho tiempo allí las tabletas.

Rydesdale le miró.

—Estuvo todo el grupo allí ayer —dijo—. Una fiesta. Para celebrar el cumpleaños de la señorita Bunner. Cualquiera de ellos hubiera podido subir la escalera y hacer la sustitución. O claro, cualquiera de los que viven en la casa pudo haberlo hecho en cualquier momento.

CAPÍTULO XVII
EL ÁLBUM

De pie junto a la verja de la vicaría, bien abrigada, la señorita Marple tomó la nota que le ofrecía Bunch.

—Dile a la señorita Blacklock —dijo Bunch— que Julian siente enormemente no poder ir él. Uno de sus feligreses se está muriendo en la aldea de Locke. Irá después de comer si la señorita Blacklock quiere verle. La nota se refiere a los preparativos para el entierro. Propone el miércoles si es que la indagación se celebra el martes. ¡Pobre Bunny! ¡Es tan propio de ella tomarse la aspirina envenenada en lugar de otra persona, por equivocación! Adiós, querida. Espero que no te cansará demasiado el paseo. Pero no tengo más remedio que llevar esa criatura al hospital en seguida.

La señorita Marple dijo que el paseo no la cansaría y Bunch se marchó a toda prisa.

Mientras esperaba a la señorita Blacklock, la señorita Marple miró alrededor suyo en la sala y preguntó qué habría querido decir exactamente Dora Bunner aquella mañana en el *Pájaro Azul* al asegurar que creía que Patrick había "andado con la lámpara" para conseguir que se apagaran las luces. ¿Qué lámpara? Y, ¿en qué sentido había "andado" con ella?

Debía de haberse referido, decidió la señorita Marple, a la lamparita colocada sobre la mesa pequeña junto al arco. Había dicho algo de una pastora o un pastor —y aquella lámpara era una delicada pieza de porcelana de Dresde—, un pastor con casaca azul y pantalón color rosa que sostenía lo que en otros tiempos fuera un candelabro y que ahora se había adaptado a la electricidad. La pantalla era de pergamino y un poco demasiado grande, de suerte que casi ocultaba la figura. ¿Qué otra cosa había dicho Dora Bunner? "Recuerdo perfectamente que se trataba de la pastora. Y al día siguiente..." Desde luego era un pastor ahora.

Recordó la señorita Marple que, al ir ella y Bunch a tomar el té, Dora Bunner había dicho algo de que aquella lámpara formaba parte de una *pareja*. Naturalmente, un pastor y una pastora. Y había estado allí la pastora el día del atraco. Y, al día siguiente, había estado la *otra* lámpara la que estaba aquí ahora, el pastor. Se habían cambiado las lámparas durante la noche. Y Dora Bunner había tenido motivos para creer (o había creído sin motivo) que era Patrick quien las había cambiado.

¿Por qué? Porque si se examinaba la primera lámpara se veía exactamente cómo había podido "hacer Patrick que se apagaran las luces". ¿Cómo se las había arreglado? La señorita Marple contempló atentamente la lámpara que tenía delante. El flexible pasaba por el borde de la mesa e iba enchufado a la pared. Había un interruptor pequeño, en forma de pera, aproximadamente a mitad de camino entre la lámpara y la pared. Nada de ello le sugirió nada a la anciana, porque sabía muy poco de electricidad.

¿Dónde estaría la pastora? En el cuarto vacío, si no la habían tirado, o... ¿Dónde era que Dora Bunner había sorprendido a Patrick Simmons con una pluma y la taza de aceite? ¿Entre los arbustos? La señorita Marple decidió darle a conocer todos los asuntos al detective inspector Craddock.

En un principio, la señorita Blacklock había llegado a la conclusión de que su sobrino era el autor del anuncio. Las creencias instintivas quedaban, con frecuencia, justificadas —o así opinaba la señorita Marple—. Porque, cuando una conocía bien a la gente, sabía aproximadamente qué pensaba...

Patrick Simmons...

Un joven guapo. Un joven atractivo. Un joven que a las mujeres les resultaba simpático, tanto a las jóvenes como a las viejas. La clase de hombre, quizá, con quien se habría casado Belle Goedler. ¿Podría Pip ser Patrick Simmons? Pero había estado en la Armada durante la guerra. La policía podría comprobarlo sin dificultad.

Sólo que a veces se daban las imposturas más asombrosas.

Se podía salir airoso de muchos y complicados trances, si se tenía suficiente audacia…

Se abrió la puerta y entró la señorita Blacklock. Daba la sensación, pensó la señorita Marple, de haber envejecido. Era como si hubiera perdido toda vida y energía.

—Lamento mucho turbarla en estos momentos —dijo la señorita Marple—. Pero el vicario tenía un feligrés moribundo y Bunch tuvo que llevar a toda prisa a una criatura enferma al hospital. El vicario le ha escrito a usted una nota. Téngala.

Se la tendió y la otra la tomó y abrió.

—Tenga la bondad de sentarse, señorita Marple —dijo—. Le estoy muy agradecida por habérmela traído.

Leyó la nota.

—El vicario es un hombre muy comprensivo —anunció—. No le ofrece a una consuelos fatuos… Dígale que encuentro perfectamente bien lo que propone. Su… su himno favorito era "Conduce e ilumina bondadosamente mi camino".

Se le quebró de pronto la voz.

Dijo la señorita Marple con dulzura:

—Yo soy una extraña, pero lo siento mucho, mucho…

Y brusca e irreprimiblemente, Leticia Blacklock se echó a llorar. Era un dolor lastimero, avasallador, no exento de cierta desesperación. La señorita Marple permaneció completamente inmóvil en su asiento.

La señorita Blacklock se dominó por fin. Tenía el rostro hinchado y húmedo de lágrimas.

—Lo siento —dijo—. No…, no he podido remediarlo. Me… asaltó de pronto… El pensamiento de lo que he perdido… Ella… ella era mi único eslabón con el pasado. La única que… que *recordaba*. Ahora que se ha ido me quedo completamente sola.

—Comprendo lo que quiere decir —contestó la señorita Marple—. Una *está* sola cuando la última persona que recuerda desaparece. Yo tengo sobrinos y sobrinas y amistades que no son todo bondad… pero no hay ninguno que me conociera de niña…, nadie que pertenezca a mis tiempos. Llevo mucho, mucho tiempo sola ya.

Ambas mujeres guardaron silencio unos instantes.

—Comprende usted muy bien —dijo Leticia Blacklock. Se

puso en pie y se acercó al escritorio—. He de escribir unas letras al vicario.

Agarró con cierta torpeza la pluma y escribió despacio.

—Artritis —explicó—. Hay veces que apenas puedo escribir.

Cerró el sobre y puso la dirección.

—Si a usted le fuera igual llevarlo, yo se lo agradecería mucho.

Y, al oír una voz masculina en el vestíbulo, dijo apresuradamente:

—Ése es el inspector Craddock.

Se acercó al espejo que había encima de la chimenea y se empolvó un poco la cara.

Craddock entró con la cara sombría y gesto de ira.

Miró a la señorita Marple con desaprobación.

—¡Ah —dijo—, conque *está* usted aquí!

La señorita Blacklock se apartó del espejo.

—La señorita Marple ha tenido la bondad de traerme una nota del vicario.

La señorita Marple dijo como azorada:

—Me marcho en seguida..., en seguida. No quiero estorbarle.

—¿Asistió usted a la fiesta dada aquí ayer por la tarde?

La anciana contestó nerviosa.

—No..., no. No asistí. Bunch me llevó a visitar a unos amigos.

—Entonces, nada puede usted decirme.

Craddock abrió la puerta con gesto elocuente, y la señorita Marple salió algo corrida.

—Son unas entrometidas estas viejas —dijo el inspector Craddock.

—Creo que es usted injusto con ella —contestó la señorita Blacklock—. Vino con una nota del vicario, en efecto.

—Lo creo.

—Opino que no se trataba de una curiosidad ociosa.

—Quizá tenga usted razón, señorita Blacklock, pero yo, por mi parte, diagnosticaría en este caso un ataque agudo de entrometiditis...

—Es una anciana muy inofensiva.

"Si tú supieras —pensó el inspector—: es más peligrosa que una serpiente de cascabel." Pero no tenía la menor intención de hacerle confidencias a nadie innecesariamente. Ahora que sabía definitivamente que andaba suelto por allí un asesino, cuanto menos dijera, mejor. No quería que la próxima víctima fuese Jane Marple.

—Un asesino por allí... ¿Dónde?

—No perderé el tiempo en condolencias, señorita Blacklock —dijo—. La verdad es que siento en extremo la muerte de la señorita Bunner. Debiéramos haber podido salvarla.

—No veo yo qué hubiera podido usted hacer.

—No..., no hubiera sido fácil. Pero ahora tenemos que trabajar aprisa. ¿Quién está haciendo esto, señorita Blacklock? ¿Quién ha intentado por dos veces matarla, y, si no nos damos prisa, lo intentará otra vez?

Leticia Blacklock se estremeció.

—¡No lo sé, inspector...! ¡No tengo, por ahora, la menor idea!

—He hablado con la señora Goedler. Me ha dado toda la ayuda que ha podido. No ha sido gran cosa. Hay unas cuantas personas que saldrían beneficiadas con su muerte. En primer lugar, Pip y Emma. Patrick y Julia Simmons tienen la edad precisa; pero sus antecedentes parecen claros. Sea como fuere, no podemos concentrarnos exclusivamente en esos dos. Dígame, señorita Blacklock, ¿reconocería usted a Sonia Goedler si la viese?

—¿Reconocer a Sonia? Pues claro que sí la...

Se interrumpió de pronto.

—No —dijo muy despacio—. No estoy muy segura de que pudiera. Ha transcurrido mucho tiempo. Treinta años... Será una mujer de edad ahora.

—¿Cómo era?

—¿Sonia...? —la señorita Blacklock reflexionó unos instantes—. Era más bien morena...

—¿Alguna característica especial? ¿Gestos amanerados? ¿Peculiaridades?

—No..., no, creo que no. Era alegre..., muy alegre.

—Puede no ser tan alegre ahora. ¿Tiene alguna fotografía suya?

—¿De Sonia? Deje que piense... una fotografía como es debido, no. Tengo algunas instantáneas antiguas... en un álbum no sé dónde... Creo que hay alguna de ella.

—¡Ah! ¿Podría verlo?

—Sí, claro. ¿Dónde habré puesto yo ese álbum?

—Dígame, señorita Blacklock, ¿considera usted remotamente posible que la señora Swettenham sea Sonia Goedler?

—*¿La señora Swettenham?* —La señorita Blacklock le miró con el más vivo asombro—. ¡Si su esposo fue funcionario del Estado... en la India, primero, si no me equivoco; y luego en Hong Kong!

—Lo que usted quiere decir es que ésa es la historia que ella le ha contado. No lo sabe usted, como decimos en los tribunales, de su propio conocimiento.

—No —asintió lentamente la señorita Blacklock—. Por mí propia, no lo sé, en efecto. Pero, ¿la señora Swettenham? ¡Oh, es absurdo!

—¿Trabajó Sonia Goedler alguna vez en el teatro? ¿En teatro de aficionados?

—Sí; y era buena actriz.

—Ahí tiene. Y, otra cosa, la señora Swettenham lleva peluca. Por lo menos —enmendó el inspector—, la señora Harmon lo asegura.

—Sí..., sí, supongo que podrá ser una peluca. Todos esos ricitos grises... Pero sigo creyéndolo absurdo. Es, en realidad, muy agradable... y graciosísima, a veces.

—Luego, hay las señoritas Hinchcliff y Murgatroyd. ¿Podría ser cualesquiera de ellas Sonia Goedler?

—La señorita Hinchcliff es demasiado alta. Es tan alta como un hombre.

—¿La señorita Murgatroyd, entonces?

—¡Oh, pero..., oh, no! Estoy segura de que la señorita Murgatroyd no podría ser Sonia.

—No ve usted muy bien, ¿verdad, señorita Blacklock?

—Soy miope. ¿Es eso lo que quiere decir?

—Sí. Lo que quisiera ver es una instantánea de Sonia Goedler aun cuando sea muy antigua y no se le parezca demasiado. Estamos entrenados, ¿sabe?, para distinguir detalles y parecidos mucho mejor que la mayoría de la gente.

—Procuraré encontrársela.

—¿Ahora?

—¡Cómo! ¿Inmediatamente?

—Lo preferiría.

—Está bien. Deje que piense... Vi ese álbum cuando estábamos poniendo en orden un montón de libros que sacamos del armario. Me estaba ayudando Julia. Recuerdo que se rio de la ropa que llevábamos en aquellos tiempos... Los libros los pusimos en el estante de la sala. ¿Dónde colocamos el álbum y los tomos grandes de *La Ilustración Artística* encuadernada? ¡Qué mala memoria tengo! Quizá lo recuerde Julia. Está en casa hoy.

—La buscaré.

Marchó el inspector. No encontró a Julia en ninguna de las habitaciones de la planta baja. Al preguntar a Mitzi dónde estaba la señorita Simmons, contestó, malhumorada, que esto no era cuenta suya.

—Yo, yo me quedo en mi cocina y me preocupo de la comida. Y nada como que no me haya guisado yo misma. Nada, ¿me oye?

El inspector llamó escaleras arriba.

—¡Señorita Simmons!

Y, al no obtener respuesta, subió.

Se encontró cara a cara con Julia cuando dobló la esquina del descansillo. Acababa de salir de una puerta tras la cual se veía una escalera pequeña y retorcida.

—Me encontraba en el ático —dijo—. ¿Qué desea?

El inspector Craddock se lo explicó.

—¿Esos álbumes antiguos de fotografías? Sí, los recuerdo perfectamente. Creo que los metimos en el armario del estudio. Los buscaré.

Le condujo a la planta baja y abrió la puerta del estudio. Cerca de la ventana había un armario grande. Julia lo abrió, exhibiendo una heterogénea colección de objetos.

—Porquería —dijo—, nada más que porquería. Pero la gente de edad se *niega* a tirar nada.

El inspector se arrodilló y sacó un par de álbumes anticuados del estante inferior.

—¿Son éstos?

—Sí.

—Téngalos.

La señorita Blacklock entró y se reunió con ellos.

—¡Ah! Conque *ahí* es donde los pusimos. No lograba recordar.

Craddock tenía los tomos encima de la mesa y estaba pasando las hojas.

Mujeres con sombreros grandes que parecían ruedas de carro. Mujeres con vestidos que se iban haciendo más estrechos hacia abajo, dándoles aspecto de peonza y casi imposibilitándolas para andar. Las fotografías llevaban letreritos debajo, pero la tinta era antigua y había palidecido.

—Sería éste —dijo la señorita Blacklock—. En la página segunda o tercera. El otro tomo es de después de marcharse Sonia y cuando ya se había casado.

Pasó una página.

—Debiera estar aquí —dijo.

Y calló.

Había varios espacios vacíos en la página. Craddock se inclinó y logró descifrar la pálida inscripción: "Sonia... Yo... R. G." Un poco más allá: "Sonia y Belle en la playa". Y en la página opuesta: "Merienda y Skeyne". Pasó otra página: "Charlotte, Yo, Sonia, R. G."

Craddock se irguió. Tenía una expresión dura en su semblante.

—*Alguien ha arrancado estas fotografías...* y no hace mucho tiempo, en mi opinión.

—No había ningún hueco cuando lo miramos el otro día, ¿verdad, Julia?

—No miré con mucha atención..., sólo algunos de los vestidos. Pero, no..., tienes razón, tía Letty, no *había* ningún espacio en blanco.

La expresión de Craddock se hizo más dura aún.

—Alguien —dijo— ha arrancado todas las fotografías de Sonia Goedler en este álbum.

CAPÍTULO XVIII
LAS CARTAS

I

—Siento tener que volver a molestarla, señora Haymes.

—No se inquiete —dijo Phillipa, con frialdad.

—¿Entramos en este cuarto?

—¿El estudio? Si usted quiere, sí, inspector. Hace mucho frío. No hay fuego.

—No importa. Es para poco rato. Y no es tan fácil que nos oiga nadie aquí.

—¿Importa eso?

—A mí, no, señora Haymes. Pero pudiera importarle a usted.

—¿Qué quiere decir con eso?

—Creo que me dijo, señora Haymes, que a su marido le mataron luchando en Italia.

—¿Bien?

—¿No hubiera resultado más sencillo decirme la verdad... que era desertor de su regimiento?

La vio palidecer y las manos se le crisparon.

Dijo con amargura:

—¿Es necesario que saquen ustedes a relucir *todo eso*?

Craddock contestó con sequedad:

—Esperamos que la gente nos diga la verdad acerca de sí misma.

Guardó ella silencio. Luego repitió:

—¿Bien?

—¿Qué quiere decir con ese "¿Bien?", señora Haymes?

—Quiero decir: ¿qué piensa hacer de eso?, ¿decírselo a todo el mundo? ¿Es necesario...? ¿Es justo...? ¿Es misericordioso?

—¿Lo sabe alguien?

—Aquí, nadie. Harry —cambió su voz—, mi hijo, no lo sabe. No quiero que lo sepa. No quiero que lo sepa... jamás.

—Entonces permítame que le diga que está usted corriendo un riesgo muy grande, señora Haymes. Cuando el niño sea lo bastante grande para comprender, dígale la verdad. Si la averigua por su cuenta algún día..., no le irá nada bien. Si sigue usted llenándole de cuentos de que su padre murió como un héroe...

—No hago eso. No soy del todo falsa. Me limito a no hablar del asunto, a su padre le... le mataron en la guerra. Después de todo, esto es lo que representa..., para nosotros.

—Peto..., ¿su marido aún está vivo?

—¡Quizá! ¿Cómo quiere que lo sepa yo?

—¿Cuándo le vio por última vez, señora Haymes?

Hace años que no le veo.

—¿Está usted completamente segura de que eso es cierto? ¿No le vio usted, por ejemplo, hace cosa de quince días?

—¿Qué es lo que usted sugiere?

—Nunca me pareció muy probable que se encontrara usted con Rudi Scherz en el invernadero. Pero Mitzi contó la historia con mucho énfasis. Sugiero, señora Haymes, que el hombre a quien volvió usted a ver era su marido.

—No me entrevisté con nadie en el invernadero.

—¿Andaba mal de dinero, quizás, y usted le proporcionó una cantidad?

—Le digo que no le he visto. No me entrevisté con nadie en el invernadero.

—Los desertores son, a veces, gente desesperada. Con frecuencia toman parte en robos. En atracos. Cosas por el estilo. *Y poseen, muy a menudo, revólveres de fabricación extranjera que han traído de ultramar.*

—No sé dónde está mi marido. Hace años que no lo veo.

—¿Es ésta su última palabra, señora Haymes?

—¿Es necesario que saquen ustedes a relucir todo eso?

—No tengo nada más que decir.

II

Craddock dejó a Phillipa Haymes y marchó furioso y decepcionado.

—Más testaruda que una mula —se dijo con ira.

Estaba casi seguro de que la muchacha mentía; pero no había logrado que lo confesase.

Le hubiera gustado saber algo más del ex capitán Haymes. Su información era escasa. Antecedentes nada satisfactorios en el Ejército, pero nada que sugiriese que Haymes pudiera convertirse en criminal.

Y, en cualquier caso, Haymes no encajaba con la puerta engrasada.

Alguien de la casa había hecho aquello o alguien que tenía fácil acceso a ella.

Se quedó mirando escaleras arriba y de pronto se preguntó qué habría estado haciendo Julia en el ático. Un ático, se dijo, era el último sitio en que se le ocurriría meterse a una muchacha tan melindrosa como ella.

—¿Qué había estado haciendo allá arriba?

Subió al piso. No había nadie por allí. Abrió la puerta por la que saliera Julia y subió la estrecha escalera que conducía al ático.

Había baúles allí, maletas viejas, varios muebles rotos, una silla sin patas, una lámpara de porcelana rota, parte de una vasija.

Se volvió hacia donde estaban los baúles y abrió uno de ellos.

Ropa. Anticuada. Y de bastante buena calidad. Ropa que pertenecía, supuso, a la señorita Blacklock o a su difunta hermana.

Abrió otro baúl. Cortinas.

Abrió un maletín. Contenía papeles. Y cartas. Cartas muy antiguas. Amarillas de puro viejas.

Miró el exterior del maletín, que llevaba grabadas las iniciales C.L.B. Dedujo que había sido propiedad de Charlotte, la hermana de Leticia. Desplegó una de las cartas. Empezaba: *Mi muy querida Charlotte: Ayer Belle se sintió lo bastante bien para salir de merienda. R. G. también se tomó un día de fiesta. La flotación Asvogel ha dado un resultado magnífico. R. G. está encantadísimo. Las acciones preferentes se cotizan con premio.*

Se saltó lo demás y miró la firma:
Tu querida hermana, Leticia.
Tomó otra.

Querida Charlotte: Me gustaría que te decidieras alguna vez a ver a la gente. Exageras un poco la nota, ¿sabes? No es, ni con mucho, tan desagradable como tú crees. Ya a la gente no le molesta en realidad una cosa así. No desfigura tanto como a ti te parece.

Movió afirmativamente la cabeza. Recordó que Belle Goedler había dicho que Charlotte tenía una especie de deformación. Leticia había acabado por renunciar a su empleo para ir a cuidar a su hermana. Aquellas cartas respiraban todas el espíritu de ansiedad de su cariño y su afecto por una inválida. Le había escrito a su hermana, al parecer, largos relatos de los acontecimientos diarios, de todo detalle que creyó pudiera interesar a una muchacha enferma. Y Charlotte había conservado aquellas cartas. De vez en cuando se habían enviado con ellas algunas instantáneas.

De pronto se sintió Craddock invadido de excitación. Quizás encontraría allí una pista. En aquellas cartas había escritos detalles que la propia Leticia Blacklock habría olvidado mucho tiempo antes. Allí había un cuadro fiel del pasado y, en alguna parte de él, podría haber un indicio que le ayudaría a identificar lo desconocido. Fotografías también. Cabía la posibilidad de que hubiera un retrato de Sonia Goedler allí, de cuya existencia no estuviese enterada la persona que había arrancado los del álbum.

El inspector Craddock empaquetó las cartas otra vez, cerró el maletín y empezó a bajar la escalera.

Leticia Blacklock, a pie en el descansillo, le miró con asombro.

—¿Era usted el que estaba en el ático? Oí pisadas. No lograba imaginarme quién…

—Señorita Blacklock, he encontrado unas cartas escritas por

usted a su hermana Charlotte hace muchos años. ¿Me permitirá que me las lleve para leerlas?

Se le encendió el rostro a la mujer, de ira.

—¿Es necesario que haga una cosa así? ¿Por qué? ¿De qué pueden servirle?

—Pudieran proporcionarme una descripción de Sonia Goedler, de su carácter... puede haber alguna alusión... algún incidente... que sea de ayuda.

—Son cartas particulares, inspector.

—Lo sé.

—Supongo que se las llevará, de todas formas. Tendrá poderes para hacerlo, o podrá obtenerlos sin dificultad. Lléveselas... ¡Lléveselas! Pero encontrará en ellas muy poca cosa de Sonia. Se casó y se marchó un año o dos después de empezar yo a trabajar con Randall Goedler.

Craddock dijo con testarudez.

—Puede haber *algo.*

Y agregó:

—Tenemos que probarlo todo. Le aseguro a usted que el peligro es real.

Ella contestó mordiéndose los labios:

—Lo sé. Bunny ha muerto... por tomarse una aspirina que se tenía la intención de que la tomase yo. Puede tocarle la vez a Patrick, o a Julia, o a Phillipa, o a Mitzi a continuación... alguna persona joven que aún tiene toda la vida por delante. Alguien que se beba un vaso de vino, que se sirva de mí, o que se coma un bombón que a mí me hayan enviado. Oh, llévese las cartas..., lléveselas. Y después, quémelas. No representan nada para nadie más que para Charlotte y para mí. Todo acabó..., se fue..., pasó. Nadie recuerda ahora...

Se llevó la mano al collar de perlas que lucía. Craddock pensó en lo incongruente que resultaba con la chaqueta y la falda de mezclilla.

Dijo ella otra vez:

—Llévese las cartas.

III

Fue a la tarde siguiente cuando el inspector hizo una visita a la vicaría.

Era un día oscuro y ventoso.

La señorita Marple había acercado su sillón todo lo posible el fuego, y estaba haciendo ganchillo. Bunch se arrastraba por el suelo a cuatro patas cortando tela con un patrón.

Se sentó sobre los talones y apartó el pelo de los ojos, mirando con excitación a Craddock.

—No sé si será un abuso de confianza —dijo el inspector, dirigiéndose a la señorita Marple—; pero me gustaría que leyese usted esta carta.

Explicó las circunstancias de su descubrimiento en el ático.

—Es una colección de cartas bastante conmovedoras —dijo—. La señorita Blacklock le contaba todo con la esperanza de mantener vivo el interés de su hermana en la vida y conseguir que conservara la salud. Hay un cuadro muy claro del padre... el viejo doctor Blacklock. Un hombre autoritario y terco, de costumbres completamente cimentadas, convencido de que lo que él decía y hacía estaba bien. Es muy probable que matara a miles de pacientes por su testarudez. No admitía de ninguna manera las ideas ni procedimientos nuevos.

—No le culpo demasiado por eso —aseguró la señorita Marple—. Siempre me ha dado la sensación de que los médicos jóvenes tienen demasiadas ganas de experimentar. Después de arrancarle a una todos los dientes, de administrar cantidades de glándulas muy extrañas, y de quitarle trocitos de sus interioridades, acaban diciéndole que no pueden hacer nada. Prefiero los remedios antiguos de botellas negras, grandes, de medicina.

Tomó la carta que le entregó Craddock.

—Quiero que la lea, porque creo que usted comprenderá mejor que yo a esa generación. Yo no sé con exactitud cómo les funciona la mente.

La señorita Marple desplegó el frágil papel:

Mi muy querida Chartotte:
No te he escrito en dos días porque hemos tenido unas complicaciones domésticas terribles. La hermana de Randall, Sonia (¿la recuerdas? ¿La que fue a sacarte en el coche aquel día?) ¡Cuánto me gustaría que salieras más! Sonia ha declarado su intención de casarse con un tal Dimitri Stamfordis. Sólo le he visto una vez. Muy atractivo —y muy poco de confianza, en mi opinión—. R. G. despotrica contra él y dice que es un criminal y un estafador. Belle, bendita sea, se limita a sonreír, echada en un sofá. Sonia, que aunque parece tan impasible, tiene, en realidad, un genio terrible, está furiosa con R. G. ¡Creí de verdad que iba a asesinarle ayer!
He hecho todo lo que he podido. He hablado con Sonia y he hablado con R. G., y he conseguido que ambos sean más razonables. Pero, en cuanto se juntan, empiezan con lo mismo otra vez. No puedes darte ni idea de lo que esto llega a cansar. R. G. ha estado investigando, y sí que parece que ese Stamfordis es del todo indeseable.
Entretanto, se *está descuidando el negocio. Yo llevo la oficina y, hasta cierto punto, resulta divertido, porque R. G. me da carta blanca. Me dijo ayer: "Gracias a Dios que hay una persona cuerda en el mundo. No es fácil que llegues tú nunca a enamorarte de un criminal, ¿eh, Blackie?" Le dije que no era fácil que me enamorase de nadie. R. G. dijo: "Levantemos unas cuantas liebres más en la Bolsa". Es travieso como un diablillo a veces, y anda muy cerca de ponerse al margen de la Ley. "Estás completamente decidida a mantenerte dentro de la senda del bien, ¿eh, Blackie? A impedir que me descarríe", me dijo el otro día, ¡vaya si pienso hacerlo! No acabo de comprender cómo es posible que haya gente incapaz de darse cuenta de cuándo es fraudulenta una cosa —pero la verdad es que R. G. no sabe distinguir en este aspecto. Sólo conoce lo que es completa y claramente contrario a la Ley—, lo que constituye delito ante los tribunales.*
Belle se limita a reírse de todo esto. Le parece que toda esta preocupación por Sonia es una tontería. "Sonia tie-

ne dinero propio —dijo—. ¿Por qué no ha de casarse con ese hombre si lo desea?" Yo dije que pudiera resultar una equivocación terrible y Belle dijo: "Nunca es un error casarse con el hombre con que una quiere casarse... aunque luego se arrepienta". Y luego dijo: "Supongo que Sonia no quiere romper con Randall por el dinero. A Sonia le gusta mucho el dinero".

Y nada más, por ahora. ¿Cómo está papá? No diré "Dale mi amor. Abrázale cariñosamente de mi parte". Pero puedes hacerlo, si lo consideras preferible. ¿Has visto a más gente? No debes volverte morbosa, querida.

Sonia pide que te dé recuerdos suyos. Acaba de entrar, y se afila las uñas. Creo que ha tenido otra riña con R. G. Claro que Sonia sabe ser muy irritante. Se impone a cualquiera, está cerrando y abriendo las manos como gato enfurecido con esa mirada suya tan sostenida y fría.

Muchos abrazos, querida, y anímate. Este tratamiento a base de yodo puede ser la solución. He estado investigando y sí que parece dar muy buenos resultados.

Tu hermana que mucho te quiere,

LETICIA.

La señorita Marple dobló la carta y la devolvió. Parecía distraída.

—Bueno, ¿y qué opina usted de ella? —la instó a que le dijera Craddock—. ¿Qué impresión saca?

—¿De Sonia? Es difícil, ¿sabe?, ver a alguien a través de la mente de una tercera persona... Decidida a salirse con la suya..., eso, desde luego, creo yo. Y ansiosa de disfrutar de lo mejor de dos mundos...

—*Cerrando y abriendo las manos como un gato enfurecido* —murmuró Craddock—. ¿Sabe que eso me recuerda a alguien?

Frunció el entrecejo.

—Ha estado investigando... —murmuró la señorita Marple.

—Si lográramos encontrar el resultado de esas investigaciones... —dijo Craddock.

—¿Te recuerda la carta algo de St. Mary Mead? —inquirió Bunch, no muy claramente, porque tenía la boca llena de alfileres.

—En verdad que no puedo decir que así sea, querida... El doctor Blacklock se parece, quizás, un poco al señor Curtiss, pastor de la iglesia wesleyana. No quiso permitir que su hija llevara una placa entre los dientes. Dijo que si a su hija le quedaban los dientes salidos, voluntad del Señor sería. "Después de todo —le dije yo—, usted arregla la barba y se corta el pelo." Dijo que eso era distinto. ¡Cosas de hombres! Pero eso no nos ayuda con nuestros problemas de ahora.

—Aún —notó Craddock— no hemos conseguido averiguar de dónde salió el revólver. No era propiedad de Rudi Scherz. Si supiese quién había tenido un revólver en Chipping Cleghorn...

—El coronel Easterbrook tenía uno —dijo Bunch—. Lo guardaba en el cajón de los cuellos.

—¿Cómo lo sabe usted, señora Harmon?

—Me lo dijo la señora Butt. Es la que me ayuda diariamente a hacer la limpieza. Mejor dicho, bisemanalmente. Dijo que, puesto que el coronel era militar, resultaba natural que tuviese revólver.

—¿Cuándo le dijo a usted eso?

—Hace tiempo. Cosa de seis meses, creo yo.

—¿El coronel Easterbrook? —murmuró Craddock.

—Parece una de esas ruletas de feria, ¿verdad? —dijo Bunch con la boca llena de alfileres aún—. Da vueltas y más vueltas y para en un sitio distinto cada vez.

—¡A mí me lo dice! —exclamó Craddock.

—El coronel Easterbrook estuvo un día en Little Paddocks a dejar un libro. Hubiera podido engrasar la puerta entonces. Pero dijo inmediatamente que había estado allí. No anduvo con tapujos. No fue en eso como la señora Hinchcliff.

La señorita Marple tosió discretamente.

—Ha de tener en cuenta los tiempos en que vivimos, inspector —dijo.

Craddock la miró sin comprender.

—Después de todo —dijo la señorita Marple—, usted es de la policía, ¿eh? La gente no puede decirle todo lo que quisiera decir a la policía, ¿verdad?

—No veo yo por qué no —contestó Craddock—, a menos que tengan algo criminal que ocultar.

—Se refiere a la mantequilla —dijo Bunch, arrastrándose alrededor de la pata de la mesa para anclar un trozo de papel que flotaba—. Mantequilla, y trigo para las gallinas, y a veces, leche... y a veces, incluso, un trozo de tocino.

—Enséñale esa nota de la señorita Blacklock —dijo la señorita Marple—. Es de hace algún tiempo ya, pero parece una novela detectivesca.

—¿Qué he hecho de ella? ¿Es de ésta la que quieres decir, tía Jane?

—Sí —dijo con satisfacción—; ésta es.

Se la entregó al inspector.

He hecho pesquisas; "el jueves es el día" —había escrito la señorita Blacklock—. *"A cualquier hora después de las tres. Si hay para mí, déjalo en el sitio de costumbre."*

Bunch escupió los alfileres y se echó a reír. La señorita Marple estaba observando el rostro del inspector.

La esposa del vicario asumió el trabajo de explicar.

—El jueves es el día en que una de las granjas de por aquí hacen mantequilla. Le venden un poco a quien la quiere. Generalmente, es la señorita Hinchcliff quien la recoge. Está muy bien relacionada con todos los granjeros, yo creo que porque cría cerdos. Pero todo ello es muy secreto, ¿sabe? Una especie de acuerdo local de intercambio. Una persona recibe mantequilla, y manda a cambio pepinos o algo así... y alguna cosilla cuando mata el cerdo. Y, de cuando en cuando, a un animal le ocurre un accidente y hay que matarle. Ya sabe usted lo que pasa. Sólo que, claro está, eso no se le puede decir claramente a la policía. Porque supongo que mucho de este intercambio es ilegal..., sólo que nadie lo sabe, en realidad, porque todo lo del racionamiento es tan complicado. Pero supongo que Hinch había entrado en Little Paddocks y había dejado una libra de mantequilla o algo así en el *sitio de costumbre.* Por cierto, que el sitio de costumbre es un arcón de harina que hay debajo del aparador. No tiene harina dentro.

Craddock exhaló un suspiro.

—Me alegro de haberlas venido a ver, señoras —dijo.

—Solía haber cupones de ropa también —dijo Bunch—. No se compraban generalmente, eso no se consideraba honrado. Pero a la gente como la señora Butt, o la señora Finch, o la señora Higgins, les gusta un vestido bonito de lana, o un gabán de invierno que no esté demasiado usado, y pagan por él con cupones de racionamiento en lugar de dinero.

—Más vale que no me cuente más —dijo Craddock—. Todo eso es contrario a la ley.

—Pues entonces no debiera haber leyes tan estúpidas —dijo Bunch, llenándose la boca de alfileres otra vez—. Yo no lo hago, claro está, porque a Julian no le gusta que lo haga, conque no lo hago. Pero sé lo que pasa, naturalmente.

El inspector empezaba a sentir una especie de desesperación.

—Todo ello parece tan corriente y vulgar... —musitó—. Pequeñeces sencillas y hasta cómicas. Y, sin embargo, han matado a una mujer y a un hombre, y es posible que maten a otra mujer antes de que encuentre indicio alguno concreto que me permita entrar en acción. He dejado de preocuparme por Pip y Emma, de momento. Había una instantánea o dos con esas cartas, pero ninguna podía haber sido de ella.

—¿Cómo sabe usted que no podía haber sido ella?

—¿Sabe usted qué aspecto tenía?

—La señorita Blacklock dijo que era pequeña y morena.

—Caramba —murmuró la señorita Marple—, eso es *muy* interesante.

"Había una instantánea que me recordaba vagamente a alguien. Una muchacha alta, rubia, con todo el cabello peinado encima de la cabeza. No sé quién puede haber sido. ¿Usted cree que la señora Swettenham pudo ser morena de joven?

—No mucho —dijo Bunch—. Tiene los ojos azules.

—Confiaba encontrar una fotografía de Dimitri Stamfordis..., pero supongo que eso era demasiado esperar... Bueno —recogió la carta—, siento que esto no le sugiera nada, señorita Marple.

—¡Ah, pero sí que me sugiere! —aseguró la anciana—. Sugiere muchas cosas. Vuélvala a leer, inspector..., sobre todo la parte en que dice que Randall Goedler estaba investigando acerca de Dimitri Stamfordis.

Craddock se la quedó mirando.

Sonó el timbre del teléfono.

Bunch se levantó del suelo y salió al vestíbulo, donde de acuerdo con la tradición se había colocado el aparato.

Volvió a entrar en la estancia para decirle a Craddock:

—Es para usted.

Levemente sorprendido, el inspector salió.

—¿Craddock? Rydesdale al habla.

—Diga, jefe.

—He estado examinando su informe. En la entrevista que celebró con Phillipa Haymes, veo que asegura firmemente que no ha visto a su marido desde que desertó del Ejército.

—Así es, jefe. Se mostró la mar de enfática. Pero, en opinión mía, no estaba diciendo la verdad.

—Estoy de acuerdo con usted. ¿Recuerda usted el caso, hace diez días, en que un camión atropelló a un hombre que fue trasladado al hospital de Milchester con conmoción cerebral y fractura de la pelvis?

—¿El individuo que salvó a una criatura sacándola como quien dice de debajo de las ruedas del camión y que, como consecuencia, fue atropellado él?

—El mismo. No llevaba documento alguno, y nadie se presentó a identificarle. Daba la sensación de que, a lo mejor, era un fugitivo. Murió anoche sin recobrar el conocimiento. Pero se le ha identificado. Era un desertor del Ejército, Royal Haymes, ex capitán del regimiento South Loamshire.

—¿El marido de Phillipa Haymes?

—Sí. Y, a propósito, se le encontró en el bolsillo un billete del autobús Chipping Cleghorn... y una cantidad bastante regular de dinero.

—Conque, ¿le sacó dinero a su mujer, después de todo? Siempre creí que había sido él aquel con quien Mitzi la oyó hablar en el invernadero. Lo negó rotundamente, claro está. Pero ese accidente, jefe, sería antes de que...

Rydesdale le quitó seguidamente las palabras de la boca.

—Sí; le llevaron al hospital el día 28. El atraco de Little Paddocks fue el 29. Eso le elimina como posible participante en el asunto. Pero su esposa, claro está, no sabía una palabra del accidente. Es posible que pensara, desde el primer momento, que sí que estaba complicado su marido en el atraco. Y callaría, como es natural. Después de todo, era su marido.

—Fue un acto de bastante valor, ¿eh, jefe? —inquirió lentamente Craddock.

—¿El salvar la vida a la criatura? Sí. De bastante valor. No supongo que desertara Haymes del Ejército por cobardía. Bueno, todo eso pasó ya a la historia. Para un hombre que había echado un borrón sobre su vida, fue una buena muerte.

—Me alegro por ella —dijo el inspector—. Y por su hijo.

—En efecto. No tiene por qué avergonzarse de su padre. Y la muchacha podrá volver a casarse ahora si quiere.

Craddock dijo muy despacio:

—Estaba pensando en eso, jefe... Abre... posibilidades.

—Más vale que le dé usted mismo la noticia, puesto que se encuentra allí.

—Lo haré. Iré ahora mismo. O quizá sea mejor que aguarde hasta que regrese a Little Paddocks. Podría resultar para ella una sacudida demasiado fuerte... y hay otra persona con la que me gustaría hablar primero.

CAPÍTULO XIX
RECONSTRUCCIÓN DEL CRIMEN

I

—Pondré una lámpara junto a ti antes de irme —dijo Bunch—. Está tan oscuro aquí... Creo que va a haber tormenta.

Alzó la pequeña lámpara y la colocó en el otro lado de la mesa, donde iluminara la labor que estaba haciendo la señorita Marple sentada en la silla de respaldo alto.

Al extenderse el flexible sobre la mesa, el gato *Tiglath Pileser* saltó sobre él y lo mordió y le dio furiosos zarpazos.

—*No, Tiglath Pileser,* no debes hacer eso... Es verdaderamente terrible. Fíjate, casi lo has partido de un mordisco. Está todo pelado. ¿No comprendes, gatito idiota, que puedes recibir una descarga eléctrica si haces eso?

—Gracias, querida —dijo la señorita Marple, alargando la mano para encender la lámpara.

—No se enciende por ahí. Hay que apretar ese interruptor tan absurdo que hay a la mitad del flexible. Aguarda. Quitaré las flores del paso.

Alzó un jarrón de rosas de Navidad por encima de la mesa. *Tiglath Pileser,* meneando la cola, alargó una pata juguetona y le dio un zarpazo a Bunch en el brazo. Ésta derramó parte del agua del jarrón que regó la parte pelada del cable eléctrico y al propio *Tiglath Pileser,* que saltó al suelo con un bufido de indignación.

La señorita Marple oprimió el interruptor en forma de pera. Donde el agua había caído sobre el cable descubierto, saltó un chispazo.

—¡Ay, Señor! —exclamó Bunch—. Se ha fundido. Ahora supongo que nos hemos quedado por completo sin luz en el cuarto —probó las demás luces—. Sí; están fundidas todas. ¡Qué estupidez ir todas con el mismo fusible! Y se ha quemado la mesa también... Malo *Tiglath Pileser...*, la culpa es suya. Tía Jane, ¿qué pasa? ¿Te sobresaltó?

—No es nada, querida. Sólo que vi repentinamente lo que debí haber visto antes...

—Iré a arreglar el fusible y te traeré la lámpara del despacho de Julian.

—No, querida; no te molestes. Perderás el autobús. No quiero más luz. Sólo quiero estar sentada tranquila... para pensar. Date prisa, querida, o no alcanzarás el autobús.

Una vez se hubo ido Bunch, la anciana permaneció inmóvil unos dos minutos. El ambiente del cuarto se había tornado bochornoso y amenazador como consecuencia de la tormenta que se preparaba fuera.

La señorita Marple tomó un papel.

Escribió primero: ¿Lámpara?, y lo subrayó.

Al cabo de un minuto o dos, escribió otra palabra.

El lápiz corrió luego por el papel, trazando notas breves y misteriosas...

II

En la oscura sala de Boulders, con su techo bajo y ventanas cubiertas de celosías, las señoritas Hinchcliff y Murgatroyd estaban discutiendo.

—Lo que a ti te pasa, Murgatroyd —dijo la señorita Hinchcliff— es que no quieres *probar*.

—Te digo, Hinch, que no me acuerdo de nada.

—Escucha, Amy Murgatroyd, vamos a pensar un poco constructivamente. Hasta ahora, no nos hemos distinguido demasiado como detectives. Me equivoqué por completo en la cuestión de la puerta. Tú no la mantuviste abierta para ayudar al ladrón, después de todo. ¡Quedas absuelta, Murgatroyd!

La señorita Murgatroyd sonrió algo acuosamente.

—Ha querido la suerte que la mujer que viene a hacernos la limpieza sea la única de Chipping Cleghorn que sepa callar —continuó la señorita Hinchcliff—. Normalmente, me alegro de que así sea; pero esta vez significa que trabajamos con desventaja. Todo el pueblo está enterado de que esa segunda puerta de la sala se usó... y nosotras sólo nos enteramos de ello ayer...

—Sigo sin comprender cómo...

—Es muy sencillo. Nuestras premisas primeras son acertadas. No se puede sostener abierta una puerta, agitar una lámpara y disparar un revólver todo al mismo tiempo. Conservamos el revólver y la lámpara y eliminamos la puerta. Bueno, pues cometimos un error. Era el revólver lo que debíamos haber eliminado.

—Pero "sí" que llevaba revólver —dijo la señorita Murgatroyd—. Lo vi yo. Estaba en el suelo, a su lado.

—Cuando estaba muerto, sí. Todo está la mar de claro. Él no disparó ese revólver...

—Entonces, ¿quién lo disparó?

—Eso es lo que vamos a averiguar. Pero, quienquiera que fuese, esa misma persona colocó un par de aspirinas envenenadas en la mesita de noche de Leticia Blacklock... y como consecuencia de ello, mató a Dora Bunner. Y no puede haber hecho eso Rudi Scherz, porque está más muerto que un cadáver. Fue alguien que se encontraba en la sala aquella noche del atraco, y probablemente alguien que asistió a la celebración del cumpleaños de Dora también. Con lo cual la única persona eliminada es la señora Harmon.

—¿Tú crees que alguien puso allí las aspirinas la tarde de la fiesta de Bunner?

—¿Por qué no?

—Pero, ¿cómo iban a poder hacerlo?

—Todos fuimos al *water,* ¿no? —dijo la señorita Hinchcliff groseramente—. Y yo me lavé las manos en el cuarto de baño por culpa de ese pastel tan pegajoso. Y la dulcísima Easterbrook se empolvó la mugrienta carita que tiene, en la alcoba de la Blacklock, ¿eh?

—¡Hinch! ¿Tú crees que *ella*...?

—Aún no lo sé. Pero si fue ella, bien estúpida resultó. No creo que si tú pensaras dejar unas tabletas envenenadas allí, querrías que te viese nadie en esa alcoba. Ah, sí, oportunidades sobraron.

—Los hombres no subieron la escalera.

—Hay otra escalera en la puerta de atrás. Después de todo, si un hombre sale de la habitación, una no le sigue para saber si va adonde dice que va. ¡No resultaría delicado! Sea como fuere, no *discutas,* Murgatroyd. Quiero volver al primer atentado cometido. Ahora, para empezar, métete en la cabeza los datos, porque todo depende de ti.

La señorita Murgatroyd se alarmó.

—¡Oh, Hinch, querida, tú ya sabes los líos que yo me armo!

—No se trata del cerebro, ni de esa pelusilla gris que en ti hace veces de tal. Es cuestión de *ojos*. Se trata de lo que *viste.*

—Pero ¡si yo no vi nada!

—Lo que a ti te pasa, Murgatroyd, como dije hace unos momentos, es que no quieres *probar*. Ahora presta atención. Esto es lo que sucedió. Quienquiera que se las tenga juradas a Leticia Blacklock se encontraba en la sala aquella noche. Él (digo él porque resulta más fácil, pero no hay más motivos para creer que se trata de un hombre que de una mujer, salvo que, claro está, los hombres son todos unos sinvergüenzas); bueno, él ha engrasado previamente la segunda puerta de la sala que se suponía clavada o algo así. No me preguntes *cuándo* lo hizo, porque eso sólo servirá para enredar las cosas. En realidad, escogiendo el momento, podría yo entrar en cualquier casa de Chipping Cleghorn y hacer lo que me diera la gana dentro durante media hora, o así, sin que nadie se enterase. Todo es cuestión de calcular dónde se encuentra cada una de las mujeres de limpieza, cuando se hallan fuera los inquilinos, adónde han ido, y cuánto rato estarán ausentes. Mero trabajo de principiante. Y ahora, prosigamos.

"Han engrasado esa segunda puerta. Puede abrirse ya sin hacer el menor ruido. He aquí la escena: Las luces se apagan. La puerta A (la corrientemente usada) se abre de golpe. Movimiento de lámpara de bolsillo y las palabras de ritual. Entretanto, mientras nosotros miramos boquiabiertos, X (ése es el mejor término que emplear) sale silenciosamente por la puerta B al pasillo oscuro, se acerca por detrás de ese idiota de suizo, le dirige un par de disparos a Leticia Blacklock y luego mata al suizo. Deja el revólver donde los de mente tan perezosa como la tuya lo creerán prueba de que fue el suizo quien disparó, y vuelve a la sala para cuando alguien ha conseguido que prenda su encendedor. ¿Lo has comprendido?

—Sí..., sííí. Pero ¿quién fue?

—Pues si tú no lo sabes, Murgatroyd, no hay quien lo sepa.

—*¿Yo?* —tremoló más que dijo la señorita Murgatroyd—. Pero, ¡si yo no sé *absolutamente nada*! ¡De *veras* que no!

—Usa esa peluca que llamas sesos. En primer lugar, ¿dónde estaba todo el mundo cuando se apagaron las luces?

—No lo sé.

—Sí que lo sabes. Eres capaz de enloquecer a cualquiera, Murgatroyd. Sabes dónde estabas tú, ¿verdad? Estabas detrás de la puerta.

—Sí..., sí que estaba. Me dio en el callo cuando se abrió de golpe.

—¿Por qué no vas a un callista como es debido en lugar de andarte tú en los pies...? El día menos pensado te provocarás una infección. Vamos, *tú estás* detrás de la puerta. *Yo estoy* de pie junto a la chimenea, con la lengua colgando fuera por falta de un trago. Letty Blacklock está junto a la mesita del arco, sujetando la caja de cigarrillos. Patrick Simmons ha pasado el arco y está en la sala pequeña, donde ha hecho colocar Letty las bebidas. ¿De acuerdo?

—Sí, sí. Todo eso lo recuerdo.

—Magnífico. Bueno, pues otra persona siguió a Patrick a la salita, o empezaba a seguirle. Uno de los hombres. Lo que me enfurece es que no recuerdo si era Easterbrook o Edmund Swettenham. ¿Te acuerdas tú?

—No.

—¡Era de esperar! Y hubo otra persona que pasó a la salita: Phillipa Haymes. Lo recuerdo bien, porque ahora pienso que me fijé en la espalda tan plana que tiene y me dije: "Esa muchacha estaría muy bien a caballo". La estaba observando y pensando eso. Se acercó a la repisa de la chimenea de la otra sala. No sé lo que iba a buscar allí, porque en aquel momento se apagaron las luces.

"Conque ésta es la situación. En la salita o parte más lejana de la doble sala, Patrick Simmons, Phillipa Haymes y el coronel Easterbrook o Edmund Swettenham... no sabemos a ciencia cierta cuál de los dos. Ahora Murgatroyd, presta atención. Lo más probable es que *uno de esos tres* lo hiciera. Si alguno deseaba salir por la segunda puerta, tendría buen cuidado, como es natural, de colocarse en un lugar conveniente antes de que apagaran las luces. Conque, como digo, será uno de esos tres, probablemente.

La señorita Murgatroyd se animó perceptiblemente.

—Sin embargo —prosiguió la señorita Hinchcliff—, existe la posibilidad de que *no fuera* ninguno de esos tres. Y ahí es donde entras tú, Murgatroyd.

—Pero ¿cómo he de saber yo nada del asunto?

—Como dije antes, si no lo sabes tú, no puede saberlo nadie.

—¡Pero si yo no lo sé! ¡De *veras* que no lo sé! ¡No me era posible ver *nada en absoluto*!

—Ya lo creo que podías ver. Tú eras la única persona que *podía ver*. Estabas detrás de la puerta. No podías ver la lámpara. Estabas de cara a la pared opuesta..., mirabas en la misma dirección que señala la lámpara. Los demás quedamos deslumbrados. Pero tú no te deslumbraste.

—No..., no; quizá no. Pero no vi nada. La lámpara dio vueltas.

—Enseñándote ¿qué? La luz dio en las *caras*, ¿verdad? Y en las mesas... Y en las sillas.

—Sí..., sí, en efecto. En la señorita Bunner, con la boca abierta de par en par y los ojos desorbitados mirando hacia la luz...

—¡Así se habla! —exclamó la señorita Hinchcliff, exhalando un suspiro de alivio—. La dificultad estriba en obligarte a que uses tu peluca gris. Y ahora que has empezado a hacerlo, continúa.

—Si es que no vi nada más..., de veras que no.

—¿Quieres decir con eso que viste un cuarto vacío? ¿Nadie de pie en él? ¿Nadie sentado?

—No, eso no; claro. La señora Harmon sentada en el brazo de un sillón. Tenía los ojos muy cerrados y los nudillos metidos en la cara..., como una criatura.

—¡Magnífico! Y van la señora Harmon y la señorita Bunner. ¿No te das cuenta de lo que pretendo? La dificultad estriba en que no quiero meterte ideas en la cabeza. Pero cuando hayamos eliminado a las personas que *viste...*, podremos pasar al punto importante, que es: ¿hubo alguien a quien no *viste*? ¿Te enteras? Además de las mesas y las sillas, y los crisantemos, y todo lo demás, había cierto número de personas: Julia Simmons, la señora Swettenham, la señora Easterbrook... o el coronel Easterbrook, o Edmund Swettenham, Dora Bunner y a Bunch Harmon. Bien, viste a Dora Bunner y a Bunch Harmon. Táchalas de la lista. Y ahora piensa, Murgatroyd, *piensa...*, ¿no hay ninguna de esas personas de la que puedas decir con seguridad que *no estaba*?

La señorita Murgatroyd dio un brinco al pegar una ramita con la abierta ventana. Cerró los ojos y murmuró para sí:

—Las flores... en la mesa... el sillón grande... La lámpara no llegó hasta ti, Hinch... La señora Harmon, sí...

Sonó el timbre del teléfono. La señora Hinchcliff fue a contestarlo.

—¿Diga...? ¿Sí...? ¿La estación?

La obediente señorita Murgatroyd, con los ojos cerrados, estaba reviviendo la noche del 29. La lámpara que giraba lentamente... un grupo de personas... las ventanas... el sofá... Dora Bunner... la pared... la mesita con la lámpara... el arco... el brusco fogonazo producido por el revólver.

—Pero..., ¡eso es extraordinario! —exclamó la señorita Murgatroyd.

—¿Cómo? —gritaba la señorita Hinchcliff enfurecida, pegado el oído al auricular del teléfono—. ¿Que está allí desde por la mañana? ¿A qué hora? ¡Maldita sea su estampa! ¿Y es ahora cuando se le ocurre llamarme? Les denunciaré a la Sociedad Protectora de Animales. ¿Un descuido? ¿Es eso lo único que tiene que decir?

Colgó el auricular de golpe.

—Es el perro —dijo—, el perdiguero. Está en la estación desde esta mañana..., ¡desde las ocho de la mañana! ¡Sin una gota de agua! Y los muy idiotas no me avisan hasta ahora.

Salió corriendo del cuarto, chillando tras ella, la señorita Murgatroyd.

—Pero, escucha, Hinch, una cosa extraordinaria. No lo comprendo...

La señorita Hinchcliff había salido a la carrera, cruzando hacia el cobertizo que hacía las veces de garaje.

—Continuaremos cuando regrese —gritó—. No puedo esperar a que me acompañes. Llevas puestas las zapatillas de alcoba, como de costumbre.

Dio al arranque del coche y marcha atrás, saliendo del garaje de un tirón. La señorita Murgatroyd se apartó de un brinco.

—Pero, escucha, Hinch, es *preciso* que te diga...

—Cuando regrese.

El coche dio un salto hacia delante. La siguió débilmente la voz de la señorita Murgatroyd, agudizada por la excitación.

—Pero, Hinch..., *ella no estaba allí...*

III

Las nubes se habían estado concentrando, densas y de un azul oscuro. Mientras la señorita Murgatroyd contemplaba cómo se alejaba el coche, empezaron a caer gruesas gotas.

Agitada, la mujer corrió hacia la puerta, de la que había colgado a secar, unas horas antes, un par de jerseys y otro par de combinaciones de lana.

Iba murmurando entre dientes:

—Muy extraordinario, en verdad... ¡Ay, Señor! ¡Jamás lograré descolgar todo esto a tiempo! Y ya estaban casi enjutos...

Luchó con una pieza recalcitrante, luego volvió la cabeza al oír que alguien se acercaba.

Sonrió contenta, con aire de bienvenida.

—Hola..., entre, por favor. Se mojará.

—Permítame que la ayude.

—Oh, si le es igual... ¡Es tan molesto si se vuelven a mojar! Debiera descolgar el cordel en realidad; pero creo que alcanzaré justo.

—Aquí tiene la bufanda. ¿Quiere que se la eche al cuello?

—Oh, gracias. Sí, gracias. Si alcanzara esta pinza...

Le echaron la bufanda de lana al cuello y luego, de pronto, tiraron de ella con fuerza...

La señorita Murgatroyd abrió la boca. Pero no exhaló más sonido que un gorgoteo ahogado.

Y la bufanda se la apretaron aún más...

IV

Camino de regreso de la estación, la señorita Hinchcliff detuvo el coche para recoger a la señorita Marple, que caminaba apresuradamente calle abajo.

—¡Hola! —gritó—. Va a mojarse usted hasta los huesos. Venga a tomar el té con nosotras. Vi a Bunch aguardando el autobús. Estará usted completamente sola en la vicaría. Venga a hacernos compañía. Murgatroyd y yo estamos tratando de reconstruir el crimen. Y creo que vamos a sacar algo en limpio. ¡Cuidado con la perra! Está algo nerviosa.

—¡Qué hermosa es!

—Sí, una perra magnífica, ¿verdad? Esos imbéciles la han tenido en la estación desde esta mañana sin avisarme. Les canté las cuarenta a los muy c... ¡Oh! ¡Perdone mis palabrotas! ¡Me criaron así los mozos de cuadra allá en mi casa de Irlanda!

El cochecito viró bruscamente y se metió en el patio de Boulders.

Una bandada de patos y demás aves de corral rodearon a las dos mujeres cuando se apearon.

—Maldita sea esa Murgatroyd —dijo la señorita Hinchcliff—, no les ha dado el trigo.

—¿Es difícil conseguir trigo? —inquirió la señorita Marple.

La señorita Hinchcliff le guiñó un ojo.

—Estoy en buenas relaciones con todos los granjeros y labradores —dijo.

Espantó a las gallinas y escoltó a la señorita Marple hacia la casa.

—Espero que no estará usted demasiado mojada.

—No; este impermeable es muy bueno.

—Encenderé el fuego si no lo ha encendido ya Murgatroyd. ¡Eh, Murgatroyd! ¿Dónde está esa mujer? ¡Murgatroyd!

Se oyó fuera un aullido lastimero.

—¡Maldita sea esa perra! —dijo la señorita Hinchcliff.

Se acercó a la puerta y llamó:

—¡Eh, *Cutie, Cutie*! Es un nombre imbécil, pero así la llamaban, al parecer. Hemos de encontrarle otro nombre. ¡Eh, aquí, *Cutie*!

La perra perdiguera estaba olfateando algo que yacía debajo de la tensa cuerda de la que colgaban varias prendas agitadas por el aire.

—Murgatroyd no ha tenido ni el sentido común suficiente para recoger la ropa. ¿Dónde estará?

De nuevo olfateó la perra lo que parecía un montón de ropa, alzó el hocico y volvió a lanzar un aullido.

—¿Qué diablos le pasa a esa perra?

La señorita Hinchcliff cruzó la hierba.

Y aprisa, con aprensión, la señorita Marple la siguió. Se inmovilizaron allí la una al lado de la otra, azotadas por la lluvia. Y el brazo de la anciana rodeó los hombros de la más joven.

Sintió cómo se le ponían los músculos en tensión a la señorita Hinchcliff al contemplar la yacente figura de rostro congestionado y lengua colgante.

—Mataré a quien haya hecho esto —gimió la señorita Hinchcliff con voz contenida—. Como llegue a ponerle a esa mujer las manos encima...

—*¿Mujer?* —inquirió interrogadora la señorita Marple.

La señorita Hinchcliff volvió hacia ella el estragado rostro.

—Sí. Sé quién es... o con bastante aproximación. Es decir, es una de las tres posibles.

Permaneció un momento más, contemplando a su difunta amiga. Luego se dirigió a la casa. Tenía la voz dura y seca.

—Hemos de llamar a la policía —dijo—. Y mientras la aguardamos, le contaré a usted. Tengo yo la culpa, hasta cierto punto, de que Murgatroyd haya muerto. Quise convertirlo en juego... y no es un juego el asesinato.

—No —aseveró la señorita Marple—; el asesinato no es un juego.

—Usted sabe algo de eso, ¿verdad? —dijo la señorita Hinchcliff, descolgando el auricular y marcando un número.

Informó en pocas palabras y volvió a colgar.

—Estarán aquí dentro de unos minutos... Sí, oí decir que ya había andado usted metida en asuntos de estos antes. Creo que fue Edmund Swettenham quien me lo dijo. ¿Le gustaría saber lo que estábamos haciendo Murgatroyd y yo?

Describió en breves palabras la conversación que habían sostenido antes de su marcha a la estación.

—Me llamó, ¿sabe?, cuando me marchaba. Por eso sé que se trata de una mujer y no de un hombre. Si hubiese aguardado... ¡Si la hubiese *escuchado*! ¡Maldita sea mi estampa, la perra podía haber esperado donde estaba un cuarto de hora más!

—No se culpe usted a sí misma, querida. Con eso no se adelanta nada. Uno no puede prever.

—No; una no puede. Algo pegó contra la ventana, recuerdo. Quizás ella estuviese ahí fuera entonces. Sí, claro, seguramente venía a casa... y nos oyó a Murgatroyd y a mí hablándonos a gritos. A grito pelado... Lo oyó... Lo oyó... De eso estoy convencida.

—Aún no me ha dicho usted lo que dijo su amiga.

—¡Nada más que una frase!: "¡Ella no *estaba allí!*"

Hizo una pausa.

—¿Comprende? Quedaban tres mujeres a las que no habíamos eliminado: la señora Swettenham, la señora Easterbrook y Julia Simmons. Una de esas tres... *no estaba allí*... no se encontraba allí, en la sala porque se había ido por la segunda puerta y se hallaba en el pasillo.

—Sí —dijo la señorita Marple—, comprendo.

—No lo dude usted.

—Perdone —dijo la señorita Marple—; pero lo... la señorita Murgatroyd, y quiero decir, ¿lo dijo exactamente como lo ha dicho usted?

—¿Qué quiere decir con eso de como yo le dije?

—Vaya, ¿cómo se lo explicaré yo? Usted lo dijo así: *Ella no estaba allí.* Igual énfasis en cada palabra. Es que hay tres posibles maneras de decirlo, ¿comprende? Podría decir: *"Ella no estaba allí"*. Muy personal. O bien: *"Ella no estaba allí"*. Como afirmando una sospecha que ya se tuviera. O podría decirse (y esto se acerca más a la manera como usted lo dijo): *"Ella no estaba allí"*, subrayando, si es que algo subraya, el *"allí"*.

—No lo sé —la señorita Hinchcliff sacudió la cabeza—. No recuerdo… ¿Cómo diablos he de acordarme? Creo que… sí. ¿No diría ella: *"Ella no estaba allí"*? Sería lo más natural creo yo. Pero la verdad es que no lo sé. ¿Importa eso mucho?

—Sí —dijo la señorita Marple, pensativa—. Creo que sí. Es una indicación muy *leve,* claro está; pero creo que es una indicación. Sí, yo creo que es muy importante.

CAPÍTULO XX

LA SEÑORITA MARPLE DESAPARECE

I

El cartero, con gran disgusto suyo, había recibido últimamente la orden de hacer un reparto de correspondencia en Chipping Cleghorn por la tarde, además del de la mañana. En aquella tarde dejó tres cartas en Little Paddocks a las cinco menos diez exactamente.

Una iba dirigida a Phillipa Haymes, de letra de colegial; las otras dos eran para la señorita Blacklock. Las abrió al sentarse ella y Phillipa a la mesa de tomar el té. La lluvia torrencial había permitido a Phillipa marchar de Dayas Hall temprano, puesto que, una vez cerrados los invernaderos, nada podía hacer.

La señorita Blacklock abrió la primera carta, que era la factura por el arreglo de la caldera de la cocina. Soltó un resoplido de ira.

—Los precios de Dymond son fantásticos... completamente fantásticos. Sin embargo, supongo que todos los demás adolecen del mismo mal.

Abrió la segunda carta, cuya letra le era totalmente desconocida:

Querida prima Letty:
¿Confío que no habrá inconveniente en que me presente ahí el martes? Le escribí a Patrick hace dos días, pero no me ha contestado. Conque supongo que no habrá ningún

inconveniente. Mamá vendrá a Inglaterra el mes que viene y espera verte entonces.
Mi tren llega a Chipping Cleghorn a las 6.15. ¿Lo encuentras bien?
Afectuosamente tuya,

JULIA SIMMONS

La señorita Blacklock leyó la carta una vez con simple asombro, y luego otra con cierta expresión de dureza. Miró a Phillipa, que sonreía leyendo la carta de su hijo.

—¿Sabe si están de vuelta Patrick y Julia?

Phillipa alzó la cabeza.

—Sí, entraron poco después que yo. Subieron a mudarse. Están mojados.

—¿Tendría inconveniente en llamarles?

—Ninguno.

—Un momento... me gustaría que leyera usted esto.

Entregó a Phillipa la carta que acababa de recibir.

La joven leyó y frunció el entrecejo.

—No comprendo...

—Ni yo... del todo. Creo que ya va siendo hora de que comprenda. Llame a Patrick y Julia, Phillipa.

Ésta llamó desde el pie de la escalera:

—¡Patrick! ¡Julia! ¡La señorita Blacklock os llama!

Patrick bajó corriendo y entró en la habitación.

—No se vaya, Phillipa —dijo la señorita Blacklock.

—Hola, tía Letty —dijo alegremente Patrick—. ¿Querías hablarme?

—Sí. ¿Quizá me podrás dar una explicación de esto?

Patrick dio muestras de una consternación casi cómica al leer la carta.

—¡Tenía intención de telegrafiarle! ¡Qué imbécil soy!

—¿Supongo que esta carta es de tu hermana Julia?

—Sí... claro que sí.

Siguió la señorita Blacklock con dureza:

—Entonces, si me es lícito preguntarlo, *¿quién es la joven a quien trajiste aquí con el nombre de Julia Simmons* y que me dejaste creer que era tu hermana y mi prima?

—Pues... verás... tía Letty... la verdad del caso es... Puedo explicártelo todo... Sé que no debiera haberlo hecho... pero me pareció una broma más que nada. Si me permites que te lo explique...

—Estoy esperando a que lo hagas. ¿Quién *es esa joven?*

—Pues verás, la conocí en una reunión poco después de ser desmovilizado. Nos enredamos a hablar, y le dije que venía aquí y luego... bueno, nos pareció una buena idea que la trajese a ella. Porque, ¿sabes?, Julia... la verdadera Julia... estaba loca por trabajar en el teatro y a mamá le daba un patatús cada vez que se lo decía. Pero a Julia se le presentó una oportunidad de ingresar en una buena compañía en Perth o no sé dónde, y no quiso dejarla escapar. Pero se le ocurrió, para tranquilidad de mamá, hacerle creer que estaba aquí estudiando para farmacéutica como una buena chica.

—Sigo queriendo saber quién es esa otra joven.

Patrick se volvió, con un suspiro de alivio, al entrar en el cuarto Julia, tan serena, como de costumbre.

—Ha estallado el globo —dijo.

Julia enarcó las cejas. Luego, sin perder ni un instante la serenidad, avanzó y se sentó en un sillón.

—Bien —inició—. ¡Y qué le vamos a hacer! ¿Supongo que estás muy enfadada? —estudió el rostro de la señorita Blacklock con desapasionado interés—. Yo lo estaría mucho en tu lugar.

—¿Quién es usted?

Julia exhaló un suspiro.

—Creo que ha llegado el momento de que diga toda la verdad. Ahí va. Soy la mitad de la combinación Pip y Emma. Para ser exacta, mi nombre de pila es Emma Jocelyn Stamfordis... sólo que mi padre no tardó en eliminar el Stamfordis. Creo que se hizo llamar De Courcy después.

"Permitidme que os diga que mi padre y mi madre se separaron tres años después de nacer Pip y yo. Cada uno de ellos tiró por un lado. Y nos partieron. Yo fui la parte del botín que correspondió a papá. Era un mal padre en conjunto, aunque verdaderamente encantador. Conocí varias temporadas interminables de educación en colegios de monjas... cuando papá no tenía dinero o se disponía a llevar a cabo alguno de sus nefastos negocios. Solía pagar el primer curso, dando muestras de abundancia, y luego se largaba, dejándome en manos de las monjas un año o dos. En los intervalos, él y yo lo pasábamos bastante bien juntos, frecuentando la sociedad cosmopolita. La guerra, sin embargo, nos separó por completo. No tengo la menor idea de lo que le ha sucedido.

"Corrí unas cuantas aventuras por mi cuenta. Formé parte de la Resistencia Francesa una temporada. La mar de emocionante. Para abreviar, aterricé en Londres y empecé a pensar en el porvenir. Sabía que el hermano de mi madre, con quien ésta había reñido, había muerto muy rico. Consulté su testamento para ver si me había dejado algo. Vi que nada... directamente por lo menos. Hice algunas investigaciones para saber qué había sido de su vida. Me enteré de que no estaba bien de la cabeza, que se le mantenía bajo la influencia de las drogas, y que se moría a chorros. Bien. Con franqueza, tú me pareciste mi mejor probabilidad. Ibas a heredar un montón de dinero y, que yo pudiera averiguar, no tenías a nadie en quien gastarlo. Hablaré con franqueza. Se me ocurrió que, si lograba conocerte y llegabas a cobrarme un poco de afecto... Bueno, pues... Las cosas han cambiado mucho desde que murió tío Randall, ¿verdad? Quiero decir que el dinero que tuvimos se hundió con el cataclismo europeo. Pensé que pudieras apiadarte de una pobrecita huérfana, solita en el mundo, y así asignarme una pequeña pensión.

—Conque sí, ¿eh? —exclamó la señorita Blacklock, sombría.

—Sí, claro que no te había visto entonces... Había pensado abordarte en plan lastimero... Y de pronto, la suerte quiso que conociera a Patrick, que éste resultara ser tu sobrino, o primo, algo... Se me antojó una ocasión maravillosa. Le puse asedio y se enamoró de mí de una manera la mar de halagadora. La verdadera Julia está loca con eso del teatro, y no tardé en convencerla de que era su deber para con el arte el instalarse en una incómoda pensión y entrenarse concienzudamente para ser una nueva Sarah Bernhardt.

"No debes culparle a Patrick demasiado. Se compadeció de mí, tan solita en el mundo... y no tardó en convencerme de que sería una idea maravillosa eso de que viniera aquí como si fuese su hermana.

—¿Y aprobó también que le siguieras contando una sarta de mentiras a la policía?

—Ten corazón, Letty. ¿No te das cuenta de que cuando tuvo efecto ese absurdo atraco, o mejor dicho, después de cometido, empecé a tener el presentimiento de que me encontraba en un atolladero? Miremos las cosas cara a cara. Tengo muy buenas razones para quitarte del paso. Aún ahora, no tienes más pruebas que mi palabra de que no lo haya intentado hacer. No puedes esperar que vaya deliberadamente a comprometerme. Hasta al propio Patrick se le ocurrieron ideas desagradables acerca de mí de vez en cuando. Y si hasta él era capaz de pensar cosas así, ¿qué no hubiese pensado la policía? Ese detective inspector se me antojó un hombre de mentalidad singularmente escéptica. No; decidí que lo único que podía hacer era continuar representando mi papel de Julia y desaparecer cuando terminase el caso.

"¿Cómo iba a poder suponerme yo que esa imbécil de Julia, la Julia verdadera, reñiría con el empresario y lo plantaría en un momento de ira? Le escribe a Patrick preguntándole si puede venir aquí. Y él, en lugar de telegrafiarle: "¡No te acerques ni en broma!", va y se olvida de hacer nada —dirigió una mirada de ira a Patrick—. ¡Si los habrá completamente idiotas!

Exhaló un suspiro.

—¡No sabes tú en los apuros que me he visto en Milchester! Claro que no me he acercado al hospital para nada. Pero tenía que ir a alguna parte. Me he pasado horas en el cine, viendo las películas más horribles.

—Pip y Emma —murmuró la señorita Blacklock—. No sé por qué, nunca creí que existieran, a pesar de lo que decía el inspector...

Miró escudriñadora a Julia.

—Tú eres Emma —le dijo—. ¿Dónde está Pip?

Los ojos límpidos e inocentes de Julia se encontraron con los de ella.

—No lo sé —dijo—. No tengo la menor idea.

—Creo que mientes, Julia. ¿Cuándo le viste por última vez?

Hubo un momento de vacilación antes de que respondiera Julia.

Dijo clara y deliberadamente:

—No lo he visto desde que los dos teníamos tres años... cuando mi madre se lo llevó. No he vuelto a verles ni a él ni a mi madre. No sé donde están.

—¿Y eso es todo lo que tienes que decir?

Julia volvió a suspirar.

—Podría decirte que lo sentía. Pero en realidad, no sería verdad. Porque volvería a hacer lo mismo otra vez... aunque no de haber sabido lo del asesinato, claro.

—Julia —dijo la señorita Blacklock—. Te sigo llamando así porque estoy acostumbrada. ¿Dices que formaste parte de la Resistencia Francesa?

—Sí. Durante dieciocho meses.

—Entonces, ¿supongo que aprenderías a tirar?

De nuevo se encontraron con los suyos los serenos ojos azules.

—Sí que sé disparar. Soy tiradora muy hábil. No disparé contra ti, Leticia Blacklock, aunque no tenga más pruebas de ello que mi palabra. Pero una cosa puedo decirte: si yo hubiese disparado contra ti, no es fácil que hubiera marrado el blanco.

II

El ruido de un automóvil que se acercaba a la puerta delantera quebrantó la tensión del momento.

—¿Quién podría ser? —murmuró la señorita Blacklock.

Mitzi asomó la desgreñada cabeza. Enseñaba el blanco de los ojos.

—Es la policía que viene otra vez —dijo—. Esto es una persecución. ¿Por qué no nos querrán dejar en paz? ¡No lo soportaré! Le escribiré al Primer Ministro. Le escribiré al rey de ustedes.

La mano de Craddock la apartó con firmeza y no con delicadeza excesiva. Entró con tan dura expresión que todos le miraron aprensivos. Aquél era un inspector Craddock distinto.

Dijo con severidad:

—La señorita Murgatroyd ha muerto asesinada. La estrangularon... hace menos de una hora.

Clavó la mirada en Julia.

—Usted, señorita Simmons, ¿dónde ha estado durante el día?

Julia respondió con cautela:

—En Milchester. Acabo de regresar.

—¿Y usted? —preguntó a Patrick.

—También.

—¿Volvieron los dos juntos aquí?

—Sí —respondió Patrick.

—No —dijo Julia—; es inútil, Patrick. Ésa es la clase de mentira que se descubre en seguida. La gente del autobús nos conoce bien. Yo regresé en el autobús primero, inspector..., en el que llega aquí a las cuatro.

—¿Y qué hizo entonces?

—Me di un paseo.

—¿En dirección a Boulders?

—No; caminé campo a traviesa.

La miró fijamente. Julia, con el rostro pálido y los labios en tensión, le devolvió con igual intensidad la mirada.

Antes de que pudiera hablar nadie, sonó el teléfono.

La señorita Blacklock, tras dirigirle una mirada interrogadora a Craddock, descolgó el auricular.

—Sí. ¿Quién? Ah, Bunch... ¿Cómo? No. No; ha venido. No tengo la menor idea. Sí, está aquí ahora.

Se apartó el auricular de la oreja y dijo:

—La señora Harmon quisiera hablar con usted, inspector. La señorita Marple no ha regresado a la vicaría, y la señora Harmon está preocupada.

Craddock dio dos zancadas y tomó el aparato.

—Craddock al habla.

—Estoy preocupada, inspector —la voz de Bunch tenía un temblor infantil—. Tía Jane anda por ahí. Y no sé dónde. Y dicen que han matado a la señorita Murgatroyd. ¿Es eso verdad?

—Sí, es verdad, señora Harmon. La señorita Marple estaba con la señorita Hinchcliff cuando hallaron el cadáver.

—¡Ah! ¡Conque es ahí dónde está! —exclamó Bunch con alivio—. Estaba asustada. ¿Le podría pasar algo?

—No. Me temo que no. No ahora. Se marchó de allí cosa de... deje que piense... hace cosa de media hora. ¿No ha llegado a casa?

—No. Y no hay más que diez minutos de camino. ¿Dónde puede estar?

—Quizá se detuviera con el propósito de visitar a uno de sus vecinos.

—Los he llamado por teléfono… *a todos ellos.* No está. Estoy asustada, inspector.

"Y yo también", pensó Craddock.

Dijo en voz alta:

—Iré a verla a usted… inmediatamente.

—Oh, sí. Hay un pedazo de papel. Estaba escribiendo en él antes de salir. No sé si significará algo; a mí me parece incoherente.

Craddock colgó.

La señorita Blacklock preguntó con ansiedad:

—¿Le ha sucedido algo a la señorita Marple? ¡Oh, Dios quiera que no!

—Eso mismo digo yo —anunció Craddock, con expresión dura.

—Es tan anciana… y tan frágil.

—Lo sé.

La señorita Blacklock, cuyos dedos jugaban con el collar de perlas que llevaba, dijo con voz ronca:

—Las cosas se ponen peor y peor. Quienquiera que esté haciendo todo esto debe de estar loco, inspector… completamente loco…

—¿Lo estará?

El collar de perlas se rompió como consecuencia de los nerviosos movimientos de los dedos de su dueña. Las lisas esferillas rodaron por todo el cuarto.

Leticia exhaló una exclamación de angustia.

—Mis perlas… mis *perlas*…

La angustia de su voz era tan aguda que todos la miraron con asombro. Dio media vuelta, con la mano al cuello, y sollozando salió corriendo del cuarto.

Phillipa empezó a recoger las perlas.

—Nunca la he visto tan disgustada por nada —dijo—. Claro que siempre las lleva. ¿Cree usted que puede habérselas regalado alguien muy especial quizá? ¿Randall Goedler, por ejemplo?

—Es posible —dijo muy despacio el inspector.

—No son..., ¿no podrían ser *auténticas* por casualidad? —inquirió Phillipa, de rodillas en el suelo, recogiendo cuentas todavía.

Craddock tomó una de ellas y estuvo a punto de decir con desdén: "¿Auténticas? ¡Claro que no!" Pero se contuvo.

Después de todo, ¿no podrían ser verdaderas?

Eran tan grandes, tan lisas, tan blancas, que parecía palpable su falsedad. Pero Craddock se acordó de pronto de un caso policíaco en que se había comprado un collar de perlas auténticas por unos cuantos chelines.

Leticia Blacklock le había asegurado que no había ninguna joya de valor en la casa. Si aquellas perlas fueran, por casualidad, auténticas, valdrían una suma fabulosa. Y si Randall Goedler se las había regalado... entonces podría valer cualquier cantidad que quisiera uno mencionar.

Parecían falsas... *tenían* que ser, falsas. Pero ¿y si no lo fueran?

¿Por qué no habrían de ser buenas? Pudiera ella no conocer su valor. O quizá quisiera proteger su tesoro tratándolo como si fuese un adorno barato, que valiese un par de libras esterlinas a lo sumo. ¿Cuánto valdrían de ser auténticas? Una suma fabulosa. Valdría la pena asesinar para apoderarse de ellas... *si alguien estaba enterado de su valor.*

III

Bunch y su marido le aguardaban con la ansiedad reflejada en el rostro.

—No ha vuelto —dijo Bunch.

—¿Dijo que iba a volver aquí cuando salió de Boulders? —inquirió Julian.

—Como decirlo, no lo dijo —contestó Craddock, muy despacio, tratando de recordar a Jane Marple tal como la viera la última vez.

Se acordó de la dureza de sus labios y del brillo severo de los ojos azules, generalmente tan dulces.

Ceño. Determinación inexorable… de hacer ¿qué?

—Estaba hablando con el sargento Fletcher la última vez que la vi —dijo—, junto a la verja; y luego salió. Creí que volvería derecho aquí. Le hubiese mandado el coche… pero había tantas cosas que hacer y se marchó tan silenciosamente… Quizá Fletcher sepa algo. ¿Dónde está Fletcher?

Pero cuando llamó por teléfono a Boulders, descubrió que el sargento ni estaba allí, ni había dejado dicho dónde marchaba. Se tenía la idea de que había regresado a Milchester por alguna razón.

El inspector llamó a la jefatura de Milchester, pero no halló noticias de Fletcher allí.

Luego se volvió hacia Bunch, recordando lo que le había dicho por teléfono.

—¿Dónde está ese papel? Dijo usted que había estado escribiendo algo en un pedazo de papel.

Bunch se lo dio. Lo desplegó sobre la mesa y lo estudió. Bunch se inclinó por encima de su hombro y lo deletreó a medida que él leía. La escritura era trémula y no fácil de leer.

Lámpara.

Luego la palabra: *"Violetas"*.

Después, tras un espacio:

¿Dónde está el tubo de aspirinas?

El dato siguiente de tan curiosa lista resultó más difícil de leer.

—*Muerte Deliciosa* —leyó Bunch—. Ése es el pastel que hace Mitzi.

—*He estado investigando* —leyó Craddock.

—¿Investigaciones? ¿Qué investigaría? ¿Qué es esto? *Severa aflicción valerosamente soportada.* ¿Qué Santo Dios querrá…?

—*Yodo* —leyó el inspector—. *Perlas. ¡Ah, perlas!*

—Y luego *Lotty…* no Letty. Hace unas *ees* que parecen *oes*. Y después, *Berna.* ¿Y qué es esto? *Pensión de Vejez…*

Se miraron uno a otro desconcertados.

Craddock recapituló rápidamente:

—Lámpara. Violetas. ¿Dónde está el tubo de aspirinas? Muerte Deliciosa… He estado investigando. Severa aflicción, valerosamente soportada. Yodo. Perlas. Letty Berna. Pensión de Vejez.

Bunch preguntó:

—¿Significa algo? No veo yo conexión alguna.

Craddock dijo muy despacio:

—Tengo un leve destello, pero no veo. Es curioso que haya anotado lo de las perlas.

—¿Qué perlas? ¿Qué significa?

—¿Lleva la señorita Blacklock siempre el corbatín de perlas de tres hileras?

—Sí. Nos reímos de eso a veces. Se ve tan a la legua que son falsas, ¿verdad? Pero supongo que ella lo cree muy de moda.

—Pudiera existir otro motivo —dijo Craddock.

—No querrá usted decir que son auténticas. ¡Oh, no es posible que lo sean!

—¿Con cuánta frecuencia ha tenido usted la oportunidad de ver perlas de ese tamaño, señora Harmon?

—Pero ¡es que son tan vidriosas!

Craddock se encogió de hombros.

—Sea como fuere, no importa ahora. Es la señorita Marple la que importa. Tenemos que encontrarla.

Tenía que encontrarla antes de que fuese demasiado tarde. Pero, ¿no sería demasiado tarde ya quizá? Aquellas palabras en lápiz demostraban que se hallaba sobre la pista... Y eso era peligroso... terriblemente peligroso. Y ¿dónde demonios estaba Fletcher?

Craddock salió de la vicaría en dirección al lugar en que había dejado el coche. Buscar, eso era lo único que podía hacer; buscar.

Una voz le llamó desde los mojados laureles.

—¡Jefe! —dijo el sargento Fletcher con urgencia—. ¡Jefe!

CAPÍTULO XXI
TRES MUJERES

Había terminado la cena en Little Paddocks. Había sido una comida silenciosa e incómoda.

Patrick, dándose cuenta, con desasosiego, de que ya no hallaba gracia ante su prima, sólo hizo intentos espasmódicos para iniciar su conversación... y tales intentos no fueron bien recibidos, Phillipa Haymes estaba abstraída. La propia señorita Blacklock había abandonado todo esfuerzo por dar pruebas de su habitual buen humor. Se había cambiado de ropa para bajar al comedor, presentándose con su collar de camafeos. Pero por primera vez, se leía cierto temor en los ojos rodeados de ojeras y se delataba en el agitado movimiento de sus manos.

Sólo Julia había conservado su aire de cínico desinterés durante toda la tarde.

—Siento, Letty —dijo—, no poder hacer la maleta y marcharme. Pero supongo que no me lo consentiría la policía. No creo que pise tu casa durante mucho tiempo más. Me imagino que el inspector Craddock aparecerá por aquí de un momento a otro con una orden de detención y las esposas. Es más, no logro comprender por qué no ha sucedido una cosa así ya.

—Está buscando a la anciana... a la señorita Marple —dijo la señorita Blacklock.

—¿Tú crees que la habrán asesinado a ella también? —inquirió Patrick con curiosidad científica—. Pero, ¿por qué? ¿Qué podía ella saber?

—No lo sé —respondió la señorita Blacklock con cierto desaliento—. Quizá la señorita Murgatroyd le dijo algo.

—Si a ella la han asesinado también —dijo Patrick—, no parece haber, lógicamente, más que una persona que pudiese haber perpetrado el crimen.

—¿Quién?

—Hinchcliff, naturalmente —dijo Patrick con dejo triunfal—. Es allí donde la vieron con vida la última vez: en Boulders. Yo diría que nunca salió de allí.

—Me duele la cabeza —dijo la señorita Blacklock con voz opaca. Se llevó los dedos a la frente—. ¿Por qué había de asesinar Hinch a la señorita Marple? No tiene sentido común eso.

—Lo tendría si Hinch hubiese asesinado a Murgatroyd —contestó Patrick.

Phillipa salió de su apatía para decir:

—Hinch no asesinaría a Murgatroyd.

Patrick estaba discutidor.

—Pudiera, si Murgatroyd hubiese descubierto algo que demostraba que ella... Hinch... fuese una criminal.

—Sea como fuere, Hinch estaba en la estación cuando asesinaron a Murgatroyd.

—Pudo haberla matado antes de marchar.

Leticia Blacklock chilló de pronto, sobresaltándolos a todos.

—¡Asesinato, asesinato, asesinato! ¿No sabéis hablar de otra cosa? Estoy asustada, ¿no lo comprendéis? Estoy asustada. No lo estaba antes. Creí poderme cuidar de mí misma... Pero ¿qué puede hacer una contra un asesino que espera... y vigila y aguarda entre nosotros? ¡Ay, Dios!

Dejó caer la cabeza entre las manos. Un instante después la alzó de nuevo y se excusó con cierta rigidez.

—Lo siento. Perdí todo dominio sobre mí.

—No te preocupes, tía Letty —dijo Patrick con afecto—. Ya te protegeré yo.

—¿Tú? —fue todo lo que dijo la señorita Blacklock. Pero la desilusión que se ocultaba tras su palabra casi era una acusación.

Esto había sucedido poco antes de la cena, y Mitzi había introducido luego una distracción al presentarse y declarar que ella no iba a preparar la cena.

—Yo no vuelvo a hacer nada en esta casa. Me voy a mi cuarto. Me encierro con llave. Me quedo allí hasta que amanezca.

Tengo miedo... están matando a gente... esa señorita Murgatroyd, con su estúpida cara inglesa..., ¿quién iba a querer matarla a ella? ¡Sólo un loco! Entonces, ¡es un loco el que anda suelto por ahí! Y a un loco no le importa quién sea la persona a quien mata. Pero yo... ¡yo no quiero que me maten! Hay sombras en esa cocina... y oigo ruidos... y creo que hay alguien en el patio y luego creo que veo una sombra junto a la puerta de la despensa, y después son pisadas las que oigo. Conque me voy ahora a mi cuarto, y cierro con llave, y hasta quizá ponga la cómoda contra la puerta. Y por la mañana le digo a ese policía duro y cruel que me marcho de aquí. Y, si no me deja, diré: "¡Chillaré, y chillaré, y chillaré, hasta que me tenga que dejar marchar!"

Todo el mundo se estremeció ante la amenaza, recordando vivamente los gritos que era capaz de pegar Mitzi.

—Conque me voy a mi cuarto —dijo Mitzi repitiéndose para que estuvieran bien claras sus intenciones. Con gesto simbólico, se quitó el delantal de cretona que llevaba—. Buenas noches, señorita Blacklock. Tal vez por la mañana no esté usted viva. Conque, por si es así, le digo adiós.

Se marchó bruscamente y la puerta se cerró tras ella con aquella especie de quejido.

Julia se puso en pie.

—Ya me encargaré yo de la comida —anunció con naturalidad—. Es una buena combinación... mucho menos engorrosa para vosotros todos que tenerme sentada a la mesa a vuestro lado. Más vale que Patrick (puesto que se ha erigido en protector tuyo, tía Letty) pruebe cada uno de los platos primero. No quiero que encima de todo se me acuse de envenenarte.

Conque Julia había preparado y servido una cena verdaderamente excelente.

Phillipa había acudido a la cocina a ofrecer su ayuda; pero Julia le había dicho con firmeza que no necesitaba ayuda de ninguna clase.

—Julia, hay una cosa que quiero decirle...

—No es éste el momento para las confidencias infantiles —le interrumpió la otra con firmeza—. Vuélvete al comedor, Phillipa.

Ahora se había terminado la cena y se encontraban la sala,

con el café servido en la mesita junto al fuego. Y nadie parecía tener nada que decir. Aguardaban; he ahí todo.

El inspector Craddock llamó por teléfono a las ocho y media.

—Estaré con ustedes dentro de un cuarto de hora aproximadamente —anunció—. Me acompañarán el coronel Easterbrook y la señora Swettenham y su hijo.

—La verdad, inspector... No puedo hacer los honores a nadie esta noche...

La voz de la señorita Blacklock sonaba como si no pudiera soportar ya mucho más.

—Comprendo sus sentimientos, señorita Blacklock. Lo siento. Pero esto es urgente.

—¿Ha encontrado usted a... a la señorita Marple?

—No —dijo el inspector.

Y cortó la comunicación.

Julia llevó la bandeja del café a la cocina, donde, con gran sorpresa suya, vio a Mitzi contemplando las pilas de platos y fuentes en la fregadera.

Mitzi estalló en un torrente de palabras.

—¡Fíjese en lo que ha hecho en mi tan linda cocina! ¡Esa sartén!... ¡Sólo, *sólo* para tortillas la uso! Y usted... ¿para qué la ha usado usted?

—Para freír cebollas.

—Echada a perder... *completamente* echada a perder: Ahora habrá que *fregarla,* y nunca *nunca*... friego yo mi sartén de hacer tortillas. La froto cuidadosamente con papel engrasado nada más. Y esta cacerola que usted ha usado... ésa... yo sólo la uso para leche...

—Mire, yo no sé qué cacharro usa usted para cada cosa —le contestó Julia—. Se empeñó en irse a la cama y maldito si comprendo por qué se le ha ocurrido levantarse otra vez. Márchese y déjeme que friegue los cacharros.

—No. No permitiré que use mi cocina.

—¡Oh, Mitzi! ¡Es usted *imposible*!

Julia salió furiosa de la cocina y, en aquel momento, sonó el timbre de la puerta.

—Yo no voy a la puerta —gritó Mitzi desde la cocina.

Julia mascculló una expresión continental muy poco cortés y se dirigió a la puerta principal.

Era la señorita Hinchcliff.

—Buenas noches —dijo con voz arisca—. Siento estorbar. El inspector habrá telefoneado, supongo.

—No nos avisó que iba a venir usted —dijo Julia conduciéndola a la sala.

—Indicó que no era necesario que viniese si no quería —anunció la señorita Hinchcliff—. Pero sí que quiero.

Nadie le dio el pésame a la señorita Hinchcliff ni mencionó la muerte de Murgatroyd. El estragado rostro de la alta y vigorosa mujer resultaba harto elocuente y hubiera hecho parecer una impertinencia cualquier expresión de simpatía.

—Encended todas las luces —ordenó la señorita Blacklock— y echad más carbón al fuego. Tengo frío... un frío glacial. Venga y siéntese junto al fuego, señorita Hinchcliff. El inspector dijo que estaría aquí dentro de un cuarto de hora. Casi debe haber transcurrido ya.

—Mitzi ha vuelto a bajar —dijo Julia.

—¿Sí? A veces pienso que esa muchacha está loca. Pero, después de todo, quizá todos lo estemos.

—No puedo tolerar que se diga que los que cometen crímenes están locos —bramó la señorita Hinchcliff—. Horrible e inteligentemente cuerdo... eso es lo que yo creo que es un criminal.

Se oyó un automóvil fuera, y a los pocos instantes entró Craddock con el coronel Easterbrook y su esposa, y la señora Swettenham y su hijo.

Todos parecían extrañamente cohibidos.

El coronel dijo, en una voz que era simple eco de la suya habitual:

—¡Ja! ¡Un buen fuego!

La señora Easterbrook no quiso quitarse el abrigo de pieles y se sentó junto a su marido. Su rostro, generalmente lindo y algo vacío, estaba ahora contraído y parecía el de una comadreja. Edmund estaba de mal humor y miraba ceñudo a todo el mundo. La señora Swettenham estaba haciendo lo que evidentemente era un gran esfuerzo, que la hacía parecer una simple parodia de sí misma.

—Es terrible, ¿verdad? —murmuró—. Todo, quiero decir. Y

en verdad, cuanto menos se diga, mejor. Porque una no sabe *a quién le tocará después...* como la peste. Querida señorita Blacklock, ¿no le parece que debiera tomar un poquito de coñac? ¿Media copa siquiera? Yo digo que no hay nada como el coñac, ¡es un estimulante tan maravilloso! Yo..., parece tan terrible por parte nuestra forzar la entrada en esta casa de semejante manera... pero el inspector Craddock *nos obligó* a venir. Y parece tan terrible... no se la ha encontrado, ¿sabe? Esa pobrecita vieja de la vicaría, quiero decir. Bunch Harmon está casi frenética. Nadie sabe *dónde* fue en lugar de volver a casa. No vino a nosotros. No la he visto hoy. Y yo hubiera *sabido* si se acercaba a casa, porque estaba en la sala... atrás, ¿sabe?, y Edmund estaba en su despacho, escribiendo... y eso está en la parte de delante; conque si se hubiera acercado por un lado o por otro, la *hubiésemos* visto. Y ¡oh! ¡Cómo confío y cómo le pido a Dios que no le haya sucedido nada a esa querida y dulcísima viejecita, que aún conserva todas sus facultades y todo!

—Mamá —dijo Edmund con voz de agudo sufrimiento—, ¿no podrías callarte?

—Te aseguro, querido —contestó la señora Swettenham—, que no tengo el menor deseo de decir una *palabra.*

Y se sentó en el sofá, junto a Julia.

El inspector Craddock estaba de pie cerca de la puerta. Frente a él, y casi en hilera, estaban las tres mujeres. Julia y la señora Swettenham, en el sofá. La señora Easterbrook, sentada en el brazo del sillón que ocupaba su esposo. No era obra suya aquella disposición, pero la encontraba muy adecuada.

Las señoritas Blacklock y Hinchcliff se encontraban acurrucadas junto al fuego. Edmund se hallaba cerca de ellas. Phillipa estaba muy atrás, en la sombra.

Craddock empezó sin andarse con preámbulos.

—Todos ustedes saben que la señorita Murgatroyd ha sido asesinada —dijo—. Tenemos motivos para creer que la persona que la mató era una mujer. Y por ciertas otras razones podemos limitar aún más el círculo. Estoy a punto de pedirles a ciertas señoras que me rindan cuentas de lo que estaban haciendo esta tarde entre cuatro y cuatro y veinte. Ya he oído de sus propios labios lo que ha estado haciendo la señorita que se ha hecho llamar hasta ahora Julia Simmons. Le pediré que repita su declaración. Al propio tiempo, señorita Simmons, he de advertirle que no necesita usted contestar si cree que sus contestaciones pueden comprometerla, y todo cuanto usted diga será anotado por el agente Edwards, y podrá ser empleado como prueba ante los tribunales.

—Tienen ustedes la obligación de decir eso, ¿verdad? —dijo Julia. Estaba algo pálida, pero serena aún—. Repito que entre cuatro y cuatro y media caminaba yo por el campo que conduce al arroyo junto a la Granja Compton. Volví a la carretera por ese otro campo en el que hay tres álamos. No me encontré con nadie que yo recuerde. No me acerqué para nada a Boulders.

—¿Señora Swettenham?

Preguntó Edmund:

—¿Es para todos la advertencia de que cuanto se diga podrá ser empleado ante los tribunales?

El inspector se volvió hacia él.

—No —dijo—. De momento, sólo es para la señorita Simmons. No tengo motivos para creer que ninguna otra declaración que se haga pueda ser comprometedora. Pero cualquiera de ustedes, claro está, tiene derecho a solicitar que se halle presente un abogado, y a negarse a contestar a toda pregunta a menos que él se encuentre delante.

—Oh, eso sería muy tonto y no serviría más que para perder el tiempo —exclamó la señora Swettenham—. Estoy segura de que puedo decirle inmediatamente lo que estaba haciendo. Eso es lo que usted desea, ¿verdad? ¿Empiezo ahora mismo?

—Sí, si me hace usted el favor, señora Swettenham.

—Vamos a ver... —la señora Swettenham cerró los ojos y volvió a abrirlos—. Claro que yo no tuve *nada* que ver con la muerte de la señorita Murgatroyd. Estoy segura de que *todo el mundo* aquí sabe esto. Pero soy mujer de mundo. Sé perfectamente que la policía tiene que hacer las preguntas más innecesarias y anotar las contestaciones con mucho cuidado, porque eso es para que conste en lo que ellos llaman los antecedentes del caso, ¿verdad que sí?

La señora Swettenham le dirigió la pregunta al agente Edwards y agregó complaciente:

—Espero que no estaré hablando demasiado aprisa para usted.

El agente Edwards, buen taquígrafo, pero poco conocedor de las amenidades sociales, se puso colorado hasta las orejas y replicó.

—No se preocupe, señora. Aunque quizás un poquito más despacio iría mejor.

La señora reanudó su discurso con enfáticas pausas allá donde ella consideraba que resultaría apropiados un punto o una coma.

—Bueno, claro, resulta difícil decir con exactitud, porque no tengo, en realidad, muy buen sentido del tiempo. Y desde la guerra, la mitad de nuestros relojes no han marchado siquiera, y los que andan, van con frecuencia adelantados o atrasados, o se paran porque no les hemos dado cuerda.

La señora Swettenham hizo una pausa para dar tiempo a que este cuadro de confusión de tiempo penetrara en la mente de su auditorio, y luego prosiguió:

—Lo que yo creo que estaba haciendo a las cuatro, es empezar a dar la vuelta al talón de mi calcetín (y Dios sabe por qué razón la volvía al revés, haciendo puntos invertidos con las agujas, y no sencillos, ¿comprende?) Pero si *no estaba* haciendo eso, entonces estaría fuera recortando los crisantemos... aunque no, eso fue más temprano, antes de que lloviera.

—La lluvia —dijo el inspector— empezó a las cuatro y diez en punto.

—¿De veras? Pues eso ayuda mucho. Claro, estaba arriba de las escaleras, colocando una palangana en el pasillo, donde siempre entra la lluvia. Y entraba tan aprisa entonces que comprendí que el canalón estaba obstruido otra vez. Conque bajé en busca de mi impermeable y de las botas de goma. Llamé a Edmund, pero no me contestó; conque pensé que a lo mejor habría llegado a un punto importante de su novela y que mejor sería que no le molestase. Después de todo, lo he hecho yo misma con frecuencia. Con el mango de la escoba, ¿sabe?, atada a esa cosa larga que sirve para levantar ventanas y puertas.

—¿Quiere usted decir con eso —inquirió Craddock, viendo

la expresión de desconcierto en el rostro de su subordinado— que estaba limpiando el canalón de desagüe?

—Sí; un montón de hojas secas obstruían la tubería. Necesité mucho tiempo y me mojé bastante, pero lo desatasqué por fin. Y luego entré y me mudé y lavé. ¡Huelen tan mal las hojas secas...! Y entré después en la cocina y puse el escalfador a calentar. Eran las seis y cuarto en el reloj de la cocina.

El agente Edwards parpadeó.

—Lo que significa —terminó diciendo la señora Swettenham, con aire de triunfo— que eran exactamente las cinco menos veinte. O aproximadamente... —agregó.

—¿Vio alguien lo que hacía usted mientras limpiaba el canalón?

—No, señor. Le hubiera echado el guante en seguida para que me ayudase si alguien se hubiera presentado. Es una cosa la mar de difícil para hacerla una persona sola.

—Conque según su declaración, se hallaba usted fuera, con impermeable y botas de agua, en el momento en que llovía. Y según usted, durante ese tiempo estuvo limpiando un canalón de desagüe. Pero, ¿no tiene a nadie que pueda dar testimonio de ello?

—Puede usted examinar el canalón —sugirió la señora Swettenham—. Está completamente despejado.

—¿Oyó usted que le llamara su madre, señor Swettenham?

—No —contestó Edmund—, estaba dormido como un tronco.

—Edmund —dijo su madre con reproche—, yo creí que estabas *escribiendo* y por eso no insistí.

El inspector Craddock se volvió hacia la señora Easterbrook.

—¿Usted, señora Easterbrook?

—Estaba sentada con Archie en su despacho —dijo la señora, clavando en él unos ojos muy abiertos e inocentes—. Estábamos oyendo la radio juntos, ¿verdad, Archie?

Hubo una pausa. El coronel Easterbrook se había puesto muy colorado. Tomó la mano de su esposa entre las suyas.

—Tú no entiendes estas cosas, gatita —dijo—. Yo..., bueno, he de confesar, inspector, que esto nos ha pillado por sorpresa. A mi esposa, ¿sabe?, todo esto le ha dado un enorme disgusto. Es nerviosa y no se da cuenta de la importancia de... de... pensarlo debidamente antes de hacer una declaración.

—Archie —exclamó la señora Easterbrook con tono de reproche—, ¿vas a decir que no estabas conmigo?

—Pero no lo estaba, ¿verdad, querida? Hay que atenerse a los hechos, quiero decir. Es muy importante en esta clase de investigaciones. Yo estaba hablando con Lampson, el granjero de Croft Ands, acerca de malla de alambre para los pollos. No estuve de regreso en casa hasta después de terminar la lluvia. Un poco antes del té. A las cinco menos cuarto. Laura estaba haciendo tostadas.

—¿Y había salido usted también, señora Easterbrook?

El lindo rostro se pareció más que nunca al de una comadreja. Los ojos daban la impresión de que se sentía acorralada.

—No..., no; estuve escuchando la radio. No salí. No entonces. Había salido más temprano. A eso de... de las tres y media. A dar un paseo nada más. No muy lejos.

Pareció como si esperara que le fuesen a hacer más preguntas.

—Nada más, señora Easterbrook.

Prosiguió:

—Estas declaraciones se copiarán a máquina. Podrán ustedes leerlas y firmarlas si las encuentran correctas.

La señora Easterbrook le miró con repentina rabia.

—¿Por qué no les pregunta a los otros dónde estaban? ¿A la Haymes? ¿A Edmund Swettenham? ¿Cómo sabe usted que estaba dormido en casa? Nadie lo vio.

El inspector Craddock le contestó, sin alterarse:

—La señorita Murgatroyd hizo cierta declaración antes de morir. La noche del atraco alguien se ausentó de este cuarto. Alguien que se supuso se encontraba en la habitación todo el tiempo. La señorita Murgatroyd le dijo a su amiga los nombres de las personas a quienes ella vio. Mediante un proceso de eliminación hizo el descubrimiento de que había alguien a quien *no había visto.*

—Nadie podía ver nada —advirtió Julia.

—Murgatroyd sí —dijo la señorita Hinchcliff, hablando de pronto con su voz profunda—; estaba detrás de la puerta, donde el inspector Craddock se encuentra ahora. Ella era la única persona que podía ver lo que estaba sucediendo.

—*¡Ajajá! ¿Conque eso es lo que creen, eh?* —exclamó Mitzi.

Había hecho una de sus entradas dramáticas, abriendo con violencia la puerta y casi proyectando a Craddock de lado. Estaba frenética de excitación.

—¡Ah! ¿Usted no le pide a Mitzi que entre aquí con los otros, eh, guardia tieso? ¡Yo no soy más que Mitzi! ¡Mitzi de la cocina! Que se quede en la cocina, que es el sitio que le corresponde. Pero yo le digo que Mitzi ve tan bien como cualquier otro, y quizá mejor, sí, mejor, puede ver cosas. Veo algo la noche del atraco. Veo algo y no lo creo del todo, y callo la lengua hasta ahora. Pienso para mí, no diré qué es lo que he visto, aún no. Aguardaré.

—Y cuando las cosas se hubieran calmado, pensaba pedirle dinero a cierta persona, ¿eh? —dijo Craddock.

Mitzi se revolvió contra él como un gato enfurecido.

—¿Y por qué no? ¿Por qué mirar con desprecio? ¿Por qué no ha de pagárseme por ello si yo he sido tan generosa como para guardar silencio? Sobre todo cuando un día habrá dinero, mucho, *mucho* dinero. ¡Oh, y he oído cosas! ¡Yo sé lo que pasa! Conozco este Pipema..., esta sociedad secreta de la que ella —señaló teatralmente a Julia— es agente. Sí, hubiese aguardado y pedido dinero, pero ahora tengo miedo. Prefiero estar segura. Porque pronto, quizás, alguien me matará a mí. Conque le diré lo que sé.

—Bien —dijo el inspector—. ¿Qué es lo que sabe?

—Se lo diré —anunció Mitzi, con solemnidad—. Aquella noche yo no estaba en la despensa limpiando cubiertos de plata como dije; me encontraba en el comedor ya cuando sonó el disparo. Miré por el agujero de la cerradura. El pasillo estaba a oscuras. Pero el revólver disparó otra vez, y la lámpara cayó, y giró al caer... y la vi a *ella*. La vi allí, cerca de él, con el revólver en la mano. Vi a la señorita Blacklock.

—¿A mí? —exclamó la señorita Blacklock, irguiéndose, asombrada en su asiento—. ¿Está usted loca?

—Eso es imposible —exclamó Edmund—. Mitzi no puede haber visto a la señorita Blacklock.

Craddock le interrumpió, y su voz tenía la cualidad corrosiva de un ácido.

—*¿Que no pudo, señor Swettenham?* ¿Y por qué no? ¿Porque *no era* la señorita Blacklock la que estaba allí pistola en mano? *Era usted*, ¿verdad?

—¿*Yo*? ¡Claro que no! ¡Qué diablos...!

—*Usted* se llevó el revólver del coronel Easterbrook. Usted proyectó el asunto con ayuda de Rudi Scherz, como si se tratara de una broma. Usted siguió a Patrick Simmons al otro extremo de la sala, y cuando se apagaron las luces, se escapó por la puerta tan cuidadosamente engrasada. Disparó contra la señorita Blacklock y luego mató a Rudi Scherz. Unos segundos más tarde se encontraba usted en la otra sala intentando encender el mechero.

Durante un momento Edmund pareció no saber qué decir. Luego estalló:

—Es monstruosa esa idea. ¿Por qué yo? ¿Qué posible motivo iba yo a tener?

—Si la señorita Blacklock muere antes que la señora Goedler, no olvide que dos personas heredan. Las dos que conocemos con el nombre de Pip y Emma. Julia Simmons ha resultado ser Emma...

—¿Y usted cree que yo soy Pip? —Edmund se echó a reír—. ¡Fantástico, *absolutamente fantástico*! Tengo aproximadamente la edad... y eso es todo. Y le puedo demostrar a usted, solemnísimo imbécil, que soy Edmund Swettenham. Certificado de nacimiento, colegios, universidad..., todo.

—No es el Pip —la voz surgió de las sombras del rincón. Phillipa Haymes se adelantó, pálido el semblante—. *Pip soy yo*, inspector.

—¿*Usted,* señora Haymes?

—Sí. Todo el mundo parece haber dado por sentado que Pip era un chico. Julia sabía, naturalmente, que su gemela era chica. No sé por qué no lo dijo esta tarde.

—Solidaridad de familia —replicó Julia—. Me di cuenta de quién eras. No tenía la menor idea hasta entonces.

—Yo había tenido la misma idea que Julia —dijo Phillipa, temblándole levemente la voz—. Después de... de perder a mi marido y terminar la guerra, me pregunté qué iba a hacer. Mi madre murió hace muchos años. Descubrí lo de mis parientes Goedler. La señora Goedler se estaba muriendo y a su muerte el dinero iba a parar a la señorita Blacklock. Averigüé dónde vivía la señorita Blacklock y... y vine aquí. Me puse a trabajar para la señora Lucas. Confiaba que, puesto que la señorita Blacklock tenía edad y carecía de parientes, podría quizás estar dispuesta a ayudarme. No a mí, porque yo podía trabajar, pero sí ayudar a que se educara Harry. Después de todo, el dinero era de los Goedler, y ella no tenía a nadie en quien gastarlo.

"Y entonces —Phillipa habló más de prisa, como si ahora que había decidido hablar, no pudiera soltar las palabras con la velocidad que quisiera— se cometió el atraco y empecé a asustarme. Porque se me antojaba que la única persona que tenía motivos para desear la muerte de la señorita Blacklock era yo. No tenía la menor idea de quién era Julia. No somos gemelas idénticas y nos parecemos muy poco. No; aparentemente yo era la única persona de quien se tenía que sospechar.

Calló y se apartó la rubia cabellera de la cara y Craddock se dio cuenta de pronto de que la descolorida instantánea que hallara en la caja de cartas tenía que haber sido un retrato de la madre de Phillipa. El parecido resultaba innegable. Sabía también por qué la mención de aquello de cerrar y abrir las manos le había sido familiar, y Phillipa lo estaba haciendo en aquellos instantes.

—La señorita Blacklock ha sido buena para conmigo. Muy, *muy* buena. *Yo* no he intentado matarla. Jamás soñé con hacerlo. Pero sea como fuere, yo soy Pip.

Y agregó:

—Conque, como ve, ya no tiene por qué sospechar de Edmund.

—No, ¿eh? —contestó Craddock. Y el dejo corrosivo sonó de nuevo en su voz—. Edmund Swettenham es un joven muy amante del dinero. Un joven que quizá quería casarse con una mujer rica. Pero no sería rica *a menos que la señorita Blacklock muriera antes que la señora Goedler.* Y puesto que parecía casi seguro que la señora Goedler sería la primera en morir..., bueno..., algo tenía que hacer él, ¿no es así, señor *Swettenham?*

—¡Eso es una solemnísima mentira! —gritó Edmund.

Y entonces, de pronto, se oyó algo. Procedía de la cocina. Un prolongado aullido de terror.

—¡Ésa no es Mitzi! —exclamó Julia.

—No —dijo el inspector Craddock—, es alguien que ha asesinado a tres personas…

CAPÍTULO XXII
LA VERDAD

Cuando el inspector se volvió contra Edmund Swettenham, Mitzi salió silenciosamente del cuarto y regresó a la cocina. La señorita Blacklock fue a reunirse con ella.

Mitzi la miró avergonzada de soslayo.

—¡Qué embustera más grande eres, Mitzi! —dijo la señorita Blacklock en tono festivo—. Oye, ésa no es manera de fregar. La plata primero. Y llena la fregadera por completo. No se puede fregar con dos pulgadas de agua nada más.

Mitzi abrió los grifos, sumisa.

—¿No está usted enfadada por lo que dije, señorita Blacklock? —inquirió.

—Si me enfadara cada vez que dijeras una mentira, estaría de mal humor siempre.

—Iré a decirle al inspector que lo inventé todo yo, ¿quiere?

—Eso lo sabe ya —le respondió amablemente la señorita Blacklock.

Mitzi cerró los grifos, y mientras lo hacía, dos manos la asieron de la cabeza por detrás y se la metieron en la inundada fregadera.

—Sólo que yo sé que, por una vez en tu vida, estás diciendo ahora la verdad —anunció con rabia la señorita Blacklock.

Mitzi forcejeó; pero la señorita Blacklock era fuerte y le mantuvo la cabeza dentro del agua.

De pronto, desde algún punto de detrás de ella, se alzó lastimera la voz de Dora Bunner:

—¡Oh, Letty..., Letty..., no lo hagas, Letty!

La señorita Blacklock soltó un chillido. Alzó bruscamente las manos y Mitzi, viéndose libre, sacó la cabeza del agua, tosiendo medio ahogada.

La señorita Blacklock chilló vez tras vez. Porque no había nadie en la cocina con ella.

—Dora, Dora, perdóname. Tuve que hacerlo..., tuve que hacerlo...

Corrió, sin darse cuenta casi de lo que hacía, hacia la puerta del lavadero. El sargento Fletcher le cerró el paso. Y en aquel instante la señorita Marple salió, con el rostro encendido y triunfante, del armario de las escobas.

—Siempre me distinguí por mi habilidad en imitar la voz de otra gente —dijo la señorita Marple.

—Tendrá usted que acompañarme, señora —dijo el sargento Fletcher—. Yo fui testigo de cómo intentaba usted ahogar a la muchacha. Y habrá otras acusaciones. He de advertirle, Leticia Blacklock...

—Charlotte Blacklock —exclamó la señorita Marple—. Ésa es quien es, ¿sabe? Por debajo del collar de perlas que lleva siempre, encontrará la cicatriz de la operación.

—¿Operación?

—Del tumor de la garganta, del bocio.

La señorita Blacklock, completamente serena ahora, miró a la señorita Marple.

—¿Conque está usted enterada de todo? —dijo.

—Sí; hace algún tiempo que lo sé.

Charlotte Blacklock se sentó junto a la mesa y se echó a llorar.

—No debió usted hacer eso —dijo—. No debió hacer sonar la voz de Dora. Yo amaba a Dora. La amaba de verdad.

El inspector Craddock y los demás se habían apiñado junto a la puerta.

El agente Edwards, que a sus otros conocimientos agregaba el saber hacer primeras curas y aplicar respiración artificial, estaba ocupado con Mitzi. En cuanto Mitzi pudo hablar, se mostró lírica, prodigándose a sí misma alabanzas.

—Eso lo hago bien, ¿eh? ¡Soy lista! ¡Y soy valerosa! ¡Oh, qué valiente soy! Por poco, muy poco, yo muero asesinada también. Pero soy tan valiente, que lo arriesgo todo.

Dando una carrera, la señorita Hinchcliff apartó a los demás a su paso y se abalanzó sobre la sollozante figura de la señorita Blacklock.

Necesitó el sargento Fletcher hacer uso de toda su fuerza para mantenerla a raya.

—Vamos —ordenó—. Vamos..., no, no, señorita Hinchcliff.

La señorita Hinchcliff estaba murmurando entre los apretados dientes:

—Déjeme llegar a ella. Déjeme que llegue a ella nada más. Fue ella quien mató a Amy Murgatroyd.

—Yo no quería matarla. Yo no quería matar a nadie. No tuve más remedio. Pero es Dora la que más me importaba. Después de morir Dora, quedé sola; desde que murió, he estado sola. ¡Oh!, Dora, Dora...

Y de nuevo sepultó la cabeza entre las manos y lloró.

CAPÍTULO XXIII
LA VELADA EN LA VICARÍA

La señorita Marple estaba sentada en el sillón alto. Bunch se encontraba en el suelo, delante del fuego, abrazadas las rodillas.

El reverendo Julian Harmon se hallaba inclinado hacia adelante, y, por una vez, con más aspecto de colegial que de hombre maduro. Y el inspector Craddock fumaba su pipa y bebía *whisky* con soda, y se veía bien claro que no estaba de servicio. Un círculo exterior se componía de Julia, Patrick, Edmund y Phillipa.

—Creo que la historia es suya, señorita Marple —dijo Craddock.

—Oh, no, hijo mío. Yo no hice más que ayudar un poco aquí y allá. Usted era el encargado del caso y lo dirigió, y sabe muchas cosas de él que yo desconozco.

—Bueno, pues comentadlas entre los dos —sugirió Bunch, impaciente—. Un poco cada uno. Pero deje que empiece tía Jane, porque me gusta la forma tan enredada y confusa de funcionar su mente. ¿Cuándo se te ocurrió por primera vez que todo ello era combinación de Blacklock?

—Pues, verás, mi querida Bunch, es difícil contestar a eso. Claro está que, en el mismísimo principio, sí que parecía que la persona ideal, o mejor dicho, la más evidente para preparar el atraco era la propia señorita Blacklock. Era la única persona de quien se supiera que había estado en contacto con Rudi Scherz y ¡cuánto más fácil resulta preparar una cosa así dentro de la propia casa de una! La calefacción central, por ejemplo: Nada de fuegos, porque ello hubiera supuesto luz en el cuarto. Pero la única persona que podía haberse cuidado de que no hubiera fuego era la propia dueña.

"No es que se me ocurriera todo eso por entonces... ¡Sólo pensé que era una lástima que *no pudiese* ser así de sencillo! Ah, sí, me dejé engañar como todos los demás. Creí que alguien quería matar a Leticia Blacklock en efecto.

—Creo que me gustaría ver bien claro primero lo que realmente sucedió —dijo Bunch—. ¿La reconoció ese muchacho suizo?

—Sí. Había trabajado en...

Vaciló y miró a Craddock.

—En una clínica del doctor Adolf Koch, de Berna —atajó Craddock—. Koch era un especialista mundialmente conocido en tumores de garganta y paperas. Charlotte Blacklock fue allá a que le quitaran el tumor, y Rudi Scherz era uno de los ordenanzas. Cuando vino a Inglaterra reconoció en el hotel a una señora que había sido paciente allá, y obedeciendo a un impulso, le habló. Es posible que no lo hubiera hecho de haberse parado a pensar, porque había salido él de la clínica de manera muy poco honrosa; pero eso ocurrió algún tiempo después de la estancia de Charlotte allí, conque ella no podía estar enterada.

—¿Conque no le dijo una palabra de Montreux ni de que su padre fuera propietario de un hotel?

—Oh, no. Eso lo inventó ella para explicar por qué le había hablado el joven.

—Debió ser una sacudida enorme para ella —dijo la señorita Marple, pensativa—. Se sentía bastante segura y, de pronto, tuvo la extraña mala suerte de que apareciese alguien que la había conocido, no como una de las dos señoritas Blacklock (para eso estaba preparada), sino definitiva y concretamente como Charlotte Blacklock, paciente a la que se le había extirpado un tumor.

"Pero querías que lo explicara todo desde un principio. Bueno, pues el principio fue, creo yo, si es que el inspector Craddock está de acuerdo conmigo, el hecho de que, siendo Charlotte Blacklock una niña bonita, alegre y afectuosa, se le produjera esa dilatación de las tiroides que se llaman *goitre* o bocio. Le echó a perder la vida, porque era una muchacha muy quisquillosa. Una muchacha, por añadidura, que siempre había dado importancia a su aspecto personal. Y las muchachas, entre los trece y veinte años, son quisquillosas en grado sumo en cuanto a su aspecto se refiere. De haber tenido madre, o un padre razonable, no creo que se hubiera sumido en ese estado morboso en el que indudablemente se encontraba. No tenía a nadie, ¿comprendes?, que la sacara de sí misma, que la obligara a ver a la gente y llevar una vida normal, y no pensar demasiado en su enfermedad. Y claro está, en un hogar la hubiesen mandado operar antes.

"Pero creo que el doctor Blacklock era un hombre anticuado, estrecho de miras, autoritario y testarudo. No creía en tales operaciones. Charlotte debía aceptar su palabra de que no había nada que hacer... aparte de medicarse con yodo y otros medicamentos. Charlotte sí que aceptó su palabra, y creo que su hermana también puso más fe en las facultades médicas del doctor Blacklock de lo que éstas se merecían.

"Charlotte le profesaba a su padre un afecto de esos tan sentimentales y pegajosos. Pensó definitivamente que su padre sabía mejor que nadie lo que se hacía. Pero se encerró más y más en sí misma a medida que el tumor fue creciendo y haciéndose más desagradable su aspecto, y se negó a ver a la gente. En realidad, era una muchacha cariñosa y llena de bondad.

—Extraña descripción ésa, tratándose de una asesina —observó Edmund.

—No lo creo yo así —aseguró la señorita Marple—. La gente bondadosa y débil es, con frecuencia, traidora. Y si albergan algún resentimiento contra la vida, éste les anula la poca fuerza moral que puedan poseer.

"Leticia Blacklock, claro está, tenía una personalidad completamente distinta. Según el inspector Craddock, Belle Goedler dijo que era buena de verdad, y yo creo que Leticia era buena. Era una mujer de gran integridad que encontraba difícil, como ella misma aseguró, comprender cómo era posible que la gente no distinguiese entre el bien y el mal. Leticia, por muy grande que hubiera sido la tentación, jamás hubiese soñado en cometer fraude alguno.

"Leticia quería a su hermana. Le escribía largos relatos de todo lo que sucedía para mantener a Charlotte en contacto con la vida. Le preocupaba el estado morboso en que Charlotte se estaba sumiendo.

"Por fin, el doctor Blacklock murió. Leticia, sin vacilar, abandonó su puesto al lado de Randall Goedler y se dedicó por completo a Charlotte. La llevó a Suiza para consultar allí con autoridades en la materia sobre la posibilidad de operar. Se había dejado para muy tarde, pero como sabemos, la operación fue un éxito. Había desaparecido la deformidad. Y la cicatriz que dejara la operación podía ocultarse fácilmente con un collar de perlas o de abalorios.

"Había estallado la guerra. El regreso a Inglaterra resultaba difícil, y las dos hermanas se quedaron en Suiza, trabajando para la Cruz Roja y cosas así. Eso es cierto, ¿verdad, inspector?

—Sí, señorita Marple.

—Recibían noticias de Inglaterra de vez en cuando. Supongo que, entre otras cosas, se enterarían de que Belle Goedler no podía vivir mucho ya. Estoy segura de que sería muy humano que ambas discutieran e hicieran planes para los días en que poseyeran una cuantiosa fortuna. Creo que uno ha de darse cuenta de que semejante perspectiva representaba para Charlotte mucho más que para Leticia. Por primera vez en su vida, Charlotte podía ir de un lado para otro, sintiéndose una mujer normal, una mujer a la que nadie miraba con repugnancia o compasión. Era libre, por fin, de gozar de la vida... y tenía que meter, como quien dice, toda una vida en los años que le quedaban de existencia. Viajar..., poseer una casa y un parque magníficos..., tener trajes y joyas..., ir a funciones y conciertos..., satisfacer todos los caprichos... Era una especie de cuento de hadas que, para Charlotte, se convertía en realidad...

"Y de pronto, Leticia, la Leticia fuerte y sana, pilló un resfriado que se convirtió en pulmonía, y murió en el espacio de una semana. No sólo había perdido Charlotte a su hermana, sino que se venía abajo toda la existencia de ensueño que había estado preparando. Creo, ¿saben?, que es posible que hasta incluso se sintiera algo resentida con Leticia. ¿Por qué había de morirse precisamente entonces, cuando acababan de recibir una carta diciendo que Belle Goedler no podía durar mucho ya? Un mes más, quizás, y el dinero hubiera sido de Leticia... y de ella cuando Leticia muriese.

"Aquí es donde yo creo que se vio la diferencia entre las dos. A Charlotte no le pareció que lo que de pronto se le ocurrió hacer fuese malo... no malo de verdad. La intención era que el dinero fuese a parar a manos de Leticia... y a sus manos hubiera ido a parar al cabo de unos meses. Y consideraba que Leticia y ella eran una sola persona.

"Quizá no se le ocurriera la idea hasta que el médico o alguien le preguntó el nombre de su hermana. Y entonces se dio cuenta de que para casi toda la gente, las dos no habían sido más que las señoritas Blacklock..., inglesas de cierta edad, bien educadas, que vestían casi igual y que tenían un fuerte parecido. Y, como le dije a Bunch, una mujer de edad se parece tanto a otra mujer de edad... ¿Por qué no había de ser Leticia la muerta y Charlotte quedaba viva?

"Fue un impulso, tal vez más bien que un plan. A Leticia la enterraron con el nombre de Charlotte. Charlotte había muerto. 'Leticia' volvió a Inglaterra. Toda la energía y la iniciativa naturales latentes durante tantos años se hallaban ahora en ascendente. Como Charlotte había sido una figura de segunda fila. Ahora asumió el aire de mando, la sensación de autoridad que había poseído Leticia. No se diferenciaban mucho en mentalidad aunque existía, yo creo, una gran diferencia entre ambas, moralmente hablando.

"Charlotte tuvo, naturalmente, que tomar ciertas precauciones. Compró una casa en una parte de Inglaterra que le era completamente desconocida. A la única gente que tenía que esquivar era a unas cuantas personas de su propia población natal de Cumberland (donde, de todas formas, había hecho vida de ermitaña), y claro está, a Belle Goedler, que había conocido tan bien a Leticia, que cualquier intento de impostura hubiera fracasado totalmente. Las dificultades de la escritura quedaron vencidas gracias al estado artrítico en que tenía las manos. En realidad, resultaba muy fácil. ¡Eran tan pocas personas las que habían conocido de verdad a Charlotte!

—Pero ¿y si se hubiese encontrado con gente que conociera a Leticia? —inquirió Bunch—. Debía de haber muchas personas así.

—No importaría tanto. Alguno podría decir: "Me tropecé con Leticia Blacklock el otro día. Ha cambiado tanto que no hubiera sido capaz de reconocerla". Pero seguiría sin existir sospecha alguna en su mente de que aquélla no fuese Leticia. La gente sí que cambia en el transcurso de diez años. El hecho de que ella no les conociese a ellos, se achacaría a su cortedad de vista. Y has de recordar que conocía todos los detalles de la vida de Leticia en Londres, la gente con quien trataba, los lugares a que iba. Tenía las cartas de Leticia a las que referirse, y hubiera podido desvanecer rápidamente cualquier sospecha mencionando un incidente cualquiera, o preguntando por una amistad común. No; lo único que tenía que temer era que se le reconociera como Charlotte.

"Se instaló en Little Paddocks, hizo amistad con sus vecinos y, cuando recibió una carta en la que se pedía a la querida Leticia que fuese bondadosa, aceptó, con gusto, la visita de dos primos a los que en su vida había visto. El que éstos la aceptaran a ella como tía Leticia aumentaba su seguridad.

"El asunto marchaba viento en popa. Y entonces, cometió un gran error. Fue un error exclusivamente hijo de su bondad de corazón y de su temperamento naturalmente afectuoso. Recibió una carta de una antigua amiga de colegio que había venido a menos, y corrió en salvación suya. Quizá fuera porque se sintiese, a pesar de todo, muy sola. Su secreto la hacía alejarse, hasta cierto punto, de la gente. Y le había tenido verdadero afecto a Dora Bunner y la recordaba como un símbolo de los alegres y despreocupados días de colegiala. Sea como fuere, el caso es que, obedeciendo a un impulso, contestó a la carta de Dora en persona. Y ¡lo sorprendida que debió quedar ésta! Le había escrito a Leticia y la hermana que se presentaba en su casa era Charlotte. No hubo ni el menor intento de hacerse pasar por Leticia ante Dora. Ésta era una de las pocas amigas a la que se le había permitido visitar a Charlotte durante sus días de soledad e infelicidad.

"Y porque sabía que Dora vería las cosas de la misma manera que ella, le contó lo que había hecho. Dora aprobó de todo corazón su proceder. Para su confusa mente era justo que Lotty no se quedara sin herencia por culpa de la muerte a deshora de Letty. Lotty merecía una recompensa por todo el sufrimiento que había soportado con tanto valor y tanta paciencia. Hubiera resultado injusto a más no poder que todo aquel dinero hubiese ido a parar a alguien de quien nadie hubiera oído hablar.

"Comprendió perfectamente que no debía dejarse traslucir nada. Era lo mismo que adquirir una libra suplementaria de mantequilla. No se podía hablar de ello, pero nada malo había en tenerla. Conque Dora vino a Little Paddocks, y no tardó Charlotte en darse cuenta de que había cometido un enorme error. No era sólo que resultaba casi imposible vivir con Dora por culpa de sus enredos y equivocaciones. Charlotte hubiese podido soportar eso. Porque quería a Dora de verdad y, de todas formas, sabía por el médico que a la pobre le quedaba poco tiempo de vida. Pero Dora no tardó en convertirse en un verdadero peligro. Aunque Charlotte y Leticia se habían llamado siempre por su nombre completo, Dora era de las que empleaban siempre abreviaturas. Para ella, las dos hermanas habían sido siempre Letty y Lotty. Y aunque procuró acostumbrarse a llamar Letty a su amiga, el verdadero nombre se le escapaba de vez en cuando. También solían acudirle con frecuencia a los labios recuerdos del pasado y Charlotte tenía que andar siempre alerta para poner freno a las alusiones de la olvidadiza. Empezaron a ponérsele los nervios de punta.

"No obstante, no era fácil que se fijara nadie en las inconsecuencias de Dora. El verdadero golpe a la seguridad de Charlotte fue, como he dicho, el que recibió al reconocerla y dirigirle la palabra Rudi Scherz en el Hotel Royal Spa.

"Creo que el dinero que empleó Rudi Scherz para cubrir sus primeros desfalcos puede haber salido del bolsillo de Charlotte Blacklock. El inspector Craddock no cree, ni yo tampoco, que Rudi Scherz le pidiera dinero con la menor intención de hacerla víctima de un chantaje.

—No estaba enterado de que supiese nada que pudiera servirle para sacarle dinero —dijo el inspector—. Sabía que era un joven bastante presentable... y sabía también por experiencia que los jóvenes presentables pueden sacarle a veces dinero a las señoras de edad si saben contar lástimas de una manera lo bastante convincente.

"Pero ella puede haberlo interpretado de distinta manera.

Quizá lo tomara por chantaje ejercido de manera insidiosa, como prueba de que sospechaba algo y que más adelante, si se daba publicidad al asunto cuando muriese Belle Goedler, cosa muy probable, pudiera darse cuenta de que ella había encontrado una mina de oro.

"Y ahora no podía dar un paso atrás en su fraude. Se había establecido con el nombre de Leticia Blacklock. Como tal la conocían en el Banco. Como tal la conocía la señora Goedler. El único escollo era aquel suizo empleado de un hotel, un individuo de muy poca confianza y posiblemente un chantajista. De desaparecer él del paso, estaría segura.

"Quizá lo proyectara como una especie de fantasía al principio. Había sufrido escasez de emociones y de situaciones dramáticas durante su vida. Se recreó ideando los detalles. ¿Cómo haría para quitárselo del paso?

"Trazó su plan. Y por fin, decidió ponerlo en práctica. Le contó el cuento de un supuesto atraco a Rudi Scherz, le explicó que necesitaba a un desconocido que desempeñara el papel de *gángster*, y le ofreció una buena suma por su cooperación.

"Y el hecho de que aceptara sin desconfiar, es lo que me convence de que Scherz no tenía la menor idea de que sabía algo comprometedor de ella. Para él, no era más que una anciana un poco tonta, muy dispuesta a soltar su dinero.

"Le dio el anuncio para que lo publicase, arregló las cosas para que hiciera una visita a Little Paddocks y estudiara la geografía de la casa, y le enseñó el lugar donde se encontraría con él para darle entrada la tarde en cuestión. Dora Bunner, naturalmente, no sabía una palabra de esto.

"Llegó el día.

Hizo una pausa.

La señorita Marple tomó el hilo del relato con su dulce voz.

—Debió de pasarlo la mar de mal. Porque aún no era demasiado tarde para volverse atrás. Dora Bunner nos dijo que Letty estaba asustada aquel día. Asustada de lo que iba a hacer, asustada de que pudiera ir mal el plan, pero no lo bastante asustada para dar marcha atrás.

"Habría sido divertido, quizá, sacar el revólver del cajón de los cuellos del coronel Easterbrook. Llevaba huevos o mermelada, subiría al piso de la desierta casa. Había resultado excitante engrasar la segunda puerta de la sala para que se abriera y cerrara sin hacer ruido. Divertido sugerir que se moviera la mesa para que lucieran más las flores de Phillipa. Quizá le pareciese un juego. Pero lo que iba a suceder a continuación dejaba de ser ya juego definitivamente. Ah, sí, estaba asustada. Dora Bunner no se equivocó en eso.

—Pese a lo cual, siguió adelante —dijo Craddock—, y todo salió a medida de sus deseos. Salió poco después de las seis a encerrar los patos, y le franqueó la entrada entonces a Scherz, dándole un antifaz, una capa, guantes y una lámpara de bolsillo. Luego, a las seis y media, cuando empezó a sonar el reloj, ella estaba preparada junto a la mesita del arco, con la mano posada en la caja de cigarrillos. Todo resulta tan natural. Patrick, haciendo de anfitrión, ha ido a buscar bebida. Ella, la huésped, va en busca de los cigarrillos. Ha juzgado correctamente que cuando el reloj empiece a dar la media, todas las miradas se concentrarán en el reloj. Así sucedió. Sólo una persona, la devota Dora, siguió con la mirada fija en su amiga. Y nos dijo, en su primera declaración, exactamente lo que había hecho la señorita Blacklock. Dijo que Leticia había tomado el florero de violetas.

"Había raspado con anterioridad el cordón de la lámpara, de suerte que el cable quedara casi al desnudo. La cosa requirió una fracción de segundo. La caja de cigarrillos, el florero y el interruptor se hallaban muy cerca unos de otros. Tomó las violetas y derramó el agua sobre el desgastado cordón. El agua es un buen conductor de la electricidad. Se fundió la luz.

—Igual que la otra tarde en la vicaría —dijo Bunch—. Eso fue lo que la sobresaltó tanto, ¿verdad, tía Jane?

—Sí, querida. Había estado inquieta por eso de las luces. Me di cuenta de que tenía que haber dos lámparas, una pareja, y que se había cambiado una por otra.

—Así es —asintió Craddock—. Cuando Fletcher examinó aquella lámpara por la mañana, se hallaba como todas las demás, en perfecto estado de funcionamiento.

—Comprendí lo que había querido decir Dora Bunner al asegurar que la noche anterior estaba la pastora —dijo la señorita Marple—; pero caí en el mismo error de ella: el creer que

Patrick era el responsable. Lo interesante de Dora es que jamás podía una fiarse de ella cuando repetía las cosas que había oído. Siempre empleaba su imaginación para exagerarlas o retorcerlas y, generalmente, se equivocaba en lo que pensaba, pero describía con exactitud lo que veía. Vio a Leticia tomar el florero de violetas...

—Y vio lo que ella describió como un chispazo y un chasquido —intercaló Craddock.

—Y, claro está, cuando la querida Bunch derramó agua de las rosas de Nochebuena sobre el flexible de la lámpara..., caí en la cuenta en seguida de que sólo la propia señorita Blacklock podía haber fundido la luz, porque ella era la única que se hallaba junto a la mesa.

—De buena gana me daría a mí mismo un puntapié por estúpido —dijo Craddock—. Dora Bunner habló incluso de la quemadura de la mesa, "donde alguien había dejado el cigarrillo..." Y las violetas estaban marchitas por falta de agua en el florero..., un resbalón por parte de Leticia... debiera haberlo vuelto a llenar. Pero supongo que creería que nadie se daría cuenta y, en verdad, la señorita Bunner estaba completamente dispuesta a creer que ella era quien no había puesto agua en el florero.

Prosiguió:

—Era altamente sugestionable, claro. Y la señorita Blacklock se aprovechó de eso más de una vez. Yo creo que fue ella quien indujo a Bunner a sospechar de Patrick.

—¿Y por qué escogerme a mí? —exclamó Patrick, con resentimiento.

—No creo que se tratara de una sugerencia en serio. Su objeto era distraer a Bunny de suerte que no sospechara que la propia señorita Blacklock estaba dirigiéndolo todo. Bueno, ya sabemos lo que ocurrió después. En cuanto se apagaron las luces y todo el mundo andaba soltando exclamaciones, salió por la puerta previamente engrasada y se acercó por detrás de Rudi Scherz, que hacía girar por todo el cuarto la luz de su lámpara de bolsillo y que estaba disfrutando de lo lindo con desempeñar el papel en la comedia. No creo que se diera cuenta de momento de que se hallaba ella detrás de él con los guantes de jardín puestos y un revólver en la mano. Aguardó ella a que la luz de la lámpara llegara al punto hacia el que debía apuntar... la pared cerca de la cual se la suponía a ella de pie. Entonces disparó dos veces muy aprisa, y al volverse él con sobresalto, le pegó el revólver al cuerpo y disparó otra vez. Luego dejó caer el arma junto al cadáver, echó los guantes sobre la mesa del pasillo y volvió por la segunda puerta al lugar en que había estado al apagarse las luces. Se hirió la oreja..., no sé exactamente cómo...

—Con unas tijeritas de uñas en todo caso —dijo la señorita Marple—. Un simple pellizco en el lóbulo de la oreja hace salir un mar de sangre. Eso fue buena psicología. El ver correr la sangre por la blusa blanca dio la sensación de que habían disparado contra ella y de que se había salvado por un pelo.

—Debió haber salido todo la mar de bien —dijo Craddock—. La insistencia de Dora en que Scherz había apuntado deliberadamente a la señorita Blacklock tuvo su utilidad. Sin intentar hacerlo, Dora Bunner dio la impresión de que ella había visto cómo herían a su amiga. Hubiera podido hablarse en la encuesta que se trataba de un suicidio o de muerte accidental. Y el caso se hubiese dado por resuelto. El hecho de que no fuera así, se debe a la señorita Marple, aquí presente.

—Oh, no, no —dijo la señorita Marple, sacudiendo la cabeza con vigor—. Cualquier esfuerzo que yo haya hecho ha sido puramente accidental. Era usted el que estaba convencido, señor Craddock. Era usted el que no quería permitir que se diera por cerrado el caso.

—No me sentía satisfecho, en efecto —asintió Craddock—. Sabía que no era todo lo que en la superficie parecía. Pero no me di cuenta de dónde se hallaba la pega hasta que usted me la señaló. Y, después de eso, la señorita Blacklock tuvo otro golpe de mala suerte. Descubrí que alguien había andado en la segunda puerta. Hasta aquel momento, fuera lo que fuere lo que creyéramos que *había podido* ocurrir, nada teníamos en su apoyo salvo una teoría muy bonita... Pero aquella puerta engrasada constituía *una* prueba. Y di con ella por pura casualidad... por equivocarme al asir el tirador.

—Yo creo que le *condujeron* a ella, inspector —dijo la señorita Marple—. Pero, después de todo, hay que reconocer que soy muy anticuada.

—Conque la caza empezó de nuevo —dijo Craddock—. Con una diferencia esta vez. Buscábamos ahora a alguien que tuviese motivos para querer asesinar a Leticia Blacklock.

—Y sí que había alguien que tuviese motivos. Y la señorita Blacklock lo sabía —dijo la señorita Marple—. Yo creo que reconoció a Phillipa casi inmediatamente. Porque Sonia Goedler parece haber sido una de las pocas personas a las que recibió Charlotte cuando hacía vida de ermitaña. Y cuando una es vieja (usted no puede saber eso aún, señorita Blacklock), recuerda con mayor facilidad el rostro de personas vistas hace dos o tres años. Phillipa debe de tener aproximadamente la edad que tenía su madre cuando Charlotte la veía, y debe parecerse mucho a ella. Lo raro del caso es que yo creo que Charlotte se alegró mucho de reconocer a Phillipa. Llegó a cobrarle afecto y creo que eso, inconscientemente, ayudó a ahogar cualquier remordimiento que pudiera haber experimentado.

"Se dijo a sí misma que, en cuanto heredara el dinero, iba a cuidarse de Phillipa. La trataría como a una hija. Phillipa y Harry irían a vivir con ella. Se sintió muy feliz y muy altruista con este pensamiento. Pero en cuanto el inspector se puso a hacer preguntas y descubrió lo de Pip y Emma, Charlotte se inquietó. No quería usar de cabeza de turco a Phillipa. Su idea había sido dar al asunto aspecto de atraco por un joven que había muerto accidentalmente después. Pero ahora, con el descubrimiento de la puerta engrasada, el punto de vista cambiaba.

"Excepción hecha de Phillipa, no había (que ella supiese, porque no tenía la menor idea de la identidad de Julia) nadie que pudiera tener motivo alguno para desear su muerte. Hizo lo que pudo por escudar la identidad de Phillipa. Fue lo bastante astuta para decirle, cuando usted le preguntó, que Sonia era pequeña y morena, y retiró las instantáneas del álbum para que no notara usted ningún parecido, al mismo tiempo que arrancaba todas las fotografías suyas y de Leticia.

—¡Y pensar que llegué a sospechar que la señora Swettenham era Sonia Goedler! —dijo, disgustado, Craddock.

—Mi pobre mamá —murmuró Edmund—, mujer de vida sin tacha…; o así lo he creído yo siempre.

—Pero, claro —prosiguió la señorita Marple—. Era Dora

Bunner la que representaba el verdadero peligro. Cada día se volvía más olvidadiza y más charlatana. Recuerdo la manera cómo la miraba la señorita Blacklock el día en que fuimos a tomar el té allí. ¿Saben por qué? Dora acababa de llamarla Lotty otra vez. A nosotros nos pareció una simple equivocación. Pero asustó a Charlotte. Y así continuó. La pobre Dora era incapaz de callarse. El día en que tomamos café juntas en el *Pájaro Azul*, recibí la extraña impresión de que estaba hablando de dos personas distintas, no de una... y así era, en efecto. Un momento hablaba de su amiga, diciendo que no era guapa, pero que tenía tanta personalidad, y casi a continuación la descubría como una muchacha muy bonita y alegre. Hablaba de Letty como muy lista y de tener un gran éxito... y comentaba cuán triste vida había llevado. Y luego esa cita de una nueva aflicción valerosamente soportada, que no parecía cuadrar en absoluto con Leticia. Yo creo que Charlotte debió sorprender gran parte de la conversación aquella mañana cuando entró en el café. Es seguro que debió oírle mencionar que la lámpara había sido cambiada... que era el pastor y no la pastora. Y se dio cuenta, entonces, de cuán terrible amenaza constituía la pobre y fiel Dora Bunner para su seguridad.

"Me temo que esa conversación que sostuvo conmigo en el café fue lo que selló la suerte de la pobre Dora... y perdonen que emplee una expresión tan melodramática. Pero creo que el resultado hubiera sido el mismo a fin de cuentas... Porque no podía tener seguridad Charlotte mientras viviese Dora Bunner. Amaba a Dora, no quería matarla..., pero no se le ocurría otra solución. Y supongo que (como esa enfermera Ellerton de la que te hablé, Bunch) acabó convenciéndose a sí misma de que en realidad casi sería un acto de piedad. Pobre Bunny..., tan poco tiempo como le quedaba por vivir... para morir dolorosamente quizá luego. Lo curioso del caso es que hizo lo posible para que el último día de Bunny fuera feliz. La fiesta de cumpleaños... y el pastel especial...

—*Muerte Deliciosa* —dijo Phillipa, estremeciéndose intensamente.

—Sí..., algo así fue. Intentó dar a su amiga una muerte deliciosa... La fiesta, y todas las cosas que a ella le gustaban, y procurando impedir que la gente dijera cosas que pudieran disgustarla. Y luego, las tabletas, de lo que fuera, en el tubo de aspirinas de su mesilla para que Bunny, cuando no encontrara el tubo que acababa de comprar, fuese allí a tomarlas. Parecería, como pareció, que la intención había sido envenenar a Leticia...

"Conque Bunny murió mientras dormía, sin padecer, y Charlotte se sintió segura otra vez. Pero echaba de menos a Dora Bunner... echaba de menos su lealtad y su afecto... Lloró amargamente el día que fui yo con la nota de Julian... y su dolor era real. Había matado a su propia querida amiga...

—Eso es terrible —dijo Bunch—, terrible.

—Pero es muy humano —dijo Julian Harmon—. Uno tiende a olvidar de lo humanos que son los asesinos.

—Sí —dijo la señorita Marple—. Humanos. Y muy de compadecer. Pero son peligrosos también. Sobre todo una asesina débil y bondadosa como Charlotte Blacklock. La ventana estaba abierta, y escuchó. No se le había ocurrido hasta aquel instante que pudiera haber ninguna otra persona que representara un peligro para ella. La señorita Hinchcliff estaba instando a su amiga a que recordara lo que había visto y hasta aquel momento Charlotte no había pensado en que hubiera podido nadie ver nada. Había dado por supuesto que todo el mundo estaba mirando maquinalmente a Rudi Scherz. Debió contener el aliento allá fuera y escuchar. ¿Iba a salir todo bien? Y, de pronto, en el preciso momento en que la señorita Hinchcliff salía a todo correr hacia la estación, la señorita Murgatroyd llegó a un punto en que era evidente que había dado con la verdad. Gritó la señorita Hinchcliff: 'Ella no estaba allí'.

"Le pregunté a la señorita Hinchcliff, ¿saben?, si lo había dicho así. Porque, de haber dicho: 'Ella no estaba allí...'

—Ese punto es demasiado sutil para mí —dijo Craddock.

—Usted piense en lo que ha estado pasando por la mente de la señorita Murgatroyd... Una sí que ve cosas a veces, ¿sabe?, sin darse cuenta de que las ve. Recuerdo que una vez, en un accidente de ferrocarril, noté una ampolla de pintura en el costado del vagón. Hubiera podido *dibujársela* después. Y una vez, cuando cayó una bomba volante en Londres... pedazos de cristal por todas partes... y la sacudida... Pero lo que mejor recuerdo es a una mujer que estaba de pie delante de mí, que tenía un agujero grande en la media, a la altura de la pantorrilla, y que las medias de las dos piernas no eran iguales. Conque cuando la señorita Murgatroyd dejó de pensar e intentó recordar lo que había visto, se acordó de mucho.

"Empezó, yo creo, por la repisa de la chimenea, donde la luz de la lámpara de bolsillo daría primero... luego pasó por las dos ventanas y había gente entre las dos ventanas y ella. La señora Harmon, con los nudillos en los ojos, por ejemplo. Continuó siguiendo mentalmente la luz. Vio a la señorita Bunner boquiabierta y con la mirada fija... la pared desnuda y una mesita con la lámpara y una caja de cigarrillos. Y entonces sonaron los disparos y, de pronto, recordó algo que resultaba casi increíble. Había visto la pared donde más tarde hubo dos impactos de bala... la pared contra la que estuviera de pie la señorita Blacklock cuando dispararon contra ella. Y en el momento en que se hicieron los disparos y fue herida Letty... *Letty no había estado allí.*

"¿Comprende ahora lo que quiero decir? Había estado pensando en las tres mujeres que le había dicho la señorita Hinchcliff. Si una de ellas no hubiese estado allí, se hubiera agarrado ella a la *personalidad.* Y hubiese dicho: '¡Eso es! ¡*Ella* no estaba allí!' Pero era un sitio lo que tenía en el pensamiento... un sitio en el que debía de haber habido alguien... pero el sitio no estaba ocupado... no había nadie allí. Y no pudo caer en la cuenta de todo, de golpe. '¡Cuán extraordinario, Hinch!', dijo. 'Ella no estaba allí...' Conque esa manifestación sólo podía referirse a Leticia Blacklock...

—Pero tú lo sabías antes de eso, ¿no? —dijo Bunch—. Cuando la lámpara se fundió. Cuando anotaste esas cosas en un papel.

—Sí, querida. Todo encajó entonces, ¿comprendes...?, todos los trozos aislados... y formaron un dibujo coherente.

Bunch murmuró quedamente:

—*¿Lámpara?* Sí. ¿Violetas? Sí. *Tubo de aspirinas.* ¿Querías decir que Bunny había ido a comprar aspirinas aquel día y que no debiera haber necesitado las de Leticia?

—A menos que le hubieran quitado o escondido su tubo —asintió la anciana—, tenía que parecer como si a quien se quisiera matar fuese a Leticia.

—Comprendo. Y luego, *Muerte Deliciosa.* El pastel..., pero algo más que pastel. La fiesta preparada. Un día feliz para Bunny antes de que muriese. Tratarla como a un perro al que se piensa destruir. Eso es lo que yo encuentro más horrible de todo..., esa clase de... falsa bondad.

—Era una mujer bastante bondadosa. Lo que dijo a última hora en la cocina era verdad. "Yo no quería matar a nadie." ¡Lo que ella quería era una enorme cantidad de dinero que no le pertenecía! Y ante ese deseo (que se había convertido en una especie de obsesión: el dinero había de compensarla por todos los sufrimientos que le había infligido la vida), todo lo demás palidecía. La gente que está resentida con el mundo siempre es peligrosa. Parece creer que la vida les debe algo. He conocido a muchos inválidos que han quedado mucho más aislados del mundo y que han sufrido mucho más que Charlotte Blacklock... y, sin embargo, han logrado vivir felices y contentos. Es lo que una persona lleva *dentro de sí* lo que la hace feliz o desgraciada. Pero, ay, Señor, me temo que me estoy apartando de lo que hablábamos. ¿Dónde estábamos?

—Repasando tu lista —dijo Bunch—. ¿Qué quisiste decir con "He estado investigando"? Investigando... ¿qué?

La señorita Marple sacudió juguetonamente la cabeza, mirando a Craddock.

—Usted debió de haber visto eso, inspector Craddock. Me enseñó esa carta de Leticia Blacklock a su hermana. Tenía la palabra "investigando" dos veces en ella, ambas escritas con "e".[1] Pero en la nota que le pedí a Bunch que la enseñara, la señorita Blacklock había escrito "investigando" con "i". La gente no suele cambiar de ortografía al envejecer. A mí me pareció muy significativo.

—Sí —asintió Craddock—. Debí haberme fijado en eso.

Bunch continuó:

—*Severa aflicción valerosamente soportada.* Eso fue lo que

[1] El original inglés dice: "Making enquiries", que significa investigar, inquirir, hacer investigaciones, indagar, etc. Es correcto escribir la palabra de las dos formas, tanto "enquiries" como "inquiries", pero la primera de las dos formas se usa menos. Cada una de las hermanas Blacklock escribía la palabra con una ortografía distinta. Hubiera podido poner aquí como traducción, una vez "investigar" y la otra "imvestigar", para diferenciarlas. Pero eso hubiera dado la impresión de que una de las dos hermanas hacía faltas de ortografía. Conque he preferido traducir con naturalidad y agregar la nota aclaratoria.

te dijo Bunny en el café y, claro, Leticia no había padecido ninguna aflicción... *Yodo.* ¿Eso te puso sobre la pista del tumor en la garganta?

—Sí, querida, Suiza, ¿sabes?, y el hecho de que la señorita Blacklock diera la impresión de que su hermana había muerto tuberculosa. Pero recordé entonces que para operar el bocio, los más grandes especialistas son suizos. Y encajaba con esas perlas verdaderamente absurdas que Leticia Blacklock llevaba siempre puestas. No le *sentaban* nada bien, pero eran lo más apropiado para ocultar una cicatriz.

—Ahora comprendo su agitación la noche en que se le rompió el collar —dijo Craddock—. Por entonces pareció exageradamente desproporcionada.

—Y, después de esto, lo que escribiste fue Lotty, y no Letty, como nosotros creíamos —dijo Bunch.

—Sí, me acordé de que el nombre de la hermana era Charlotte, y de que Dora Bunner había llamado a la señorita Blacklock Lotty una o dos veces y que cada una de estas veces dio muestras de gran disgusto y preocupación después.

—¿Y qué hay de Berna y de la Pensión de Vejez?

—Rudi Scherz había sido ordenanza en un hospital de Berna.

—¿Y Pensión de Vejez?

—Ah, mi querida Bunch, te mencioné eso en el *Pájaro Azul*, aunque en realidad, no vi su aplicación entonces. Hablé de cómo cobraba la señora Wotherspoon la pensión de vejez de la señora Barlett además de la suya... aun cuando la señora Barlett llevaba muerta muchos años..., simplemente porque una vieja es poco más o menos igual que otra vieja... Sí, el conjunto formaba un diseño comprensible, y me sentí tan excitada que salí a despejarme un poco la cabeza y a pensar qué podría hacerse para demostrar la verdad de lo que había adivinado. Entonces me recogió la señorita Hinchcliff, y encontramos a Murgatroyd...

La voz de la señorita Marple bajó una octava. Ya no expresaba excitación. Se había tornado implacable.

—Comprendí que había que hacer algo. Y aprisa. Pero seguían sin haber pruebas. Se me ocurrió un plan posible y hablé con el sargento Fletcher.

—¡Y le he soltado un buen sermón a Fletcher por eso precisamente! —dijo Craddock—. No era él quién para acceder a sus planes sin primero consultar conmigo.

—No quería hacerlo; pero le convencí —dijo la señorita Marple—. Fuimos a Little Paddocks y agarramos a Mitzi.

Julia respiró profundamente.

—No comprendo cómo consiguió usted que accediese a representar ese papel —dijo.

—La trabajé, querida. Piensa demasiado en sí, de todas formas, y le hará bien haber hecho algo por los demás. La halagué, naturalmente. Dije que estaba segura de que, de haberse hallado ella en su propio país, hubiera formado parte de la organización de Resistencia y ella me dijo: "Ya lo creo que sí". Y le dije que me daba perfecta cuenta de que en el fondo tenía temperamento para esa clase de trabajo. Era valiente, no le importaba correr riesgos, y sabía desempeñar un papel. Le conté historias de actos llevados a cabo por muchachas de las organizaciones de Resistencia, algunas auténticas, y otras que me temo que las inventé yo. ¡No saben ustedes cómo llegó a exaltarse!

—Maravilloso —dijo Patrick.

Y entonces conseguí que accediera a representar un papel. Le hice ensayar hasta estar segura de que lo haría al pie de la letra. Luego le dije que subiera a su cuarto y que no bajara hasta que llegase el inspector Craddock. Lo malo de esta gente tan fácilmente excitable es que a lo mejor se disparan antes de lo conveniente.

—Lo hizo muy bien —dijo Julia.

—No acabo de ver lo que eso significa —dijo Bunch—. Claro que no estuve yo allí...

—La cosa era un poco complicada y un poco traída de los pelos. Se trataba de que Mitzi, al confesar que había tenido la intención al principio de hacer un chantaje, había llegado ya a asustarse tanto que estaba dispuesta a decir la verdad. Había visto, por el ojo de la cerradura, a la señorita Blacklock detrás de Rudi Scherz, y con un revólver en la mano. Es decir, que había visto *lo que en efecto había ocurrido.* El único peligro era que Charlotte cayera en la cuenta de que una no suele pensar en cosas así cuando acaba de recibir una sacudida fuerte. Lo único en que se fijó fue en que Mitzi la había visto.

Craddock tomó el hilo del relato.

—Pero (y ello era esencial), yo fingí escuchar la declaración con escepticismo y lancé inmediatamente un ataque, como si hubiera decidido salir al descubierto, por fin, contra alguien del que hasta entonces no se había sospechado. Acusé a Edmund...

—Y yo desempeñé mi papel de maravillas —dijo Edmund—. Negué acaloradamente. De acuerdo con nuestro plan. Lo que no estaba previsto, Phillipa, amor mío, es que soltaras tu trino y te declararas Pip. Ni el inspector ni yo teníamos la menor idea de que fueras Pip. ¡Yo iba a ser Pip! Nos desconcertó, de momento; pero el inspector se rehízo e hizo una serie de insinuaciones asquerosas, acusándome de querer buscar una mujer rica, insinuaciones que probablemente se te clavarán en el subconsciente y serán causa de irreparables males entre los dos el día menos pensado.

—No veo por qué era necesario eso.

—¿No? Ello significa, *desde el punto de vista de Charlotte Blacklock*, que la única persona que sabía o sospechaba la verdad era Mitzi. La policía sospechaba en otra dirección. Habían tratado a Mitzi, de momento, como embustera. Pero si Mitzi persistiera, quizá la escucharan y la tomasen en serio. Conque era preciso sellarle los labios a Mitzi.

—Mitzi salió de la habitación y volvió derecho a la cocina como yo le había dicho —dijo la señorita Marple—. La señorita Blacklock salió tras ella casi inmediatamente. Mitzi se hallaba sola en la cocina, al parecer. El sargento Fletcher se encontraba detrás de la puerta del lavadero. Y yo estaba metida en el armario de las escobas en la cocina. Afortunadamente, soy muy delgada.

Bunch miró a la anciana.

—¿Qué esperabas tú que sucediera, tía Jane?

—Una de dos cosas. O Charlotte le ofrecería dinero a Mitzi para que callara... y el sargento Fletcher sería testigo de ello, o... o intentaría matar a Mitzi.

—Pero ¿cómo podía esperar que le saliera eso bien? Se hubiera sospechado de ella inmediatamente.

—Ah, querida, ya no era capaz de razonar. No era más que una rata acorralada que mordía a tontas y a locas. Piensa en lo que había ocurrido aquel día. La escena entre la señorita Hinchcliff y la señorita Murgatroyd. Hinchcliff se marchaba a la estación. En cuanto regrese, Murgatroyd le dirá que Leticia

Blacklock no se hallaba en la sala aquella noche. No hay más que unos cuantos minutos disponibles para asegurarse de que la señorita Murgatroyd no se encuentra en situación de decir una palabra. No es tiempo de trazar un plan ni de preparar un escenario. Un asesinato a secas. Saluda a la pobre mujer y la estrangula. Luego, una carrera hasta casa para mudarse, para estar sentada junto al fuego cuando los demás entren, como si ella no hubiese salido.

"Y después la revelación de la identidad de Julia. Se le rompe el collar y se aterra ante la posibilidad de que le vean la cicatriz. Más tarde el inspector telefonea que va a venir y a traerse a todo el mundo. No hay tiempo de pensar ni de descansar. Está metida en asesinatos ya hasta el cuello. No se trata ahora de matar por compasión, ni de quitar del paso a un joven indeseable. Se trata del asesinato puro, simple y sin excusa. ¿Está segura? Hasta el momento, sí. Y de pronto surge Mitzi… *otro* peligro más. ¡Hay que matar a Mitzi! ¡Hay que sellarle los labios! Está loca de terror. Ya no es un ser humano. No es más que un animal peligroso.

—Pero ¿por qué estabas tú metida en el armario de las escobas, tía Jane? —inquirió Bunch—. ¿Por qué no lo dejaste en manos del sargento Fletcher?

—Había más seguridad con dos, querida. Además, yo me sabía capaz de imitar la voz de Dora Bunner. Si había algo capaz de quebrantar a Charlotte, eso sería el algo.

—Y lo consiguió.

—Sí… se desmoronó por completo.

Hubo un largo silencio al asaltarles el recuerdo. Luego, hablando con decidida animación para aliviar la tensión, Julia dijo:

—Ha sido una suerte para Mitzi. Me dijo ayer que había aceptado una colocación cerca de Southampton. Y dijo (Julia logró una imitación bastante buena del acento de Mitzi): "Yo voy allí y si me dicen: 'Usted tiene que inscribirse en la policía, usted es extranjera', yo les digo: '¡Sí! ¡Me inscribiré! La policía, ella me conoce bien. ¡Yo ayudo a la policía! Sin mí, la policía nunca hubiera logrado detener a una muy peligrosa criminal. Arriesgué la vida porque soy valiente… valiente como un león… no me importan los riesgos'. 'Mitzi', me dicen, 'tú eres una *heroína,* tú eres soberbia.' '¡Ah, eso no es nada!', digo yo".

Julia se interrumpió.

—Y muchísimo más —aseguró.

—Creo —terció Edmund, pensativo— que dentro de poco Mitzi habrá ayudado a la policía no en uno, sino en un centenar de casos.

—Ha cambiado de actitud hacia mí —dijo Phillipa—. Ha llegado aun a darme la receta de *Muerte Deliciosa* como una especie de regalo de boda. Agregó que so pretexto alguno debía revelarle el secreto a Julia, porque Julia le había echado a perder la sartén de las tortillas.

—La señora Lucas —dijo Edmund— no sabe qué hacer de Phillipa ahora que, muerta Belle Goedler, ha heredado junto con Julia los millones de Goedler. Nos mandó unas pinzas de plata para espárragos como regalo de boda. Tendré el grandísimo placer de *no* invitarla a nuestra boda.

—Conque vivieron muy felices y comieron muchas perdices... desde entonces en adelante —dijo Patrick.

Y agregó tanteando:

—Edmund y Phillipa... ¿y... Julia y Patrick?

—Lo que es conmigo —dijo Julia—, no vivirás feliz de aquí en adelante. Los comentarios que improvisó el inspector Craddock para dirigírselos a Edmund te cuadran a ti mucho mejor. *Tú* sí que eres la clase de joven vago que quisiera encontrar una mujer rica. ¡No hay de qué!

—¡Vaya agradecimiento! —dijo Patrick—. ¡Después de lo mucho que hice yo por esta muchacha!

—Lo que por poco conseguiste, gracias a tu mala memoria, fue hacerme dar con los huesos en la cárcel. Jamás olvidaré la noche en que llegó la carta de tu hermana. Creí de verdad que me la había cargado. No veía una salida por ninguna parte.

—Y en vista de las circunstancias —agregó musitadora— me parece que me dedicaré al teatro.

—¡Cómo! ¿Tú también? —gimió Patrick.

—Sí. Quizá vaya a Perth. A ver si consigo el puesto de tu hermana Julia allí. Luego, cuando conozca el oficio, me meteré a empresaria... y estrenaré las comedias de Edmund...

—Creí que solamente escribía usted novelas —dijo Harmon.

—Y yo también —le respondió Edmund—, empecé a escribir

una novela. Y era bastante buena. Páginas enteras acerca de un hombre sin afeitar que se levantaba de la cama y de cómo olía... y las calles grises... y una vieja horrible con hidropesía... y una chica viciosa, a la que se le caía la baba... y todas ellas hablaban con intermitencias acerca del estado del mundo y se preguntaban para qué rayos vivían. Y de pronto empecé yo a hacerme la misma pregunta... y entonces se me ocurrió una idea bastante cómica y la anoté... y luego compuse una escenita que no estaba mal... Todo muy corriente. Pero no sé por qué empezó a despertarse mi interés... Y antes de que tuviera tiempo de darme cuenta de lo que estaba haciendo, acabé una farsa destornillante en tres actos.

—¿Cómo se llama? —inquirió Patrick—. *¿Lo que vio el mayordomo?*

—Pues igual hubiera podido ser ése su título —reconoció Edmund—. Pero la verdad es que yo la he llamado *Los elefantes sí que olvidan*. Y lo que es mejor, me la han aceptado y ¡va a estrenarse!

—Los elefantes sí que olvidan —murmuró Bunch—. Yo creí que no.

El reverendo Julian Harmon dio un brinco de sobresalto.

—¡Dios mío! ¡Estaba tan absorto!... ¡Mi *sermón*!

—Novelas policíacas otra vez —dijo Harmon—, y novelas de verdad esta vez.

—Podría usted usar como tema del sermón: "No matarás" —sugirió Patrick.

—No —dijo Julian Harmon—. No usaré eso como tema.

—No —dijo Bunch—. Tienes muchísima razón, Julian. Yo sé de un tema sagrado mucho más bonito, un versículo feliz.

Y declamó con clara voz:

—"Porque he aquí que la Primavera ha llegado, y la Voz de la Tortuga[1] se escucha en la Tierra..." No lo he recitado bien del todo. Ya sé que no es exactamente así, pero tú ya sabes lo que quiero decir. Aunque por qué una tortuga es cosa que no alcanzo

[1] La tórtola, en inglés, es *turtle dove*. *Turtle* a secas significa *tortuga*. El verso a que se refiere Bunch es, en realidad, los versículos once y doce del capítulo segundo del *Cantar de los Cantares*, de Salomón, que dicen lo siguiente: "Porque he aquí he pasado el invierno, hase mudado, la lluvia se fue; hanse mostrado las flores en la tierra, el tiempo de la canción es venido, y en nuestro país se ha oído la voz de la tórtola". *(N. del T.)*

a comprender. Y no creo que puedan tener las tortugas una voz bonita ni mucho menos...

—La palabra tortuga —explicó el reverendo Julian Harmon— no es una buena traducción. No se refiere a un reptil, sino a la tórtola. La palabra hebrea del original es...

Bunch le interrumpió dándole un abrazo y diciendo:

—Una cosa sé... *Ustedes* creen que el Ahasvero de la Biblia es Artajerjes Segundo, pero así, entre nosotros, era Artajerjes Tercero.

Su esposa echose a reír.

Como siempre, el reverendo Julian se preguntó por qué encontraría su mujer aquella anécdota tan cómica...

—Tiglath Pileser quiere ir a ayudarte —dijo Bunch—. Debiera sentirse un gato muy orgulloso. Él nos enseño cómo se fundían las luces.

Epílogo

—Debiéramos encargar periódicos —le dijo Edmund a Phillipa el día de su regreso a Chipping Cleghorn después del viaje de novios—. Vayamos a la tienda de Totman.

El señor Totman, hombre de movimientos y respiración fatigosa, les recibió con afabilidad.

—Me alegro de verle de regreso, señor. Y señora.

—Queremos encargar periódicos.

—No faltaba más, señor. ¿Y su madre se conserva bien, espero? ¿Bien instalada en Bournemouth?

—Le encanta —contestó Edmund, que no tenía la menor idea de si era así, o de si ocurría todo lo contrario, pero que, como la mayoría de los hijos, prefería creer que todo les iba bien a aquellos queridos, pero con frecuencia irritables seres: los padres.

—Sí, señor. Un lugar muy agradable. Allá fui a pasar las vacaciones el año pasado. A la señora Totman le gustó mucho.

—Lo celebro. En cuanto a los periódicos, nos gustaría recibir...

—Y me dicen que se está representando una comedia suya en Londres, señor. Muy divertida, según tengo entendido.

—Sí, no va mal.

—Se llama, según oigo decir, *Los elefantes sí que olvidan*. Usted me perdonará, señor, que se lo pregunte, pero yo siempre tuve entendido que *no* era así... que no olvidaban, quiero decir.

—Sí, sí, justo. He empezado a creer que fue un error darle ese título. ¡Son tantas las personas que me han dicho lo mismo que usted!

—Una especie de axioma de historia natural..., eso he entendido yo siempre que era...

—Sí, sí, como que las ciempiés hacen muy buenas madres.

—¿Ah sí? Pues mire, señor, eso sí que es una cosa que yo *no sabía.*

—Los periódicos...

—¿*The Times* creo que dijo usted, señor? —El señor Totman hizo una pausa con el lápiz alzado.

—El *Daily Worker* —anunció Edmund con firmeza.

—Y el *Daily Telegraph* —dijo Phillipa.

—Y el *New Statesman* —dijo Edmund.

—El *Radio Times* —dijo Phillipa.

—El *Spectator* —anunció Edmund.

—El *Gardner's Chronicle* —dijo Phillipa.

—Gracias, señor —dijo el señor Totman—; y la *Gaceta,* supongo.

—No —dijo Edmund.

—No —replicó Phillipa.

—Perdone, *sí* que quiere la *Gaceta,* ¿verdad?

—No.

—No.

—Quieren ustedes decir —inquirió el señor Totman, a quien le gustaba dejar bien aclaradas las cosas— que *no* quieren la *Gaceta.*

—No la queremos.

—Claro que no.

—¿No quieren ustedes la *North Benham New and the Chipping Cleghorn Gazette*?

—No.

—¿No quieren que se la mande todas las semanas?

—*No.*

Y agregó Edmund:

—¿Queda esto bien claro ahora?

—Ah, sí, señor, sí.

Edmund y Phillipa se fueron y el señor Totman entró en la trastienda.

—¿Tienes un lápiz? —le preguntó inmediatamente a su mujer.

—Deja —dijo la señora Totman tomando el libro de pedidos—, ya lo haré yo. ¿Qué quieren?

—*Daily Worker, Daily Telegraph, Radio Time, New Statesman, Spectator*... y... sí... *Gardner's Chronicle.*

—*Gardner's Chronicle* —repitió la señora Totman escribiendo aprisa—. Y la *Gaceta.*

—No quieren la *Gaceta.*

—¿Cómo?

—Que no quieren la *Gaceta.* Lo han dicho.

—No digas tonterías —le contestó la señora Totman—, no oíste bien. ¡Claro que quieren la *Gaceta*! Todo el mundo lee la *Gaceta.* ¿De qué otra manera iban a enterarse de lo que pasa por aquí?

FIN